小学館文庫

都立水商3年A組　卒業

室積 光

JN030943

小学館

花野真太郎

　東京都立水商業《みずしょうぎょう》高校では、

「『らしく』は水商の天敵」

と語られてきた。しかし、その言葉と裏腹に生徒たちの制服姿はいかにも「高校生らしい」ものだ。

　アダルトな「夜の世界」を学習する生徒たちは、逆にふだんは典型的な高校生の姿を欲するのかもしれない。実習においてドレスや着物に派手なスーツ、あるいは第二制服と呼ばれる黒服でいることへの反動のように、実にきっちり制服を着こなす。

　都内においてはその制服のデザインは広く知られていて、校章を確かめるまでもなく水商生であることはすぐわかる。

　北千住《きたせんじゅ》駅に向かって歩いていた水商ホスト科二年生松橋浩二《まつはしこうじ》は、百メートルばかり先に佇《たたず》むセーラー服の先輩に気づいた。マスクをしていても誰だか見当がつく。美人の多いことで知られる水商の中でも一際《ひときわ》目立つ美少女である。その存在感はどこかのアイドルグループのトップと同等かそれ以上だろう。

花野《はなの》真太郎《しんたろう》先輩。

つまりは男子の先輩だ。このあたり、水商ならではのややこしさではある。

気になるのは、真太郎先輩の周囲に二人の若い男が横たわっていることだ。あの寝転んだ位置からではスカートの中を覗《のぞ》かれるのではなかろうか。近づくにつれてその心配のないことは確認できた。二人とも気絶している。

真正面三メートルの位置まで来ても真太郎先輩はこちらに気づかない風だった。その目は何を見ているのか不明で、心ここにあらず、という印象だ。

「あの、先輩」

「え？」

浅い眠りから目覚めたような真太郎先輩と目が合う。

「……あ、松橋か、どうかした？」

「いや、それは俺が聞きたいです。先輩、どうかしたんですか？　大丈夫ですか？」

「大丈夫だけど」

「でも、この人たちは？」

浩二は横たわっている二人を目で示して尋ねた。あきらかに大丈夫ではない二人だ。

「ああ、これ？　何があったんだっけ？　考え事してたら邪魔されたんじゃなかったかな」

真太郎先輩は水商生の誰もが知る柔道の天才だ。それは浩二自身が身をもって証明したことがある。水商の番長になるという、アホな野望を抱いていた浩二は、この先輩にあっさり制圧されて大恥をかいた。思い出すと今でも冷や汗が出るカッコ悪い体験だ。ほぼ全校生徒にその様は目撃され、それまで散々粋《いき》がっていた浩二は、

「あれは痛すぎる。銀河系一痛いやつ」

とクラスメイトに馬鹿にされ、逆に真太郎先輩は、

「あんなに可愛《かわい》いのにメチャクチャ強い！」

と女子生徒を中心に大人気となった。

ただ恥ずかしい経験ではあっても悔しくはない。悔しがるにしては実力差があり過ぎる。

今横たわる二人の若者も真太郎先輩に技をかけられたに違いない。

しかし、この先輩は一芸に突出した才能を持つ者にありがちな、ちょっと不思議な感覚を持っている。ここで何があったかの詳細を聞き取ろうとするのは、今の会話の様子では時間の無駄かもしれない。

場所的には駅のそばで、新宿の学校近くほどではないにしろ、そこそこ人通りもある。

「先輩、とにかくここから離れた方がいいですよ」

「そう？　そうだね」

真太郎先輩は横たわっている二人の脇の辺りをポコポコ蹴っ飛ばした。

「うーん」

二人の若者が呻《うめ》きながら動き始める。

「行こう」

サッとその場から離れる先輩に浩二は続いた。

「今日はどうしたんですか？　先輩んちは世田谷《せたがや》ですよね？」

歩きながら尋ねる。新宿歌舞伎町《かぶきちょう》から帰宅するのに、まったくの逆方向に来ている
真太郎先輩だ。

「いや、ちょっと用事があって……」

はっきりしない口調から、何かを隠しているのがわかる。

「さくら先輩と一緒じゃないんですか？」

いつも真太郎先輩のそばにいる城之内《じょうのうち》さくら先輩の姿がない。

「さくらは関係ない用事。松橋はどうしてここに？」

「この辺は俺の地元です。最寄り駅は隣の綾瀬《あやせ》ですけど、今日は図書館に本を返しに
寄ったんです」

「へえ、松橋が図書館て、似合わないな」

「へへ、そうですよね。でも美帆《みほ》が面白い本を教えてくれるんで、このところ図書館
に寄ることが増えました」

「そうなんだ」

真太郎先輩の頭の回転が徐々に回復してきたのがわかった。

「美帆が十分で読む本なら、俺は一週間ぐらいかけて読むことになるんすけど、あいつが推薦してくれた本にハズレはないんす」

「そうか、いいことだね。わたしも美帆ちゃんに教えてもらおう」

浩二と同級のホステス科夏目《なつめ》美帆はディスカリキュリアという簡単な計算もできない学習障害を抱えているが、読書のスピードは常人の百倍ぐらい速い。訓練してそうなったわけでなく、持って生まれた能力だという。

浩二と美帆は地元が同じで小学校からずっと一緒だった。ただ、接点ができたのは水商に入学してからのことになる。浩二と同じく劣等生のレッテルを貼《は》られていた美帆は、水商で才能を開花させ、周囲から一目置かれる存在になった。浩二もそれに倣って、少しずつでも自分を変えていこうと頑張っているところだ。

駅の改札を抜け、千代田線のホームまで降りた。

「俺は逆方向になります。先輩気をつけて」

「うん、ありがとう」

浩二は真太郎先輩が電車に乗り込むところを確認した。間違いなく先輩は自宅のある世田谷方面へ向かった。しかし気になる。

（これはトミー先輩に知らせておいた方がいいな）

浩二はスマホを手にした。

松橋からの報告を受けて淳史《あつし》はさくらにメールした。

【真太郎に何かあった？】

すぐに電話がかかってきた。これは珍しい。さくらは連絡をメールで済ませるタイプで、自分から電話してくるなど初めてのことだ。

『やっぱり？　トミーもそう感じる？』

もしもし、と呼びかけることもせず、さくらはいきなりそう言った。

「いや、俺がそう感じたわけじゃなくて、松橋が北千住で見かけたんだけど、そのときの様子が変だったらしいんだ」

『そう、やっぱりね。元々、真太郎って、すごくマイペースっていうのかな、話しかけてもトンチンカンな答えが返ってくることがあるでしょう？　このところそれがひどくなってて、話しかけても返事のないことが増えてるんだよね。わたしはそんなの慣れてたんだけど、でも何かこれまでと違うんだよ』

入学早々に出会ったころから、真太郎が周囲にひどく無関心なことは気になっていた。仲良くなるにつれ、それなりにこちらに気を遣ってくれているのもわかってきたし、母校の運動部を強くするために古武術の指導で献身的に尽くすなど、決して不親切なエゴイストではない。ただ、自分の世界に入ると、何も見えないし聞こえない状態になってしまう。

淳史の受ける印象では、ゲイバー科の生徒はお節介が過ぎるぐらいに他人の面倒を見てくれる。常に周囲三六〇度にアンテナを張っている感じだ。「ミス水商男子」の称号を得ている真太郎ではあるが、このアンテナに関しては持ち合わせていないらしく、ゲイバー科の中では異質の存在感を放っている。

「やっぱりあれじゃないかな」

『何?』

「お母さんのこと」

『トミーもそう思う? そうだよね、それ以外考えられない』

真太郎は母親の顔を知らない。写真も見たことがないという。その辺は複雑な「大人の事情」があるのだろう。

「それが当たり前だったから不思議とも思わなかった」

淳史は本人からそう聞いたことがある。誰しも自分の育つ環境を選んで生まれてくるわけではないから、そう感じるのも自然かもしれない。水商入学後、冨原《とみはら》家や城之内家に出入りするようになって、次第に自分の家庭との違いを知り、母親についてより深く考えだしたのか。

「真太郎は、何かお母さんの情報を手に入れたんじゃないかな？」

『それで探しに行ったんじゃないか、ってトミーは考えてるんでしょう？』

「そう」

さくらといつも行動を共にしている真太郎だ。そのさくらにまで秘密にしていることといえばそれしか思いつかない。

「さくら、真太郎に確かめてくれるかな？」

『いえ、それはわたしからトミーにお願いしようと思ってたとこ。トミーになら正直に話してくれると思うから』

「いや、さくらの方が話しやすいんじゃない？」

お互い相手の方が真太郎に信頼されていると思っているようだ。そこで三人で話すことにした。その方が真太郎も心を開いてくれるとの判断だ。

春休みの間に新年度の準備をしている生徒会だが、登校するのは最小人数に制限している。三学期に校内クラスターを経験した水商としては、ここは慎重にならざるを得ない。

淳史は真太郎をまじえた三人でリモート会議をすることにした。

「今日の議題は真太郎のことだよ」

モニターに三人の顔が揃《そろ》うなり、淳史は単刀直入に言った。

『あたしのこと？』

真太郎は当惑している。

『真ちゃん、お母さんのことで何かわかったことがあるんじゃない？』

さくらもいきなり本題に入る。図星だったようで、

『あ』

と言ったきり真太郎は黙ってしまった。

「つまりさ、どうして真太郎が松橋の地元に用があるのか、ってことなんだけどさ」

『そっか』

真太郎はそれを淳史に報告した松橋浩二を責めず、一度視線を下に向けたと思うと、覚悟を決めたように話し出した。

『叔母さんがね』

「おばさん？」

『うん、うちの父の妹』

「ああ」

『見かけたらしいんだ。北千住で』

「お母さんを？」

「じゃ、お母さんの家か勤め先が北千住に？」

『そう』

「でも真太郎はお母さんの顔がわからないんだろう？」

『だと思う』

「じゃあ、そんなところに立っていても意味ないじゃん」

『そうなんだけどさ、もしかしたら、見た瞬間お互いにわかるかもしれない。血の繋《つな》がった親子なんだからね。そうは思わない？』

モニターの中の真太郎はすがるような目をしていた。こんなに弱々しい真太郎を初めて見る。

「……確かにまあ、そんなこともあるかもしれない。けど、とにかく一人で立っているのはどうなのかな。真太郎は目立つからさ、一人でいるとちょっかい出してくる馬鹿な男もいるかもしれないし、お母さんを探すにしても誰かと一緒に行動しなよ。さくらは真太郎につき合ってくれるよね？」

『もちろん』

さくらはいつも短い言葉で明確に答えてくれる。

「ほら、そうしてもらいなよ。その方が安全だ」

『あたしは大丈夫』

と答える真太郎の表情はくすんでいる。

「真太郎のことは心配していないよ。心配しているのは真太郎が誰かに技をかけてケガさせはしないかってこと」

『そっか』

「松橋に出会ったときも二人気絶させてたらしいじゃん」

『ああ、あれ』

「うちの学校に対する周囲の視線はこのところ厳しいだろう？　この前の校内でクラスターが発生したときもそうだったけど、水商不要論が台頭してきているからね。ここで余計な失点は防ぎたいということでもあるのさ」

『そうだよね』

真太郎の反応は、淳史の生徒会長としての立場も慮《おもんばか》ってくれてのものと思える。

『わかった、今度から誰かにつき合ってもらうことにする』

変に意地を張られたらどうしようか、と案じていた淳史だったが、こうして素直になられても逆に心配になる。この「水商最強の美少女男子」真太郎は、思春期にありがちな悩みを超越している存在だ、と周囲に思われていた。誰か他の人間に頼る姿は相応《ふさわ》しくない。

これからはさくらか、北千住方面が地元の誰かと一緒に行動することで話はまとまった。

「でもさ、叔母さんが北千住で見かけたのが確かだとしても、お母さんの方もたまたま通りかかっただけという可能性もあるよね？」

『うん』

「だから、あまり期待しない方がいいよ」

『わかってる、そうだよね』

そう答えた真太郎はそのままモニターから姿を消し、それと同時にさくらが呼びかけてきた。

『トミー、ちょっといい？』

「何？」

『この件は、松橋君に任せた方がいいと思うんだけど』

「松橋に？」

『うん。あたしもつき合うとは言ったけどね、それだと真太郎はつらいと思うんだ。トミーが一緒でもつらいと思う』

言われてみればそうだ。そうでなければ、これまでこの二人に秘密にしていた説明がつかない。真太郎にとって一番重要でデリケートな問題なのだろう。

「松橋なら真太郎も気楽かもしれないね」

『でしょう？』

逆の立場で考えるとわかる。友人に本音を隠すのは裏切っているような気分になる。それはとても居心地の悪いものだ。だからと言って、その本音を口にしようとすれば心の中のハードルを越えなければならない。親しければ親しいほどそのハードルは高くなるだろう。

「わかった。俺から松橋に頼むよ。あまり詳しいことは教えないでね。そこはうまいこと言おう」

『それがいいと思う。……あたし、真太郎が傷つくのが心配なんだ。じゃあ』

言い終わってすぐさくらはモニターから消えた。

新入生

新学期が始まる前に今年度すべての行事の計画を立てるため、淳史たち生徒会幹部の春休みは多忙を極めた。

特に今年度は「創立三十年記念式」という一大イベントが控えている。学校側と話し合って、記念式の日程は二学期の水商祭の後にした。

二学期の行事に関してはまだ余裕もあるが、一学期については詳細を早く決めねばならない。

「入学を祝う会」は結局例年の形を諦めざるを得なかった。最終的にその決断を下したのは、職員会議と校長先生ではなく、生徒会、突き詰めれば生徒会長の淳史だ。代わりに昨年と同じく動画を制作した。ただ、今回は自宅ではなく、全校生徒が登校し各教室のモニターでそれを鑑賞する形にした。換気のために開け放たれた窓から、上級生の拍手の音が五階の一年生の教室まで届いていたはずだ。それだけでも新生活の始まりを実感してもらえただろう。

動画制作は二年生たちに任せた。演出は夏目美帆だ。撮影にはいつものプロカメラマン渡部健太《わたべけんた》氏に参加してもらったのだが、

「いや、もう俺の出番はほぼないね」

との弁だった。昨年一年を通じて「オンライン入学を祝う会」「オンライン水商祭」「オンライン卒業式及び卒業生を送る会」を経験した生徒の撮影技術はかなり向上していた。撮影、録音の機材を扱える生徒や、ADとして現場を仕切る生徒の数は十分だ。

美帆の用意した絵コンテを見て、

「まあ完璧、百点満点だな」

生徒から「ケンさん」と慕われる渡部カメラマンは目を細めた。

「一年間ケンさんに指導していただいた成果ですね」

そう淳史が指摘すると、笑顔のケンさんは目を潤ませていた。これは意外だった。

本来、冗談が好きでいつも撮影現場に笑いを振りまく人なのだ。それだけ水商に関わった一年間は彼にとっても濃密な時間で、そこで接した水商生には特別な思い入れがあるのだろう。

ケンさんの言う通り、美帆の演出は冴《さ》えていた。

全教職員の紹介に始まり、セレモニー的な校長挨拶や、生徒会長の歓迎の辞が終わると、学校生活を紹介する動画となる。ＢＧＭは三月に発売された二十七期生野崎彩《のざきあや》先輩のデビュー曲「愛のウィッピング」だ。発売直後から大ヒットしている。このヒットによって全国民に「ウィッピング」が「鞭打《むちう》ち」の意味だと知れ渡った。

軽快な曲に乗って次々と水商ならではの光景が展開する。その動画が突然中断して（あれ？）と戸惑った瞬間、一年生の教室では黒板側のドアが開き上級生が姿を現す。

そして、

「都立水商第三十期生の皆さん、入学おめでとう！」

生の声で祝意を伝えるのだ。

二メートルを超える長身の二年生徳永英雄《とくながひでお》が姿を現すと、どの教室でも全員が歓声を上げて迎えた。当然だろう。日本バスケットボール界に彗星《すいせい》の如《ごと》く現れたニューヒーロー徳永英雄は、現時点ですでにプロ選手並みの人気だ。

「騒ぐんじゃないよ！　飛沫《ひまつ》が飛ぶだろう、飛沫が！　みんなお黙り！」

すかさず英雄に同行したＳＭクラブ科の三年女子二人が鞭を鳴らす。これも美帆の配慮だった。全員がマスクをしているとはいえ、大声を上げて騒ぐのは避けるべきだ。

シン、と静まった教室で、さらに都立水商に入学したことを実感する新入生たち。

初めて目にするボンデージファッションの「女王様」は存在自体が刺激的だ。そんな強面《こわもて》の彼女らも去り際に笑顔を見せて歓迎の意を表す。

その他にも、着物姿の中村峰明《なかむらみねあき》と女生徒たちの「芸者幇間《ほうかん》ゼミ」や、ドレスや着物姿のホステス科、派手なスーツのホスト科、水着か下着か微妙な姿のフーゾク科、ド派手な衣装のゲイバー科、とそれぞれを代表する数人のグループが一年生の教室を順に巡った。

総じて美帆の演出の狙いは当たったように思う。終了後に寄せられた一年生の感想は、

〈華やかに歓迎してもらえて嬉《うれ》しかったです〉

〈こんなに楽しい学校だとは予想していませんでした〉

〈先輩たちがかっこよくて憧れました。あんな風になりたいです〉

などという言葉が並んだ。

しかし正直なところ、淳史は美帆に満足している旨を伝えて労《ねぎら》ったものの、心の奥底に悔しさを抱えていた。自分たちの経験した「入学を祝う会」と比べると、どうしても、(こんなものじゃなかった)との思いが浮かんでくる。それは生の緊張感と迫力に欠けることが原因であり、誰のせいでもない。ましてや、頑張ってくれた美帆をはじめとする二年生に指摘すべきことではないだろう。

淋《さび》しくはあるが、とにかく、こうして高校生活最後の一年もコロナとの戦いが続くことは間違いない。

二学年最後のホームルームでの伊東《いとう》先生の言葉を思い出す。

「一学期、といっても六月末になってみんなと顔を合わせたとき、『コロナに負けるな』と言った。覚えてるか？　この一年すべての行事が形を変えた。卒業式までもだ。君たちは修学旅行の思い出さえ失った。例年なら、花の第二学年は『入学を祝う会』に始まり、楓光《ふうこう》学園との対校戦、夏休みの他校訪問、水商祭、体育祭、修学旅行、と駆け抜けるんだ。大変な体力を使うが精神は高揚する。高揚したまま駆け抜ける。全力で駆け抜ける。そんな中でも校外店舗実習で実力を培い、第三学年を迎えてきた。残念ながら君たちはその高揚した気分を味わえなかった。みんなは第二学年を駆け抜けなかった。這《は》ったんだ。匍匐《ほふく》前進だな。身を伏せ、コロナという敵弾をかわしながらじわじわと這って進んだんだ。『卒業生を送る会』での最後、校歌を歌い終わった三年G組女子の『コロナのバカヤロー』はまさに魂の叫びだった。みんなもそう思っただろう？

だが、誰かを、何かを、恨んだら負けだ。

恨むな。

そういう時代だった。世界中の人々がウィルスと戦い、日常生活で何かを犠牲にして耐えた。その時代を生きたんだ。這うようにして生きたんだ。昨年はこの学校の出身者の多くがそうだったろう。それだけ水商売に生きる人たちの立場は弱い。だけど強《したた》かだ。徹底的に打ちのめされたようでも『どっこい生きてます』と顔を上げるのが君たちの先輩だ。わたしはそう信じている。そんな尊敬すべき先輩に続け。匍匐前進は終わりだ。立ち上がろう」

だが、この高校生活最後の一年で立ち上がり走り出すことができるか、まだ微妙な状況だ。

先の状況が読めない中、都立水商生徒会としては、とにかく先手を打つことをテーマとした。

「入学を祝う会」の次に控える生徒会主催行事は「新入生校内見学及び部活勧誘」だ。

例年、「入学を祝う会」翌日に開催される。淳史たちが一年のときには、自由に校内を見て回り、設備を確認すると同時に部活の勧誘を受ける、という形だった。

今年はその自由は制限される。

まず、校内見学はクラス単位とした。クラスごとに見学してもらうことで、一か所への集中を避ける。例年なら人気のある実習室に大挙殺到し、廊下にまで新入生の溢《あふ》れる光景が展開するものだが、今年は時間をずらして四十名ずつが静かに移動していく。

部活の勧誘についてはそれ用の動画を用意した。各部の活動風景と部長へのインタビューで構成したものだ。

これは二、三年生にも好評で、「部活勧誘に限っては、去年までのやり方よりもいいんじゃないか？」という声に満ちた。

確かにこれまでの短い時間では、新宿から離れたグラウンドで活動している運動部は見学もままならなかった。それがうまく編集された練習風景映像で、毎日の活動がイメージできたし、大会での実績もわかりやすく解説されていた。

文化部の場合も、美術部は作品の制作過程から展覧会に至るまで、演劇部や吹奏楽部も練習風景から本番まで、と地道な日々の活動と晴れの舞台の両方を知ってもらった。

一年生は教室のモニターで全部活を確認した後、部室を訪問して詳細の説明を受けるわけで、これは効率的だろう。映像で練習の模様もおよその見当はつくから、早々と退部するようなことは避けられるのではなかろうか。

新入部員が加わって部活が本格化するころを見計らい、昨年同様生徒会幹部で視察することにした。昨年はコロナ禍の影響で各部とも大会の中止が相次ぎ、部費の再分配を行って活動の充実を図ったのだが、その効果はどんなものだったかを確かめ、新たな要望を出してもらう必要がある。

今年は城之内さくらが運動部長、花野真太郎が副部長として生徒会幹部の一員となっている。この二人は古武術の指導を通じて各部の内情に詳しい。活動状況を視察するにしても、二人が練習の解説から有望選手の紹介までしてくれて効率がいい。

生徒会幹部全員でまず体育館を視察する。体育館の舞台上から見ると、手前のコートでバスケット部、玄関側のコートでバレー部の練習が始まっていた。

今年の男子バスケット部キャプテンは、淳史のクラスメイト池村真治《いけむらしんじ》だ。練習中の彼は淳史と目が合うと、部員でいっぱいのコートを指で示して苦笑した。だが、嬉しそうでもある。真治が一年生のときは弱小チームだったのが、二年生になった昨年徳永英雄という逸材を得ていきなりウインターカップ優勝。今年はその影響で遠方からも入部希望の生徒が殺到したのだ。

熱心な選手は合格発表後すぐに練習に参加していたようだ。入学後に入部してきた者も加えて、創部以来最大部員数を今記録しているところだろう。しかし、これも最大瞬間風速的なもので、この先適度な数に絞られると思われる。

野球部と兼部する徳永英雄も練習に参加している。流石《さすが》、その姿は後光が差しているかのように輝いて見える。

「！」

英雄以外にもそんなオーラを発する部員を認めて、淳史の視線は釘付《くぎづ》けになった。

「誰あれ？」

傍らの真太郎に尋ねる。

「ああ、一年の山本亜敏《やまもとあーびん》だよ」

「あれが樹里《じゅり》の弟？」

「そう」

三年D組の山本樹里の弟だ。山本姉弟《きょうだい》の父はアフリカのガボン出身で、樹里は50メートルを6秒フラットという、女子としては耳にしたこともない記録を誇る俊足のラグビー部員である。その弟が水商に入学してくることは樹里本人からも聞いていた。

あの樹里の弟だからと期待していたものの、今目にする姿は想像以上だ。とても一年生には見えない。

「亜敏の身長は？」

「一九五とか言ってたね。まだ伸びているらしいけど」

古武術の指導を続ける真太郎は、各部の新入部員とすでに顔見知りになっている。

「この分だと、今年のバスケット部も強いんじゃない？」

「強いよ。もうね、ふつうに強豪校になっちゃったよ」

ふつうに強豪校というのも変な表現だが、真太郎はバスケット部が常勝軍団になったと言いたいらしい。

亜敏のシルエットは入学した頃の英雄のように細めだ。だが、その褐色の体は筋肉標本のようで、バネの強さは一目瞭然と言える。三対三の練習中に亜敏がレイアップシュートを決め、そのフォームの美しさに舞台上の生徒会幹部が溜息《ためいき》を吐《つ》いているのに、「ダンクにいけよ！」真治と英雄が同時に叱咤《しった》した。それだけ彼への要求は高いのだろう。

亜敏だけでなく、一年生に有望な選手が何人か見受けられる。中学時代にかなり高いレベルのチームで中心選手として活躍していたのだろう。昨年の全国制覇で一躍そんな選手が集まるチームになったわけだ。

だが、感心なことに、二、三年生がそんな新入部員に気圧《けお》されていない。どうやら、昨年のチームの躍進は、彼ら一人ひとりの精神的成長も促したらしい。そんな上級生の堂々とした練習態度が、部外者である淳史の目にも頼もしく映った。

こんな風にして練習の様子を目にした後で、各部の幹部と面談して予算配分の参考にする。

バスケット部主将の真治とは、翌日の休み時間に自分たちの教室で話した。

真治の説明によれば、前日の視察で確認した通り、今年のバスケット部の新人は粒揃いだという。ウインターカップでの水商の戦いは、中学生バスケットプレイヤーを大いに刺激して、他の強豪校の誘いを蹴って受験してくれた部員が複数いるそうだ。

「じゃあ、強くなるね」

バスケットの素人からすると、英雄以外のメンバーは昨年より充実しているわけだから、さらに強くなるのが当然だと思えた。

「いや、これからだよ」

真治は浮かれていない。その落ち着いた表情に、全国制覇を達成したチームを率いる主将の風格を感じる。

「そうなの？」

「うん。これから一年生には真太郎とさくらに一から教えてもらうことが沢山ある。古武術の技をバスケットに生かすのが、うちのチームの強みだ。それにうちのディフェンスはヒデのお母さんに指導してもらってるんだけど、色々細かい約束事があるんだ。トミーも今度うちの試合を見るときにそこを注意していると、守りでも連動しているのがわかると思うよ。今年の一年生はできるやつらが多いけど、その約束事を覚えるのには時間がかかると思う」

「そっか、中学までだとそこまでは指導されないんだ？」

「というより、高校や大学でもなかなかないレベルで指導されてる。本当に細かい取り決めがあるわけさ。何しろヒデのお母さんはアメリカでプロだったんだからね」

「ああ、そうだよね」

「でも一年生を鍛える時間はたっぷりあるよ。特に夏休みには集中して練習を積める。まず今年のインターハイには出場は難しいし」

「どうして？」

「ヒデがいないもの。ヒデは野球部だ」

「あ、そういうことか」

昨年は夏の甲子園が中止になり、英雄はバスケットの練習にも参加することが多く、試合にも出場し、それがウインターカップの優勝に繋がった。今年の夏の英雄は野球に専念することになるだろう。英雄一人抜けただけで、水商バスケット部の戦力が半減するのは間違いない。

「まあ、それでも俺が一年のときからするとずっと強くなってるけど」

「山本亜敏はどう？」

「あいつはすごいよ。ヒデが鍛えてくれるから楽しみだ」

「練習中に、ダンクにいけ、ってヒデと一緒に怒ってたね」

「うん。あいつには練習中から全力を出してもらいたいんだ。あの身長とジャンプ力に対抗できる選手は中学ではいなかったと思う。まあ、高校でもそうはいない。だけど、全国のトップレベルでは姿を現す。超高校級の怪物がね。そんなやつと対した場合、勝負所ではダンクにいかなければ通用しない場面もあり得る。それに備えてふだんの練習から自分のベストを出し続けなければだめだ。幸い、ヒデのおかげで亜敏もシュートをブロックされる経験ができた。去年の本間大輔《ほんまだいすけ》先輩と同じように、それで成長できると思う」

「その亜敏がいてもインターハイは難しいかな？」

「うん。去年のヒデは一年生で大活躍だったわけだけど、あれは極めて例外だよ。それはわかるだろう？」

「まあ、そうだね。ヒデはとにかく規格外だ」

「で、ヒデが抜けたチームを考えると、スタメンの三人が一年生になると思う。去年のレギュラーで残るのは俺と壮太郎《そうたろう》だけだ。さすがにそのチーム編成で他の強豪校の三年生主体のチームと戦うのは不利だよ。経験値が段違いだ。都の予選でベスト8か、運が良ければベスト4かな。そりゃヒデがいてくれたらインターハイの出場どころか優勝を目指すけど。でもいい、この夏はヒデに野球で頑張ってもらう。その代わり、夏は練習試合を増やしたい。できれば合宿をやって遠征も繰り返したいんだ。それで一年生の経験値を一気に上げる作戦さ」

「なるほど、つまりそのための予算が必要だね？」

「そう、そこを検討よろしく」

「わかった」

バスケット部の昨年暮れの活躍は在校生ばかりでなく、コロナ禍で苦しむ先輩方にも勇気と元気をくれた。その貢献度は大だから、この予算案には批判も出ないだろう。

クラスには野球部キャプテンの内山渡《うちやまわたる》もいる。だから野球部についてもいつでも話を聞ける。今年の予算については、

「うちの部費は例年通りかそれ以下でもＯＫだよ」

と渡から言われている。まず、

「今年は甲子園に行くから寄付金が半端ないと思うし」

とのことで、渡はそうなることをまったく疑っていない。

「ま、他の部に多めに分配してやってくれ」

内山キャプテンは太っ腹だ。

「それにさ、親父《おやじ》にも言われてるんだ。今のうちのチームはプロに進んだＯＢの息子

が六人いるんだよ。まあ、その父親の方は四人だけどね。でも若いうちから高額年俸だったわけで、多額の寄付をするのが当たり前だ、ってさ。俺もそう思う。俺たちも将来プロに進めたら後輩を支援するよ。だから、ここは先輩方からもらえるものはもらっておこう、ということだな。そこにプラスして甲子園予選が始まれば勝ち進むごとに寄付金は増えていくさ」

しかし、生徒会としてそこに甘えるわけにもいかず、野球部の部費に関してはコロナ対策費を抜いた例年の水準に落ち着いた。

ラグビー部の主将は山本樹里が選ばれていた。これは全部員の満場一致だという。

筒井《つつい》亮太《りょうた》によれば、

「実力が一番だ。足の速さだけじゃない。ルールの知識もプレイのセンスも他の部員は敵《かな》わないよ」

ということだ。それだけ樹里は努力したのだろう。スピードに関しては天性のもので、本人もこれまではあえて努力する必要を認めなかった。しかし、ラグビーと出会ったことで自分の長所を伸ばすことに努め、さらにそのスピードに磨きがかかったという。

彼女とラグビーを結びつけたことに、淳史も多少貢献している。陸上競技を嫌がる樹里の才能が埋もれるのを惜しんだ陸上部顧問の小田真理《おだまり》先生に、

「ラグビーならやるかも」

と提案し、そのときのラグビー部海老原《えびはら》主将に樹里を紹介したのだ。

そんないきさつがあるから、樹里がラグビーに没頭してくれていることは嬉しい。

樹里には練習に行く前に生徒会室に来てもらった。

「予算のこと以外でも、何か生徒会に要望はある？」

淳史が促すと、樹里は待っていましたとばかりに、

「楓光学園とのスポーツ交流会を今年は何とか実施して」

勢い込んで言った。

スポーツ交流会は、昨年は中止になった恒例の対校戦だが、今年はまだ先方と打ち合わせもしていない。

「それについては、まだ何とも言えないけどね」

「わたしは一年の夏休みからの入部だけど、大半の男子部員はあの対校戦を見てすぐ入部しているの」

「ああ、亮太もそうだったね」

「そうそう。高校に入ってからラグビーと出会う人は多いし、試合を観戦してもらうことの意義は他の部よりも大きいわけよ。去年あれが中止になったのは痛かった。女子の入部はトミーに紹介してもらった北原春《きたはらはる》ちゃん一人だったし、男子も例年よりず

っと少なかったの。今年は何とかならないかな？」

「わかった。先方の事情もあることだからここで安請け合いはできないけど、何とか実施できる形を考えてみるよ」

樹里は「トミーお願いだよ」と念を押してから練習に向かった。

他の幹部も樹里との会話を聞いていたので、さっそく話し合いだ。

「確かにスポーツ交流会が二年続けて無くなると、来年は三年生すら初めての対校戦になってしまう。そのままズルズルと楓光学園との交流が無くなる可能性も出てくるな」

「そうですね。話には聞いていても、わたしたちにはスポーツ交流会の価値が今一つピンときません」

夏目美帆が二年生を代表する立場で言った。

あらためて伝統を継承することの大切さと難しさを痛感する。高校生活は三年間だ。実はとても短い。毎年の行事なら、入学から卒業までに三回経験できるが、それが二年続けて中止となれば一回で終わりとなり、淳史たちは後輩と一緒に経験できなくなる。先輩後輩が一緒に体験できるからこそ、伝統は継承されるのだ。

「あの、いいすか？」

松橋浩二が遠慮がちに挙手している。最近、彼はこうして自分から発言することが増えてきた。

「何？」

「はい、あの、ウインターカップ前にバスケット部が楓光学園と練習試合したじゃないですか？　あれ、すごく盛り上がりませんでしたか？　ウインターカップのパブリックビューイングも熱くなりましたけど、その前にあの練習試合があったからこその盛り上がりだと思うんすよ。楓光学園とのスポーツ交流会というのは、ああいう対校戦が全部の競技であるということですよね？　これは両校のためにもやるべきと思います。それで、あの練習試合をヒントにできないか、と思うんすけど、どうでしょう？」

「観客の人数制限をして他はリモート応援する、ということかな？」

「そうっす」

やるならそれしかないだろう。

「これは可能なのかな？　具体的なやり方を検討してみようか」

一方が会場を用意し、他方の選手だけが移動する。移動手段もバスがいいだろう。

「中継の方法は？　カメラは何台？　生中継となると映像の切り替えが難しいだろうね？」

「卒業生を送る会」で先生たちの挨拶は生配信だった。それを担当した美帆にはスポーツ中継の難度も予想できるだろう。

「二年生で具体案をまとめてくれるかな。それを元に楓光学園生徒会と交渉してみるよ」

淳史にはまだ成功の見通しは立っていない。だが、これは突破しなければならない関門と思えた。

模擬実習

生徒会主催行事と同じく、授業の方も例年通りとはいかない。一般科目はオンライン授業でも何とか進められるが、問題は実習だ。

淳史は他の実業高校の実状が知りたかった。農業高校であれば、ソーシャルディスタンスを保ち、作物や家畜の世話をする実習が可能だろうか？　あるいは水産高校ならば、船内という限られた空間で、外界を遮断して実習を続けているのだろうか？　実習がなければそれぞれの学校の特色が大きく損なわれるはずだ。

水商の場合も教室で学べることには限界がある。街は生きている。息づく夜の街でしか学べないものはあるのだ。

しかし、ウィルス感染の危険を考えれば、生徒を街の息吹から遠ざけるしかない。そこで水商では、「模擬実習」を中心に一、二年生を指導することになった。校内での実習に力を入れたのだ。

そうなると、淳史たち三年生は教える側に回ることになる。何しろ今の水商生で校外実習の経験を積んだのは三年生だけだ。そこで学んだものを後輩たちに伝えねばならない。

マネージャー科にとっては入学後最初の校外実習となるのは、毎年五月一日に実施されてきた「スカウト実習」だ。ホスト科の「ナンパ実習」も同時期である。今年はそれが緊急事態宣言下となってしまった。街に出て初対面の女性に片っ端から声をかけるなどもっての外の状況だ。

それはまさに苦肉の策と言えた。先生方も考えた末の形であったが、実際に校外実習を体験している三年生からすれば、

「これは『ごっこ』だね」

と皮肉とも愚痴ともつかぬ評価をしてしまう。

やり方としては、まず校内を街と見立てる。正門を入ってすぐの前庭と、体育館と教室棟の間の中庭、それに狭いながら体育と部活で使われるグラウンドを通るコースを設定する。そこを女生徒に歩いてもらい、マネージャー科は「スカウト実習」、ホスト科は「ナンパ実習」を行う。

「スカウト実習」の場合、コース上に待ち構える約六十人のマネージャー科の前を私服の三年生女子に歩いてもらう。三年男子は後輩の後ろにいて助言する。

一年生マネージャー科の「スカウト実習」は、そよ風の心地よい晴れた日の午後に実施された。

一周三百メートルほどのコースを、私服の女生徒がおしゃべりを楽しみながらグルグル巡る。見ようによっては、それは少し滑稽な光景だった。

「なんか競馬のパドックのような」

「シィ！　それ女子に聞かれると怒られるぞ」

と言いながら、

「あいつちょっと太ったんじゃね？」

「顔ちっちゃいのにケツでかっ！」

「何？　それは欠点なの？　長所？」

「俺的にはアリ」

「あ、右端のあいつはね、もうメイクの鬼だから、目だけで一時間半かけるし」

「ウソ！」

「ほんと。俺一年のときの店舗実習で聞いた」

などと勝手なことをほざいている三年男子だ。

森田木《もりたこ》の実《み》は入学したときからフーゾク科のリーダーだ。それは彼女の人格が呼び起こした自然発生的なもので、決して本人が望んで仕向けた結果ではない。クラスメイトたちは常に木の実を頼りにして、その周囲に群れてしまう。この実習でも三年F組の生徒は木の実を先頭に固まって歩いた。

「これはまた花魁《おいらん》道中だね」

「その言い方は怒られるかどうか微妙」

一年生からすれば、三年生女子はおとなに見えて気安く声をかけられない。立ちすくんでいる彼らに三年生がアドバイスを送る。

「俺たちのときは実際に街を歩いている人たちに声をかけたわけだから、緊張感はこんなものじゃなかったぞ。とにかく声をかけて足を止める。まずはそれからだ。頑張れ」

「君たちはまだ店舗実習の経験がないから、どんな人を選べばいいかわからないかもしれない。自分で基準を作ってみろよ。一緒に働いてみたい人、でもいいし、話しやすそうな人、でもいい。もっと単純に、綺麗《きれい》だな、と思う人でもいいかも」

淳史のクラスメイトは様々な言い方で励ますのだが、聞いている一年生は青ざめた表情のままで頷《うなず》くのみだ。

感心なことに、三年男子は、

「サッサと声をかけろ」

などと頭ごなしに怒鳴らなかったし、女生徒も根気よく歩き続けてくれた。

　すると次第に度胸のいい順に、

「あのう……ちょっとよろしいでしょうか？」

　などと声をかけ始める。

　ここで押しが弱いと見ると、女生徒側は微笑《ほほえ》み返すのみでスルーしていく。このあたり、彼女らも後輩を鍛えてやろうという気持ちでいてくれているようだ。

　女生徒が指定のコースを巡るのも三周目にかかったころから、声のかけ方に変化が見受けられた。

「お疲れ様です。お仕事ご苦労様でした。これからお食事ですか？」

　笑顔で呼びかけ、

「そうよ」

　などと返事をもらえるだけで前進だ。そこから、

「どうせ仕事帰りに飲むのでしたら、お酒も飲めるアルバイトはいかがでしょう？」

　と仕事の説明に入る。

「おお」

　後ろで見ている三年生男子も、この短時間での進歩に感心している。まだ口調は硬いが方向としては及第点だ。受ける側の女生徒もその辺を評価して足を止めてくれる。

　こうしてだんだん調子が出てくる者と、まだオドオドしている者とで明暗が分かれ

てきた。ついにスカウトに成功する者も現れる。実習時間も半ばを過ぎた頃、見守る三年生も疲れが出てくるし、飽きてもきたのか、

「ほら、行けよ！」

「何やってんだよ！」

未《いま》だにモタモタしている一年生を叱咤する声が乱暴になり、ここにきてシゴキの様相を呈してきた。

それでもまだ勇気を振り絞れず、声をかけられない者はいる。

山田謙信《やまだけんしん》もその一人だった。観察していると、通り過ぎる三年女子を前にして、謙信は緊張で乾いた唇を舐《な》めるだけで、声を発するタイミングを逸しては地面を見ている。

気の毒に思った淳史は、緊張を解《ほぐ》そうと声をかけた。

「山田君、謙信て名前なんだね。カッコいいじゃん」

謙信は当惑の表情を一瞬見せた。三年生の、それも生徒会長から声をかけられたのが意外なのだろう。しかしすぐに笑顔を見せ、

「はい、父は苗字《みようじ》が『山田』で平凡だから強い武将の名前をつけたと言ってました」

と明るい声で答えてくれた。表情もしゃべり方もどこか愛嬌《あいきよう》がある。しかし、

「まだ調子出ないかい？」

世間話の口調で尋ねたのに、

「すみません」

謙信は一気に表情を硬くした。

「いや、いいんだよ。人それぞれペースというものがあるからね。リラックスしていこう」

そう励ますと、そばにいた筒井亮太も声をかけてきた。

「俺たちが一年のときのこの実習はトミーが一番の成績だったんだ。だけど、トミーだって最初のうちは俺とミネと一緒になって、伊勢丹で無駄な時間を使ったものさ」

「え？　ミネって中村峰明先輩ですか？」

謙信が突然目を輝かせた。

「あ、君はもしかして芸者幇間ゼミを取ってるの？」

「はい」

どうやらゼミ生の謙信は、峰明に尊敬の念を抱いているらしい。その峰明もすぐそばにいた。

「おい、ミネ」

亮太が呼ぶ。

「何？　リョーチン。あ、謙信君だ。どう頑張ってる？」

まだゼミで顔を合わせたのは一回ほどのはずだが、人の名前を覚えるのは峰明の特技だ。

「いえ、全然ダメです」

謙信は尊敬する先輩に名前を覚えてもらって嬉しそうだ。

「まだ挽回《ばんかい》する時間はあるよ」

峰明が励まし、

「そうだよ、大物を狙ってみればいい。それで一気に形勢逆転だ」

亮太が作戦を授ける。

「大物、ですか？」

「そう。一番の美人に声をかければいい」

「はあ、一番の美人ですか」

「それはまあ、文化部長だろうな」

文化部長は加賀《かが》とわえだ。これは淳史が決めた人事だった。とわえは美術部長で、昨年の水商祭では演劇部の大道具や各ロックバンドのセットの美術なども担当した。そういうわけで他の部にも顔が利くところを見込んでの任命だ。それに運動部長の城之内さくらとクラスが同じだから、部活の予算案を話し合うのにも効率がいい。

とわえは三年女子の中で容姿は一番と評されている。入学時はさほど目立っていなかったが、水商での教育が彼女の美を開花させた。もともと顔立ちはよかったのに地味に見えていたのが、メイク実習を経て、立ち居振る舞いも指導によって洗練されると、クラスメイトも見違える大輪のバラとなった。

その美しさはすべての男の目を惹《ひ》くと同時に足をすくませる。眩《まぶ》しすぎるオーラが近寄りがたくさせるのだ。

今日の私服姿も群を抜いて輝いていて、だんだん慣れてきている一部の一年生でも、とわえにだけは声をかけられずにいる。

これはチャンスだ。謙信がとわえをスカウトできれば、大逆転でこの実習のトップに立つ可能性もある。

「あの、どの人がその人ですか？」

そう尋ねる謙信は、また緊張し出したのか、女生徒の列に目をやりながら唇を舐めている。

「いいから、自分で一番美人と思う人に声をかけてみろよ」

亮太のアドバイスに真剣な表情で頷いたのは謙信だけではない。成果を上げていない一年生たちは、気持ちを入れ直して先輩女子を見つめている。

すると校庭の端からこちらに向かって加賀とわえが歩いてきた。三年生が「あれがとわえ」と教えたわけでもないのに、一年生たちがそわそわし始める。それほどとわえの放つ「美人オーラ」は際立っていた。まだ誕生日前で十七歳のとわえだが、「美少女」ではなく「美女」の風格だ。

五人だった。とわえに同時に声をかけたのは五人だ。

「あのう」

「ちょっとそこの彼女」

「お仕事お疲れ様です」

「ちわーす」

「少しだけよろしいでしょうか?」

その中に謙信もいた。

何しろそれだけの数で一度に声をかけたのだから、とわえの足を止めることには成功し、見守る三年男子もその時点ではよしとした。

が、次の瞬間、

「ゴルァア! 誰に向かって口きいとるんじゃい!」

容姿に似合わぬとわえの胴間声《どうまごえ》が周囲に轟《とどろ》いた。

とわえは三年G組の優等生だ。一般科目の成績は城之内さくらがダントツだが、実習ではとわえがこれまたダントツで、一昨年の松岡尚美《まつおかなおみ》先輩、昨年の野崎彩先輩に続き、SMクラブ科講師鈴木麗華《すずきれいか》先生の秘蔵っ子《ひぞこ》と呼ばれている。そんなエリート女王様の渾身《こんしん》のお叱りを受け、三年生とて平静でいられるわけがない。とわえがふだんは優しく真面目な文化部長、美術部長だと知っていながら、顔を背けて彼女と目を合わせないようにした。

彼女の怒りの理由は今一つ不明だが、（ここまで怒りますか？）と思えるほど怖い顔と声だった。

淳史は小学生の頃観《み》た、お姫様が一瞬で般若《はんにゃ》の顔になった人形劇を思い出した。怖くてその夜は夢に出てきたほどの迫力だった。今のとわえはあの人形の十倍怖い。

声をかけた一年生五人のうち二人は、バスケット部の練習を視察に行ったときに見た顔だった。彼らは流石に素晴らしいダッシュを見せて逃げ出すと、そのまま金網のフェンスの三メートル上まで登った。残りのうち二人は腰を抜かして校庭に横座りになった。

最初の位置に立ち続けたのは謙信一人だ。

（見上げた根性だ）

淳史の中で謙信の評価は高まった。

すべての男子生徒が息を詰めて凍りついた中、とわえは再び優雅に歩き始めた。彼女が三十メートルほど進み、その後ろ姿が他の女生徒の背中に紛れると、男子生徒全員の動きが解凍された。

「ふう」

一斉に息を吐き出す。フェンスにしがみついていたバスケット部員が降りてきて、腰を抜かした連中も立ち上がる。先ほどの二人の一年生だけでなく、三年生にも数人腰を抜かして座り込んだやつがいた。

「いや、山田君、頑張ったね」

淳史が謙信の肩を叩《たた》いて労うと、謙信はゆっくりと振り返った。涙目である。

「……あの、着替えてきていいですか？」

「……チビッたの？　体操服か黒服に着替えてくれば？」

度胸がよかったわけでなく、あまりの恐怖に硬直して動けなくなり、ついでに失禁もしていたらしい。謙信は小股で静々と校舎に向かって歩いていった。

「ゴラァ……＄＃＆％＠」

体育館の向こう側からとわえの怒声が聞こえてくる。

周回コースの前庭付近では一年生の野球部員を集結させて、この実習でいい成績を取らせてやろうと、内山渡が張り切っていた。そこでも「大物」加賀とわえを狙って返り討ちにあっているようだ。

女生徒側もマネージャー科一年生の立場はわかっている。実習の残り時間がわずかになってくると、それまでのよそよそしさを若干弱めてくれて、なんとか全員評価点がつく成果はあげた。ただし、加賀とわえは別格で、その後誰も声をかける勇気はなかった。

同じＳＭクラブ科のさくらに言わせると、とわえは自分自身の勉強のつもりで今回の実習に臨んでいたらしい。昨年からＳＭクラブ科も「リモート調教」以外の実習はない。そのため今回は、寄ってくる後輩男子を一喝することで自分の力を測ったようなのだ。

それなら文句も言えない。

今年の二年生は昨年校外実習を一切経験していない。その点は一年生と同じ立場だ。続けて行われた二年生の「スカウト実習」では徳永英雄が一番の好成績を記録した。これは反則だ。三年女子は実習の意味も忘れ英雄に声をかけられるとはしゃいでいた。

これには指導に当たっていた三年男子も、苦々しく思いながら、

「ま、仕方ないよな。実際街でこの実習をやったら、英雄の周りは人だかりになるのは間違いないもの」

と納得せざるを得ない。

感心なのはそのあと行われたホスト科「ナンパ実習」での松橋浩二である。だいたいマネージャー科ではホスト科の「ナンパ実習」は「スカウト実習」に比べてハードルは低いと思われている。しかし、松橋があの加賀とわえを「落とした」との噂《うわさ》は衝撃的だった。

目撃談は「ナンパ実習」の指導に当たった三年Ｃ組の連中からもたらされた。

ホスト科でもとわえは「大物」と目されていたようだ。流石に彼らはマネージャー科よりは積極的にアタックしたらしい。それだけとわえのリアクションも大きく、吉《よし》野友邦《のともくに》によれば、

「いやすごかったぜ、あんなに怒ってる人は俺も初めて見た。一人、結構カッコつけてた二年生が直撃食って気絶したからな」

という場面もあったらしい。

そんな中、松橋は加賀とわえの前で土下座して、

「いけません、お姐《ねえ》さん、怒らないでください。怒っちゃいけないんです」

と頼み込んだという。

「へえ、それでとわえは？」

「うん、『え？ 怒っちゃいけないって、あなたミネ君の弟子？』って尋ねてさ。で、松橋が『弟子ってのはおこがましいですが、中村先輩を尊敬してます』と答えたら、『ならいいわ』なんてことであとはトントン拍子だったよ」

淳史にはそれで謎が解けた。

松橋浩二は二年生になって芸者幇間ゼミを取っている。そこでぽん吉こと中村峰明から故桜亭《さくらてい》ぴん介《すけ》先生直伝の「絶対怒っちゃダメざんす」の精神を伝授されているのだ。

一方、SMクラブ科の女子は鞭打ち実習で峰明に世話になっている。実験台として

鞭打ちを受けてもらうのだ。とわえもその一人だ。下手な鞭打ちでも、

「お上手です！」

とヨイショされて徐々に自信を得た経験がある。

その峰明の一派だと聞けば憎からず思うのも当然だろう。

「なんだな、水商で俺たちが受ける教育って、どこかで繫がってるってことなんだな」

淳史の説明に友邦はそう言って感心していた。

スポーツ交流会

例年一学期の中間試験が終わった次の土曜日に、楓光学園と「スポーツ交流会」と呼ばれる対校戦が行われてきた。

水商の全校生徒が楓光学園に行き、各運動部の試合を応援する。トリは野球の試合で、楓光学園野球グラウンドに両校の全生徒が集う。

このイベントは双方に大きな意義があった。

両校各運動部にとってはその年の自分たちの実力、特に新入部員の力を試す場だ。

いくつかの部にスポーツ特待生がいる楓光学園相手では、水商各部は苦戦するのが常

だが、強豪と呼ばれるチームと対戦できる機会は勉強になる。

一般の生徒にもいい刺激となる。

楓光学園の偏差値は、水商の二倍以上だ。水商生はコンプレックスを持っている。

「あちらの一人は俺たち二人分か」

と言った淳史のクラスメイトがいて、

「それは違うと思うぞ。五十点の答案二枚で百点とは言わんだろう」

「勉強に関しては俺たちが何人でかかってもあちらの一人に勝てないよ」

と周囲からツッコまれていた。

しかし、そんな秀才たちがスポーツに励む姿、それを応援する姿に接して、次第にコンプレックスが薄れていく。スポーツに熱中している姿はお互い変わりない。自分たちの代表である選手同士が力の限り戦い、試合が終われば互いにリスペクトしている様は、観戦している生徒にもいい影響を残すものだ。

それに楓光学園の生徒の方も、自分たちより先に大人の世界を勉強している水商生たちに一目置く気持ちがあるようで、試合で勝ってもこちらを見下すような態度は見せない。

特に水商の女生徒に対しては、楓光学園側は男女とも「大人だ」「美しい」「カッコいい」と絶賛してくれるので、水商生は誇らしく思っている。

昨年はその伝統あるスポーツ交流会が中止となり、双方悔しい思いをした。

今年は何とか形を変えて実行したい、と淳史は先方の生徒会長に伝えた。両校生徒会幹部によるリモート会議の席においてである。

今年の楓光学園の生徒会長は村田琥珀《むらたこはく》さんだ。淳史は一年生のときのスポーツ交流会の打ち合わせで顔を合わせている。モニターに映る村田会長に二年前の幼さはない。頭脳明晰《めいせき》で仕事のできる女性の落ち着きが感じられた。

『それはわたしどもも同じ気持ちでいます。前生徒会長の出羽《でわ》さんにも二年連続での中止は回避してくれ、と何度も念を押されました。今の冨原会長のお話は、このコロナ禍にあってもやり方を変えて実施できないものか、というご提案でしょう？』

「その通りです。いや、例年の形が理想的なものであることは間違いありません。別の形になれば、何かを犠牲にする、ということもあるでしょう。ですが、ここは伝統を受け継ぐということを最優先にして考えたいです」

『同感です』

「では、開催を前提としてやり方をこれから一緒に考える、ということでお願いします」

『わかりました』

その後の話し合いで今年のスポーツ交流会の形態が決まった。

まず例年のように一日で全競技の試合を行うというのではなく、何日かに分けて試合のスケジュールを組む。

そして試合時間は重ねない。というのは、例年なら一日で済ます行事のため、テニスの試合と同じ時間に柔道の試合、などと並行してスケジュールを組んでいた。それを避ける。その理由は、リモート応援のための撮影が必要で、その人員や機材の数に限りがあるためだ。

場所は全部楓光学園ではなく、各運動部の都合で考える。できればどちらかの学校のグラウンドや体育館とし、一方だけの移動で済むのが理想。

試合前に参加者のPCR検査を行う。全員の陰性が確認された段階で試合。チームに陽性者が出た場合、チームメイトも濃厚接触者ということになるので、その競技の試合は延期。

完全無観客ということではなく、会場を提供した側はソーシャルディスタンスを確保し、拍手のみの応援で観戦可。ただし人数制限は設ける。

「これでなんとか実施できそうですね」

『はい』

双方、実施したいという気持ちが強いので、話し合いの経過もスムーズだった。あとは具体的な日程を各部と相談してすり合わせるのみだ。

「一つ提案があります。よろしいでしょうか？」

夏目美帆が発言を求めた。淳史はモニター画面に向かって説明する。

「ご紹介します。わが校でイベントの演出を担当する二年生の夏目です。今回も試合の中継を担当する立場ですので、彼女の提案を聞きたいと思うのですが？」

『どうぞ』

村田会長の返事を確かめて美帆がモニターの前に進み出た。

「恐れ入ります。ホステス科二年の夏目美帆です。わたしからの提案は、お互いに各部と出場選手の紹介動画を制作しようということです。楓光学園放送部さんの輝かしい実績についてはわたしどもも耳にしております。その経験豊かな皆さんの制作された動画はわたしたちの参考になることと思います。これまでも紙のプログラムによってチームと選手を紹介していたようですが、せっかくお互い教室のモニターでの応援が主になるのでしたら、試合前に互いの紹介動画、それもそれぞれ趣向を凝らした作品を交換したいのですが、いかがでしょう？」

楓光学園側の返事を待つまでもなかった。モニターに並んだ両校の生徒会幹部の顔は一斉に（それは面白い）と微笑み頷いていた。代表して村田会長が答える。

『この後、こちらの放送部長と夏目さんで話を詰めておいていただけますか？』

この美帆の提案一つでリモート会議の雰囲気が一気に明るくなった。スポーツ交流会を実施できるかどうかと、追い詰められたような気分だったのが、このイベントの開催を楽しみにする、前向きな気持ちに切り替わったのだ。

スナック愛子

五月のテスト週間に入った。

実技の成績を重視する水商では、一般科目の試験は「赤点でなければOK」の空気が支配してきた。コロナ禍で進学を選択肢に加える生徒が多くなってきても、その空気は変わらない。水商に入った時点で一般科目については「今さら頑張っても」の生徒が大半だ。

それでもテスト週間に入ると、早めの下校が奨励される。本来夜に実習を重ねる影響で、一般の高校生より下校時刻が遅い水商生も、久しぶりに明るいうちの帰宅となる。生徒会幹部もミーティングを短めにして、スポーツ交流会に向けての準備の確認だけで解散となる。

その日、淳史は峰明と一緒に下校した。

靖国《やすくに》通りを渡るのに二人並んで信号待ちしていると、後ろから声をかけられた。振り返ればそこには夏目美帆と田中由美《たなかゆみ》の二年生コンビが立っている。声をかけてきたのは人懐っこいニコニコ顔の由美の方だ。

「やあ、駅まで一緒に行こう」

「いえ、今日は渋谷の田園都市線のホームまでご一緒させてください」

美帆が意外なことを言った。この二人の自宅があるのは、美帆は足立区の綾瀬だし、由美も西武池袋線の富士見台で、新宿駅からは山手《やまのて》線の逆方向になる。

「なんだ、二人とも帰るんじゃないの？」

由美がいつものニコニコ顔で、

「はい、わたしたち、これから三軒茶屋です」

と答える。

「三軒茶屋？　何の用？」

そう尋ねれば、女生徒二人は顔を見合わせ、

「わたしたち、春ちゃんの代わりにお手伝いしてるんです」

由美が代表して答える。

「手伝い？」

「はい、春ちゃんのお母さんのお店のお手伝いです」

「あ、そうなんだ」

ラグビー部の北原春は淳史の中学の後輩で、その母親は三軒茶屋でスナックを経営

している。

「つまり、バイトってこと？」

「いえ、違います」

由美が即座に返し、

「お金はもらわないです」

美帆が補足する。

「バイト代はなし？」

「はい。ですから個人的な実習のつもりでいます」

美帆の言葉に由美も頷いた。

「あ、青だよ」

峰明に促されて四人で一緒に歩き始める。

「それはいつから？」

淳史の肩のあたりにある由美のニコニコ顔に尋ねる。

「今年の三月からです。春ちゃんがラグビー部の練習でお母さんのお手伝いができない、って悩んでたんで、わたしたちで代わりに」

「へえ、それは感心だ」

この二人は春のクラスメイトだ。最初に由美を紹介してくれたのが春で、美帆を生徒会室に連れてきたのが由美だ。この二人はいつも一緒で、ぽん吉こと峰明を追うドキュメンタリーの撮影に勤《いそ》しんでいる。

計算のできない美帆は由美が一緒にいないと困ることも多いらしい。

『特にわたしは時間と距離の見当がつかないんで、そこは由美ちゃんに任せっきりです』

と美帆に聞いたことがある。その美帆が春の母親の店について教えてくれた。

「今スナックはどこも経営が大変じゃないですか。実際アルコールの提供ができないのは致命的らしくて、春ちゃんのママは昼間お総菜を作って、主に常連さん向けとして販売してるんですけど、とてもコロナ以前の収益は望めないと言ってます。それで、わたしたちが無償でお手伝いすれば、少しでも助けになるかと思ったんです」

ますます感心なことだ。これはマネージャー科としても学ぶべきことがありそうだし、力になれることもあるかもしれない。

「このまま一緒について行っていいかな？　何か手伝えることを考えてみたいんだ」

「大歓迎ですよ。トミー先輩のことはママさんも知ってるし」

由美がはしゃいだ声を上げた。

「僕も一緒に行っていい？」

峰明が控え目に言うと、

「ぜひぜひ」

由美と美帆は声を揃えた。

「って言うかさ、ミネはこのこと知らなかったの?」

ドキュメンタリーの撮影で峰明はこの二人にしょっちゅう会っているから、この話を聞く機会はいつでもあったと思える。峰明が、

「うん、僕知らなかったよ」

と答えるそばから美帆が言った。

「峰明先輩は芸者幇間ゼミの指導もあって忙しいと思ったんです。みんなに頼りにされているから。それでこのことは話しませんでした」

このあたりの気遣いを見ると、二年生も水商生として成長しているのがわかる。

山手線で渋谷まで行き、そこで田園都市線に乗り換えた。急行に乗れば渋谷の次の停車駅が三軒茶屋だ。

三軒茶屋駅周辺に水商売の店は多い。ちょっと歩くと閑静な住宅街になるのだが、そこの住民が帰宅途中に飲むのには便利だろう。ただ、水商の校外店舗実習が三軒茶屋で行われたことはない。

三軒茶屋の信号で世田谷通りと国道246が分岐する。その二本の通りに挟まれた三角地帯と呼ばれる辺りに飲み屋は多い。しかし、春の母親が経営する「スナック愛《あい》子《こ》」は三角地帯から246を渡った側のビルの三階にあった。駅から地上に出て数分

の距離である。

「失礼します」

女生徒二人に続いて店に入る。カウンター七席とテーブルが三つ並んでいる。カウンターの内側と客席側はビニールのカーテンで仕切られ、各テーブルにはアクリルのパーテーションが置かれている。

春に初めて会ったとき、水商のスナック実習室を見た彼女の感想は、

『うちのお店はこれぐらいです』

というものだった。確かにそうだ。

「ママさん、今日は先輩も一緒です」

由美がカウンターの中にいたママさんに紹介してくれた。

「あら、いらっしゃい」

目元が春に似ているママさんは、少なくとも四十歳前後のはずだ。しかし、見た目はずっと若々しい。

「はじめまして、マネージャー科の冨原です。こちらは……」

「はじめまして、同じくマネージャー科の中村です」

二人並んで頭を下げた。

「あら、冨原君。知ってますよ、うちの春の中学の先輩で生徒会長さんでしょう?」

「はい、桜新町《さくらしんまち》中でした」

「中村さんも去年の水商祭のドキュメンタリーを拝見しました。あれは名作ですね。二人ともよく来てくださいました。北原春の母で幸《さち》です。よろしく」

挨拶をしている間に、由美と美帆は制服の上からエプロンをかけカウンター内に入った。昼間はテイクアウトで総菜を売っているが、これからの時間は店内で食事をするお客さんもいるという。淳史と峰明はウェイターと皿洗いを担当することになり、女子二人は明日の総菜の仕込みを手伝い始めた。

「今はお酒を出せないし、営業時間も八時までなのよねえ」

調理の手を動かしながらママさんは事情を説明してくれた。

「どこも大変みたいですね」

「大変よお」

水商売の世界が窮地にあるということは、都立水商の生徒にとっても重大な問題だ。

「トミー先輩、ママさんとうちのお母さんは昔からの知り合いなんですよ」

野菜を洗っている由美が意外な関係を教えてくれた。

「へえ」

淳史と峰明は同じ反応を示して、由美の隣に立つママさんに視線を移す。

「そうなの、田中先輩には昔ほんとにお世話になったんですよ」

「先輩って学校のですか？」

「いえ、劇団の先輩」

由美の両親は同じ劇団の役者同士だったと聞いている。つまりママさんもその劇団に所属していた元女優ということだろう。

「うちのお母さんが言ってました。ママさんはスターになる人だった、って」

由美は得意そうに言ったが、

「そんなの嘘《うそ》よ。由美ちゃんのお母さんのお世辞」

ママさんは自分の手元に目をやったまま呟《つぶや》くように返す。

淳史はそんなママさんを見ながら、去年の六月末、初めて会ったときの春との会話を思い出した。

『母自身は望んで進んだ水商売ではなかったみたいです』

春はそんなことを言っていた。

「やってる？」

ドアが開いてお客さんが入ってきた。

（！）

見たことのある顔だ。

「あら、早いですね」

「うん、今日は打ち合わせだけだったからね」

そのやりとりを聞いているほんの数秒で名前を思い出した。長谷川敏郎《はせがわとしろう》。テレビでよく見る俳優さんだ。年齢は淳史の父と同じぐらいだろうか。

峰明も思い当たったようで、淳史と目が合うと無言で頷く。

長谷川さんはカウンター席の一番奥に腰を据えた。

「なんだか、今日は賑《にぎ》やかだね」

「はい、学校の先輩もお手伝いに来てくださいました」

由美がお冷《ひや》を出しながら説明する。口調からしてすでに顔なじみらしい。長谷川さんはこの店の常連ということだろう。

「ほう、じゃあ、君たちも都立水商の生徒なんだ？」

こういうのが職業柄というのだろうか、長谷川さんに話しかけられたとき、初対面の垣根を一切感じなかった。

「はい、都立水商マネージャー科三年の冨原淳史です。よろしくお願いします」

「同じく中村峰明です。よろしくお願いします」

「ああ、よろしくね。長谷川敏郎といいます」

この自己紹介には、淳史が二人を代表して、

「はい、よくテレビでお姿を拝見しております。お目にかかれて光栄です」

と返した。

長谷川さんは淳史たちに向けて大きく頷いてから、

「ちょっと今の聞いた？」

カウンター内のママさんに話しかけた。

「うちの劇団の若いやつらに見せてやりたいよ。流石に水商だなあ。挨拶からして見事だ」

応じてママさんはにっこり微笑み、

「この二人はまた特別みたいですよ。冨原君は生徒会長で、中村君は、幇間？　太鼓持ち？　それの指導もしているんでしょう？」

そんな紹介をしてくれた。娘の春や、そのクラスメイトの二人から聞かされていたのだろう。

「いや、そんな指導というのはおこがましいですけど、亡くなった桜亭ぴん介師匠の教えを伝えているだけです」

師匠の名を出すときの峰明は誇らし気だ。

「お、桜亭ぴん介！　知ってるよ。少し前に亡くなったねえ。一度演出家の先生に連れられてお座敷で芸を見たことがあるんだ」

長谷川さんのこの言葉に、

「本当ですか？」

峰明の大きな瞳が輝く。

「うん、あれもずいぶん昔だなあ。由美ちゃんのお父さんも一緒だったよ、確か」

「ほんとに？」

今度は由美の目に力が入る。

「うん。もうどれぐらい前になるかなあ、三十年以上前かな。僕が二十歳ぐらいだったから」

そうするとおそらく水商開校前のことだろう。

「じゃあ、うちのお父さんも若かったですね？」

父親の若い頃のことを聞きたがる由美の気持ちは理解できる。

「うん、由美ちゃんのお父さんは今の僕ぐらいだったかな。うん、そう、まだ由美ちゃんのお母さんと知り合う前のことになるなあ」

「そうですね、三十年前だとお母さんはまだ高校生です」

由美のテンションが高くなった。

「え？　ということは、あの二人はトシさんと由美ちゃんぐらいの年齢差ってことですか？」

ママさんは由美の両親のことを言っている。

「え？　そうか、そうなるな」

長谷川さんは由美とは以前から顔を合わせていても、この年齢差のことには今気づいたらしい。

「えー！」

由美はさらにテンションを上げた。

「こうやって考えるとあのとき驚いたはずだなあ」

「もうパニックでしたもんね」

長谷川さんとママさんは昔のことを楽しそうに語り合う。

「ええ、聞きたい、聞きたい。どんなだったんですか？」

由美にせがまれた長谷川さんは、「まあまあ落ち着いて」と言わんばかりに手のひらを見せて制した。

「みんなも聞きたい？」

と他の水商生にも確かめてから語り始める。

「土屋《つちや》さんは……あ、由美ちゃんのお父さんね、土屋賢治《けんじ》さん。僕からしても大先輩になるんだけど、本当に尊敬できる先輩だった。何というか本物の役者、と僕なんか思ってたよ。どんな役を演じても何かが乗り移ったみたいになり切ってね。毎回別人になる感じだった。舞台にいるのは本物の登場人物で、ふだん僕らが知っている土屋賢治さんはどっかに消えてしまったようで、もうね、鳥肌立ったよ。ふだんの姿を知っているからね。体つきまで違って見えて、それは素晴らしかった」

聞いている由美の目がキラキラしてきた。

「まあ、だからあまり外部の仕事には恵まれなかったのかな。外部の仕事というのは、劇団の公演以外のテレビや映画なんかの仕事だね。そちらの方がお金にはなるわけだよ。でもそういう映像の仕事だと土屋さんの実力は発揮できなかった。映像だとその役に合った人を探し出す方が早いわけだ。土屋さんのようにいろんな役に挑んで時間をかけて作り上げる、という役者は必要とされないんだね。僕なんかへたくそだから仕事に恵まれたと思ってるよ。いつも似たような役ばっかりでしょう？　そう思わない？」

これにはどう応じていいかわからず、四人の水商生は首を傾《かし》げるのみだ。この場合はその反応も正解かもしれない。

「ま、僕のことはいいや。で、僕が劇団に入った五年後に、高校を卒業したばかりの由美ちゃんのお母さんが入ってきた。みんなからはチャミって呼ばれてね。田中麻美《あさみ》だからチャミね。チャミは明るくて元気のいい子で、みんなから可愛がられてたよ。劇団というのは裏方も大事なんだけど、チャミは役者としての出番がないときにも裏方の仕事を一所懸命やってくれた。で、そのころ劇団の稽古場の近くに喫茶店があって、そこで土屋さんとチャミが二人でいるところはみんな見て知っていたわけ。『あ、なんか二人でお茶してるな』とか『今、二人が食事してたよ』とか言ってたわけよ。でもまさかつき合ってるとは思わないよね？　だってほら、僕と由美ちゃんのこと考えてみて」

　由美を見て、みんな声を出して笑ってしまった。当の由美も愉快そうに笑っている。

「お父さんと娘にしか見えなくて、絶対それはないと思うじゃない？　何か話し込んでいるのを見ても、『ああ、チャミが何か土屋さんに相談しているな』って思ってたよ、ほんとに。僕なんか、土屋さんも大変だなあ、そんなに真剣に聞かなくていいのに、なんて本気で思ってた。芝居のことだけじゃなく、恋愛相談にも乗ってるんだろう、ってさ、そう思うじゃない？　で、そのうちこのサッチンも劇団に入ってきて……」

「わたしはチャミさんの五年後輩ね」

　ママさんは仕込みの手を休めている。

「で、チャミが入団して十年ちょっと過ぎた頃だな、その頃は今より劇団活動が活発で、年に二、三回は新作の芝居やったりして、もう稽古、稽古の日々だったんだけど、そしたら急に土屋さんとチャミが結婚するって言いだしたから、そりゃもう……」

「劇団中パニック」

　ママさんが吹き出しそうな表情で言った。その横の由美は目をキラキラさせたまま長谷川さんとママさんを見ている。

「そりゃねえ、だって、子どもも生まれるって言うんだもの」

長谷川さんの言葉と同時に、ママさんが黙って由美を指さし、由美は身をのけぞらせて笑った。

「で、結婚パーティをやろうって話になったときに、このサッチンが『わたしも』ってんでまたパニック」

「わたしのことはいいですよ」

ママさんはそう言うが、由美と春が同級生であることを思えば当たり前の話だ。

「いやあ、劇団の実力ナンバーワンのベテラン俳優が三十六歳下の劇団員と結婚するかと思えば、劇団の期待の星が結婚というんだからね」

「やっぱりママさんはスターだったんですね？」

由美が確かめる。

「そりゃあ、そのころ外部の仕事を一番してたのはサッチンだったよ。だから劇団の公演にはあまり出られなかったよね？」

「そうですね」

ママさんは再び視線を下にして手を動かし始めた。

「え？　春ちゃんのパパも同じ劇団の人だったんですか？」

由美のこの質問は淳史には不用意なものに思えた。答えてもらえないかもしれない。

だが、長谷川さんはあっさり、

「違うよ」

と答え、続けて、

「鮫島守《さめじままもる》」

と春の父親の名を告げた。

「ええー！」

高校生四人が声を上げて驚く有名人だ。

「あれ？　これは言っちゃまずかったのかな？」

長谷川さんは四人のうち誰かは知っている事実だと思っていたらしい。

「いえ、いいんですよ。聞かれなかったから言わなかっただけだし」

ママさんは自分の手元を見たままあっさり言った。

鮫島守といえば、ドラマだけでなくCMやバラエティにも顔を出す有名人だ。奥さんともよく一緒に出演している。それで淳史の頭の中でママさんと結びつかなかった。

「ま、でも彼もちゃんとけじめをつけたわけだしね。最初はみんな怒ってたけど」

長谷川さんの言い方からすると、どうやら由美の両親の結婚は驚きをもって迎えられても祝福されたようだが、ママさんの結婚は歓迎されなかったようだ。

ママさんは調理の手を休めて顔を上げ、高校生四人を見て言った。

「鮫島さんは四回結婚してるのよ。わたしは二人目の奥さん。つき合いだしたころは最初の奥さんと別れてなかったから不倫ということね」

ママさんの口調は吹っ切れたというのか、他人の話をしている感じだ。

「あのう、春ちゃんはお父さんのこと知ってるんですよね？」

由美は自分が禁断の扉を開けたのか、と不安に思っている様子だ。

「知ってるわよ。でも春はお父さんと暮らしたことはないの」

「え？」

動揺した由美は、助けを求めるように淳史を見た。

「春が生まれる頃には、鮫島さんは次の人のところに行っちゃったのよ。それが三番目の奥さんね」

うわあ、と声を出しそうなところを必死に耐えた。

「それも春ちゃん知ってますか？」

「知ってるわよ。あの子には何でも話すもの」

これはつまり、淳史たちが気を回すことでもないようだ。母と娘の間に隠し事はない。

「トシさん、はい」

「お、どうも」

ママさんは長谷川さんの前に料理を並べ始めた。

「長谷川さんは一番古い常連さんなんです」

由美が淳史と峰明に教えくれる。

「そう、最初にここに通い出したころは……二十年以上前かな」

長谷川さんは料理に箸をつけながら回想している。

「そうね、わたしが最初にここでお世話になっていたころだもの」

ママさんも記憶を辿《たど》った。

「上京して劇団に入って、最初に始めたアルバイトがここだったの。それで、劇団の先輩たちがよく通ってくれて」

「そう、芝居の打ち上げの二次会か三次会は必ずここでさ。まあ、朝まで大騒ぎしてたよ」

長谷川さんは料理を口に入れながら懐かしそうに回想している。

「それから一度は仕事が忙しくてアルバイトしなかった時期があって、で、春が生まれてしばらくしてから、またここでお世話になったわけ」

ママさんにとっては大変な時期だったはずだが、口調は淡々としたものだ。

「愛子ママ元気かな？」

「ええ、お元気ですよ。愛子ママというのは、そのときのここのオーナーね。今は伊東の老人ホームで暮らしてるの」

「それで『スナック愛子』なんですか？」

淳史は最初からの疑問をやっと聞けた。

「そう、愛子ママが、一人で子育てしているわたしの窮状を見かねてね、ここを引き継がせてくれたんだけど、お店の名前は変えなかったわけ」

それから十数年、ママさんはこの店を切り盛りして春を育てたわけだ。春が母とお店に感謝しているのもわかる。

しかし、ママさんとしては、元々は望んだ仕事ではなく、娘には自分の好きな道に進んでほしいと願っているらしい。

淳史はこの母と娘の立場をそう理解した。

六時を回ったあたりから他の常連さんもやってきて、テーブルも二つ埋まった。淳史と峰明が料理を運び、由美と美帆はテーブルについて会話の相手をしている。これは校外店舗実習を経験していない二人にはいい勉強の場だ。

知識豊富な美帆はどんな話題にも対応できる。決して知ったかぶりのレベルではなく、相手の専門分野に関することでも客を唸《うな》らせる切り返しが見事だ。

一方、由美はマスクをしたままでも表情豊かな聞き上手だ。乗せられた客はよくしゃべる。

この様子なら由美の場合は二刀流でいけそうだ。彼女がメイクをキメたときの姿を知る淳史にはそう思える。本人は、

「わたしは物を知らないから」

と聞き役に徹するようなことをしばしば口にする。トンチンカンな受け答えで売る三枚目でも重宝されそうだが、メイクと衣装次第では、座っているだけで指名を取れるホステスにもなれるだろう。

（二人とも実習ではかなりの優等生だな）

そう淳史が感心したとき、

「美帆ちゃん、ちょっとお願いします」

カウンターの中から峰明が呼んだ。長谷川さんの横に立っていた淳史はカウンターの中を覗き込んだが、何か特別美帆の手が必要な作業があるようには思えない。

（あ！）

そこで淳史は気づいた。峰明は「つけ回し」のテクニックを磨くつもりだ。話の弾んでいるテーブルからあえてホステスさんを抜き、指名に繋げる技を見せている。この店では指名制度はないものの、テーブルに残った常連さんの美帆の帰りを待つ気配が伝わってくる。

やはり水商生が一番生き生きしてくるのは、こんな風に授業で学んだ技をお店で実

践するときだ。

（校外店舗実習やりたいなあ）

つくづくそう思う。その淳史の気持ちを察したように、

「なんか水商の勉強も今は大変らしいね」

長谷川さんが話しかけてきた。きっと由美と美帆に現状を聞いているのだろう。

「そうですね。このコロナ騒ぎが収束しないと学んだことを試す場に出られませんから」

淳史の答えに長谷川さんはゆっくり頷いてから、

「コロナの前と同じには戻らないかもしれないね」

と言った。

「世の中全体がですか？」

「うん」

「そうでしょうか？」

「とりあえずマスクを手放すまでに回復できるだろうかねえ？　君はどう思う？」

「うーん、無理かもしれないですね」

「ね？……このところ思うことなんだけどね、顕微鏡が発明されるまで、世の中に潔癖症なんてものは存在しなかったとは思わないかい？」

「潔癖症ですか？」

「うん。それまでは平気だったものが、顕微鏡が出来てそれを覗いた瞬間に人間の掌《てのひら》だのテーブルの上だのが、バイ菌だらけ、って発覚したわけでさ。それから潔癖症と呼ばれる人が出現したんだと思う。そういう歴史があって、今回のコロナで、飛沫がどれだけ飛ぶか、スーパーコンピューターによるシミュレーションとかいうものを見せられただろう？　あれで、人の唾がこんなに空中に舞ってたの！　ってことになったわけじゃないか。これまで平気だったものが、絶対無理、ってことになるかもしれない。そうなると、客商売も変質してくると思うんだよね」

長谷川さんの分析には説得力がある。

「やはり以前のような水商売のビジネスは無理でしょうか？」

「いや、基本的には需要はあると思うよ。僕もそんなに飲める方じゃないんだけどね、ちょっとほろ酔い気分で女性に話し相手になってもらうのは嫌いじゃないもの。だから、ただ飲み食いするだけの商売とは別に、必ず水商売は残ると思う。だけど、その形が以前と同じですむかどうかは、今のところ誰にもわからないね」

確かにそうだ。この先業界がどの方向に進むのか予想がつかない。水商売をどんな形で継続させるか模索するためにも、都立水商の校外実習は必要ではなかろうか。

淳史はこのまま八時の閉店までいて、ママさんにあることを相談しようと思い始めた。

ラグビー部

昨年は全国一斉休校の影響で、都立水商生徒会も大幅な予定変更を余儀なくされた。今年は少しでも例年の形に戻したい。「都立水商生徒会運営心得」によれば五月には楓光学園とのスポーツ交流会に合わせて、一年生の中から生徒会を手伝う人材を選抜することになっている。

二年前には淳史自身がそのときの松岡会長に勧誘されて、生徒会室に出入りするようになった。昨年は時期的には遅れたものの、田中由美に参加してもらい、続けて夏目美帆という稀有《けう》な才能を持つ人材も発掘できた。

今年に関しては、幸いなことに一年生の実習を手伝うことで、彼らの人柄を観察する機会があった。淳史が選んだのは一年A組の山田謙信だ。

淳史が買ったのは謙信の素直さだ。それに芸者幇間ゼミを取っているところを見ても、この学校で前向きに学ぼうという姿勢が窺《うかが》われる。

謙信はもう一つ選ぶ際の条件を満たしていた。部活に熱心な生徒はスケジュール的に所属している部に迷惑がかかる。その点、彼は芸者幇間ゼミを取っているだけで部活に属していない。

昼休みに一年A組の教室まで行き謙信と話した。

「僕なんかで大丈夫でしょうか？」

最初は予想通りの反応を示した謙信だったが、さっそくその日の放課後から生徒会室に顔を出している。見込んだ通り素直な子で、頼んだことは黙々とやってくれて、

「流石トミー、よく見つけてきたね」と他の三年生幹部にも好評だ。

楓光学園とのスポーツ交流会は三週間に亘《わた》るスケジュールとなった。移動時間を考えるとどうしても週末に試合を行うしかなく、両校生徒は観戦のため三週連続土曜日に登校することになった。

初日に行われた競技は午前中に軟式庭球とバレーボール、午後はラグビーだ。

スポーツ交流会の復活を強く望んでいたのはラグビー部主将の山本樹里だ。その言葉がこのイベント再開への大きな推進力となったから、淳史も彼女の気持ちに報いるべく交流会初日にラグビーの試合を入れるように努めた。その結果このスケジュールに落ち着いたのだ。

試合会場は三競技とも楓光学園だ。

スポーツ施設に関して言えば、水商より楓光学園の方が遥《はる》かに充実している。どの

部活の環境もプロチームに見劣りしない立派なものである。

テニスコートなど高級テニスクラブと見紛《みまが》うほどだ。そこで行われた軟式庭球は淳史が一年生のときに目にした以上の完敗。

体育館でのバレーボールも男女とも完敗。水商は一セットも取れなかった。

「ま、こんなもんだろう」

教室の大型モニターで観戦している水商生たちは達観している。何しろ、相手は特待生を多数抱えるスポーツ名門校だ。

午後になりモニターに楓光学園ラグビーグラウンドが映ると、緑鮮やかな芝生を目にして峰明が言った。

「ここ気持ちよかったねえ」

二年前のスポーツ交流会では、このラグビー場の芝生席で観戦後弁当を広げた思い出がある。日差しが強かったものの、吹き抜ける風が心地よく、暑いの、寒いの、と不満を漏らしたクラスメイトはいなかった。

ラグビーに関しては、花園常連の楓光学園と水商の差は甚だしく、例年楓光学園側は一年生のみの出場だ。一方水商側は全学年一丸となって挑むうえに、この対校戦のための「秘策」を用意している。

その「秘策」とは、見るからにそれとわかるゲイバー科の選手を投入し、相手の一年生選手がタックルを躊躇《ちゅうちょ》する隙を突く、というちょっと汚い手だ。全国から集められた精鋭楓光学園ラグビー部一年生であっても、初めて出会った本物のオネエにはビビッてしまう。その光景は毎年両校応援団にバカ受けしてきた。

毎年使う「秘策」だが、楓光学園側は一年生のみの出場だから、毎回引っかかるハメになった。昨年は中止になったので、今年は二年生も初めて目にする「秘策」となり、両校ラグビー部三年生は後輩たちの反応を楽しみにしていた。それは応援する立場でも同じことで、淳史たちは教室の大型モニターの前でワクワクして待ち受けていた。

最初に流れる選手紹介の動画では、ゲイバー科の選手もそれとわからないように登場した。そして、山本樹里と北原春の二人の女子部員を、

【今回は彼女たちにも出場のチャンスを】

と紹介している。

【女子といえども強烈なタックルにも耐えられます】

あえてそう強調して「秘策」のカモフラージュだ。

「これは楽しみになってきたぞ」

三年A組では期待が盛り上がってきた。

高校のラグビーの試合は前後半三十分ずつでハーフタイムは五分だ。

試合が始まった。

「？」

一昨年と様子が違う。明らかに水商が強くなっている。水商の選手はタックルを受けても簡単には倒れない。コンタクト後もスルスルと数メートル前進している。そこからのオフロードパスにも余裕が感じられる。

スクラムも互角以上に押している。フォワードの平均体重は楓光学園が十キロ以上重いにもかかわらずだ。

「これ、古武術の成果じゃないか？」

野球部の渡が指摘すると、

「確かに。俺たちも相手に押されないための指導を受けたよ」

バスケット部の真治が応じた。

運動部に所属すると何かしら古武術の技を真太郎とさくらから伝授される。ラグビー部の場合はハンドオフのやり方に古武術の技を取り入れた、と淳史は亮太から聞いている。

しかし、楓光学園の選手はスポーツ特待生が中心だ。単純なスピードでは水商に対して大きなアドバンテージを有する。

試合は「楓光学園のスピード」対「水商の古武術応用テクニック」の様相を呈してきた。コンタクトに強い水商だが、一旦スピードで抜かれてしまえば手の施しようもなく、先制点を許してしまった。そこから楓光学園はたて続けにトライを奪う。ようやく前半の終わり近くに筒井亮太がトライし、三年A組はクラスメイトの活躍に沸いた。しかしこれは、一矢報いた、という程度の印象で、劣勢を跳ね返したとは言い難い。

結局、楓光学園はトライ3、コンバージョンキックは2本成功、ペナルティキックの3点を加えて22点。

一方水商は亮太のトライはあったものの、コンバージョンキックは失敗。

22対5でハーフタイムだ。

淳史のクラスメイトたちは勝敗にはこだわらずに楽しむ姿勢でいる。

「さあ、こっからだよ『秘策』」

「今年のメンバーだと誰が行くのかな？」

「風間創平《かざまそうへい》」

「パープルか」

三年G組の風間創平は、源氏名を「セレモニー・パープル」として校外店舗実習に出ている。何でも古典が好きで紫式部にあやかって自分でつけたそうだ。

「セレモニーが式で、パープルが紫だね？　じゃ、『部』は？」

と淳史は本人に尋ねたことがある。答えは、

「『部』？　それは忘れて」

というものだった。そういういい加減なところが愛嬌になる面白いやつだ。

創平のクラスメイトである真太郎は、

「あたしはホモじゃないから」

としきりに口にするが、創平は逆に、

「あたしねえ、生まれついてのホモなのよー」

が口癖で、同級生のノンケ男子に恐れられている。風貌も「美少女男子」真太郎とは対照的だ。趣味の悪い厚化粧に、わざとかと思うほどヒゲの青さが目立つ。それでも気のいいやつだから、

「やめろよ、創平。気持ち悪いなあ」

などと罵られながらもみんなから愛されている。

「あいつなら『秘策』が効くなあ」

「ああ、効き目あり過ぎだね」

期待は高まる一方だ。

「ミネ、おととしの『秘策』の人は何ていう先輩だっけ？」

淳史は人名を忘れない峰明に確かめた。

「小野寺拓真《おのでらたくま》先輩だよ」

「そうそう、そうだった」

　今年卒業した小野寺先輩は、メイクの専門学校に進んでいる。一昨年観戦した対校戦では、薄く口紅を引いただけの控え目メイクだった。ただ、見るからにナヨナヨして、その仕草でオネエであることが相手選手に伝わっていた。

　後半が始まる。選手がグラウンドに出てきた。フルバックは創平に交代している。小野寺先輩と違い、創平のメイクはやり過ぎ感がハンパない。小野寺先輩に比べてガタイのいい創平だから、メイクでオネエを強調しているのかもしれない。交代したのは創平以外に、センターに入ったキャプテン山本樹里と二年生の北原春だ。女子部員の登場に、女子クラスは沸いていることだろう。

　楓光学園のキックオフ。キャッチされたボールはセンターの春を経由して創平に渡った。

「行くわよー」

　マイクがはっきり創平の声を拾った。

　ここからが「秘策」の見せ場だ。

　ボールめがけて殺到した楓光学園ラグビー部一年生たちの足が止まる。

「ほら、タックルしなさいよ。来なさいよ」

　手招きしながら挑発する創平の声と観客席の笑い声が聞こえてくる。生で観戦しているのは楓光学園ラグビー部上級生と一部の一般生徒だ。

「言っとくけどね、わたしはホモよ。真性のホモだからね。イタリアでもホモでありたい。これ、回文よ。逆に読んでも同じやつ」

よくしゃべる。

「創平、何言ってんだよ？　イタリアでもホモでありたい？」

「あ、ほんと、回文だ」

呆《あき》れながらの笑いが教室に満ちた。

「来なさいよ。来ないの？　じゃ、こっちから行くわよ」

突然、全力疾走で楓光学園一年生ラガーマンに向かう創平。蜘蛛《くも》の子を散らすように逃げるのを追いかけ回し、そのままトライになった。

「やった、やった」

A組だけでなく三年生各教室はお祭り騒ぎだろう。一、二年生たちは呆気《あっけ》に取られていると思われる。

コンバージョンキックも創平が決める。そのキックは驚くほど正確だった。

続いて創平の二本目のトライとキックが決まり、一気に22対19の3点差に縮まった。

ここでようやく、

「こらあ、何やってんだあ？」

「タックルに行けよ！」

楓光学園ラグビー部の上級生が叱咤すると、一年生たちは互いを見て頷き合った。

「こりゃ、そろそろ来るな」

「創平もここまでか」

一昨年もそうだった。楓光学園の選手が気持ちを入れ替えると、小野寺先輩は強烈なタックルで一たまりもなく吹き飛ばされたものだ。

「キャアー」

という悲鳴が今も耳に残っている。

楓光学園のキックをキャッチした水商側は春にパスを回す。そこからフルバックの創平にボールが渡ると誰もが思ったとき、春は素早く体を反転させて創平とは逆のサイドにいた樹里にパスした。狭いディフェンスラインを樹里の体がすり抜ける。

「速ッ」

一度抜かれた楓光学園の選手は誰も樹里に追いつけない。何しろ50メートル6秒フラットだ。楓光学園の選手紹介ビデオでは、ウィングの選手の50メートル走の記録は6秒1と紹介されていた。つまり樹里の方が上だ。女子でこのスピードとは楓光学園側は誰も予想していなかっただろう。

楓光学園最後の砦《とりで》のフルバックは、明らかに樹里のスピードを読み誤り、虚《むな》しく犬曲線を描いてタックルできない。

樹里は一年生のときにはこのスポーツ交流会に陸上部の助っ人《すけと》として参加し、短距離と走り幅跳びで圧倒的な強さを見せた。あのときのことは楓光学園の三年生の一部に記憶している生徒もいるだろうが、ラグビー部の関係者は樹里の走りは見ていないのだろう。グラウンドにいる選手だけでなく、観客席の部員も驚いているのが画面から伝わる。

ピー!

審判のホイッスルが鳴る。トライ。水商逆転だ。

三年A組では、大歓声が上がった。

試合前日のホームルームで筒井亮太は、

「ラグビー部としましては、今回は勝つ予定です。応援よろしく!」

と挨拶した。しかしそれを信じる者はいなかった。水商がリードするなど予想していなかった展開だ。創平のコンバージョンキックも決まり、26対22。

楓光学園側は静まり返っている。今見た光景が信じられないのだろう。

そこからは上級生に叱咤されずとも、楓光学園ラグビー部一年生チームは樹里と春を女性と思わず向かってきた。

彼らも先輩たちから、この対校戦で全勝してきたことを聞かされているはずだ。自分たちの代だけ負けるわけにはいかない。必死になるのも当然だ。

ラグビーではバスケットやバレーのようなタイムアウトがないうえに、監督は観客席にいる。選手たちが自ら対策を考えるしかない。しかし、そこは選抜されて入部している特待生選手たちだ。自分たちの優位性はスピードにあるとみて、早めにバックスにボールを展開する。

観戦している側も、ここからは前半と同じ展開になるものと覚悟した。

ところが、楓光学園のウィングはトライを奪えなかった。ウィングまでボールが渡る前に早い段階で水商のタックルが決まる。水商のタックルは強力で、一発で相手を倒す。ときには片手で倒すこともあった。それも全員だ。フルバック風間創平も鉄壁のディフェンスを見せる。密集も早く、ジャッカルも決める。

「なんか、こいつらすごくないか？」

三年A組の空気も変わってきた。

「リョーチン、本気だったんだ」

あらためて昨日聞いたクラスメイトの覚悟の言葉を反芻《はんすう》する。

得点的には十分ほど膠着《こうちゃく》状態が続いた。どちらも決定的チャンスを摑《つか》めないでいる。こうなるとセンターの女子部員のところを突いてこられるのではないか、と心配になってきたとき、水商側22メートルラインを越えたところで、ボールを持った楓光学園のナンバーエイトがラックの脇から飛び出してきた。北原春に向かって突進してくる。相手は春より二回りも大きく見える。

(危ない!)

見ている水商生は全員春の身を案じた。生命に関わる危機に思える。フロントタックルは無謀だろう。

春は相手の進行方向から一度横に離脱する動きを見せた。

(それでいい)

避けて当然だ。それを責める者はいない。

しかし、彼女はそこから倒れ込むようにして相手ナンバーエイトに身を寄せた。

(?)

ナンバーエイトは派手に前に突っ込んで倒れ、さらに起き上がろうとしたところに創平のサイドタックルを受けた。弾みでボールが彼の手を離れて舞い上がる。それを樹里が空中でキャッチし、攻守が入れ替わる。

相手ゴールに向けて走り出した樹里は、ディフェンスが迫るのを見ると、春にパスした。春はそのパスを片手で弾《はじ》くようにして亮太に渡した。ボールを脇に抱えた亮太は、ハンドオフで二人を倒した。二人目など、ただのハンドオフではなく、片手で相手の肩を持ったまま数メートル走った。そこから春にパスすると、春は瞬時に樹里にボールを送った。まるでパスをスルーしたかのように春の体の前で止まることなくボールは樹里に向かったのだ。

パスを受けた時点で樹里はトップスピードになっていた。今グラウンド上に樹里より速い選手はいない。ハーフウェイラインを越えたところで、樹里の前には誰もいなかった。タッチライン沿いを走る樹里。追いかける楓光学園ウィングは樹里との距離を詰めることはできない。

樹里はそのままインゴール隅にトライした。

「おおー」

誰も茶化していない。

「すごい、すごい」

淳史のすぐ後ろで峰明がそれだけ繰り返している。

難しい角度のコンバージョンキックを創平が見事に決めた。

33対22。

試合時間は残り五分を切っている。

「これ、本当に勝つんじゃないか?」

クラスメイトの誰かが独り言のように呟くのが聞こえた。だが、教室の空気には緊張感が漂い誰もそれに応じなかった。

競技種目に関わらず、強豪と呼ばれる伝統校で教わらないことが一つある。それは、「諦めること」だ。楓光学園ラグビー部はそんなチームだ。まだ入学して一か月ほどしか経《た》っていなくとも、彼らは今自分たちが何をすべきかわかっている。トライを二つ決め、コンバージョンキックを一つは決めること。それで勝てる。

手に汗握る攻防が続いた。

ディフェンスでも樹里のスピードは生きた。ボールを保持した相手バックスがスピードに乗る前にサイドタックルで潰すかと思うと、自分より明らかに30キロ以上重いと思われるフォワードの突進をフロントタックルで阻む。

攻守に亘りキャプテンに相応しい活躍だ。

しかし、楓光学園の選手は一年生といえどもこの競技をよく理解していた。

水商22メートライン手前でのラインアウトになり、ボールを持った楓光学園のフッカーが何か叫んだ。彼が投じたボールをキャッチすると、フォワードが密集してモールだ。楓光学園はバックスも加わって押し始めた。水商はここで後手に回った。団子になった楓光学園の戦車のような怒濤《どとう》の前進を、必死に阻もうと密集しても崩される。

ピー！

そのままトライ。コンバージョンキックも決まる。

33対29。

本来の両校の実力からいえばこの点差はあってないようなものだ。トライ一つで逆転される。だが、

（勝てる）

淳史はそう思っていた。口には出さない。言葉にした途端に運を手放すような気がしたのだ。

淳史が勝利を確信したのは、モニターに映し出された水商選手の顔を見たからだ。

誰もが、

「想定内だ」

と言わんばかりに落ち着いた目をしている。呼吸も必要以上に乱れていない。

残り二分の戦いだ。

「勝てるぞ、守り切れる」

渡が大きな声で言った。彼自身が諦めることを知らないアスリートだ。その声は水商ラガーマンには届かないが、一緒に観戦しているクラスメイトを勇気づけた。

「そうだ、いけるよ」

「リョーチン、頑張れ！」

声を出しての応援は控えるように通達されていた。その通達は生徒会が、つまりは

淳史が出したものだった。だが、ここでそれを咎《とが》めることなどできない。

ボールを奪おうとする楓光学園に対して、水商は守りに回らなかった。常に、「前へ」とアタックし続ける。跳ね返されても、潰されても、そこからまたパスを繋ぎ攻める。自分の出した通達を淳史自身が無視しないわけにはいかなかった。自然に声が出る。

「頑張れ！　もう少しだ！」

一年生のときのラグビー部海老原キャプテンとの出会いを思い出す。ふだん少しシニカルでお道化《どけ》た調子の海老原先輩は、ことラグビーに限っては真剣で、淳史に水商の精神を教えてくれた。今樹里や亮太はあの先輩の心を継いで戦っている。ホーンが鳴った。亮太がボールを蹴り出すと同時に水商選手が飛び跳ね、楓光学園の全選手がグラウンドに膝をつく。

その瞬間、水商の校舎全体に歓声が轟いた。


月曜日、ラグビー部員が各教室に「凱旋《がいせん》」してきた。

三年A組でも筒井亮太をはじめとする三人のラガーマンを拍手が包み、指笛が称賛した。亮太たちは、

「やあやあ」

と両手を挙げて応じるが、試合中この教室がどれほど熱くなっていたかを知らない。

それがモニター観戦の欠点だろう。熱戦が応援のボルテージを上げ、その声援が選手の闘争心を煽《あお》る、という相乗効果がスポーツ観戦の醍醐味《だいごみ》だ。やはり来年以降、できるだけ早めに元の形に戻すべきだと淳史は思った。

試合のことを聞こうとクラスメイトが三人を囲みそうになるので、密集を避けるべく、急遽《きゅうきょ》報告会となった。ホームルームの時間に亮太たちに教壇に立ってもらう。伊東先生と石綿《いしわた》先生も教室の後ろで立ったまま聞く側に回った。

亮太によれば、土曜日の試合の後半のメンバーが水商としては最強だという。

「今、部員は十八人で、今回全員試合に出たんだけど、本当は後半の十五人がスタメンとしては相応しいんだ。なので、公式戦では水商本来の力を発揮できない。樹里と春は公式戦では使えないからね。だから、楓光学園の対校戦は本来の自分たちの力を試す絶好の機会だったわけ」

樹里がスポーツ交流会復活を熱望した理由はここにあったのだ。

「樹里のスピードはみんなも知っていたと思うけど、創平のキックもすごかっただろう？　それに二年生では北原春が一番の選手なんだ」

この説明に内山渡が挙手して質問した。

「樹里と創平の能力はわかりやすかったけど、北原春についてもう少し詳しく聞かせてくれ。ボールのさばき方は見事と思った。だけどあの向こうのナンバーエイトを倒したタックルがよくわからん。なんであいつ倒れた？」

よく聞いてくれた、とばかりに亮太は手を一つ打った。

「あれな！　あの場面をスローで再生してほしかったなあ。春はアンクルタップの名人なんだ。アンクルタップというのは相手のかかとを手で払ったり叩くタックルのことなんだけど、あの場面で、春は一度避けるような動きをしただろう？」

全員がその場面を脳内で再生している反応を示した。

「そのあと、スーッと体を寄せて倒れ込んだ。あのとき、春は右手で相手のかかとを上から叩いたんだ。地面を搔《か》いて上がって来るスパイクのかかとを逆方向に叩いた。全体重をかけてね。で、あのナンバーエイトはつま先で地球を蹴った。で、転んだ。けっつまずいたわけだ」

亮太は手を使って、そのときのナンバーエイトの足の動きと春の手の動きを説明してくれた。

「そんなことできるの？」

渡は頭では理解できたが信じられないという言い方だ。

「できる。春はその名人だ。もう百発百中。アンクルタップという言葉があるくらいだから、元々ラグビーでは使われているテクニックだけど、これがだな、城之内合気柔術にも同じ技があったわけだよ」

「そういうことか！」

質問者渡が大きな声を上げたと同時に淳史も納得した。他のクラスメイトも同じだろう。

「去年は大会どころか練習試合もできなくて、ただひたすら練習に明け暮れた。さくらと真太郎の指導を徹底的にマスターする時間になったんだ。古武術の応用でまずスクラムは押されなくなったし、タックルは一発で倒せるようになった。部員全員が技を身につけていったんだけど、どうしても個人差はあるよね。春は古武術の優等生だ。タックルだけでなく、あのボールのさばき方も古武術の応用なんだ。女子だからどうしても相手より軽い。ボールを持った瞬間にタックルされると体ごと後退させられる。だから素早くボールを回して相手のレイトタックルを誘う」

ほう、と全員で斉唱する。古武術の指導は知っていたものの、種明かしをされると驚くことばかりだ。

「それで今回は『秘策』を披露するだけでなく、本気で勝ちに行ったわけだね？」

渡が納得して話を締めようとしたところ、

「それは違うよ」

と亮太は応じた。

「違うの？」

渡の当惑はわかる。淳史も渡と同じことを考えていた。

「誤解があるようだけど、わがラグビー部はこの対校戦で毎回勝利を目指してきた。これまで結果として勝てなかっただけで、負ける気で対戦したことなど一度もない。あの『秘策』にしても勝つために考え出されたものだ。今回も最初から後半の最強メンバーで戦って勝てたかはわからない。最初に手の内を晒せば、楓光学園は対応してきたかもしれないし。だから今年も『秘策』は必要だったと思ってるよ。とにかく長年の目標だった打倒楓光学園を俺たちの代で達成できたことは最高に嬉しい。二年前の対校戦を観たあとで入部した俺たちだけど、頑張ってきた甲斐《かい》があった。どうも皆さん応援ありがとうございました」

深々とお辞儀する三人のラガーマンを再び拍手が包んだ。

進学相談

放課後の課外活動が活発になってきた。

スポーツ交流会はあと二回週末に対校戦が組まれているから、練習に熱を入れている運動部もあれば、秋の水商祭に向けて文化部も動き出している。

生徒会室では、二年生はスポーツ交流会の試合中継準備と選手紹介動画の制作に没頭し、淳史たち三年生は水商祭の相談をしていた。

文化部長の加賀とわえは、「劇場中継型水商祭」を提案してきた。実は淳史もこれに賛成だ。

「去年の動画用に企画した水商祭も面白かったんだけどね」

とわえは昨年の水商祭を主導した淳史に気を遣ってか、まずそう言ってくれた。

「わかってる。あれは苦肉の策としては上出来だった、と思っているよ」

そう応じると、とわえは淳史の表現を笑った。

「そんなに卑下することはないと思うよ。作品として面白かったのは確かだもの。ただ伝統を継承するには二年続けてあの形はまずいと思う」

「そうだよね。よし、各文化部の代表を集めて、今年の水商祭はライブの一発本番でそれを中継することを通達しよう。その中で、たとえば去年みたいに演劇部と映研のコラボの映画や、ロック研がMVを作りたいということであれば、本番の中でそれを上映するという形で認めよう」

「それでいいと思う」

話はまとまった。

生徒の自主性を重んじる水商では、ここでの決定が職員会議でも尊重される。つまり先生には報告するだけで、あとは生徒会側の舵取《かじと》りで進行する。先生の指導を受けない分、生徒会の責任は重いわけだが、これこそが都立水商の伝統だ。

「それでは今週中に各文化部代表と個人の出演希望者を集めよう」

ということで、その日時などはとわえに一任した。


毎週火曜日は受験相談の日で、松岡尚美先輩が相談室で待機してくれている。

今年の卒業生に続き、進学に切り替えようかと悩んでいる三年生は多い。

二学年上の代で大学に進学したのは松岡先輩一人だ。他の何人かは美容やデザインの専門学校に進み、夜はこの学校で学んだ道で稼いでいる。だから、就職組としてカウントされているが、これはこれでなかなか効率のいい生活と思える。時間もお金も無駄にしない生き方だ。

淳史は進学することを松岡先輩と野崎彩先輩に強く勧められていて、松岡先輩には家庭教師状態で勉強を見てもらっている。

二階の相談室の前まで来ると、中では誰か三年生が相談中のようだった。成績や家庭の経済状況などを正直に明かせば、どの大学に進める可能性があるか松岡先輩が率直に答えてくれる。先輩の指導のありがたいのは、少し上の目標を設定してくれて、それに向けての勉強方法を一緒に考えてくれるところだ。

相談室のドアが開き、

「まだ時間があるからね。努力の方向さえ間違わなければ大丈夫よ」

松岡先輩はそう声をかけてC組の生徒を送り出した。ホストクラブの求人はまだ少ないままだから、ホスト科の生徒で進学に変更したという話はよく聞く。

「あっちゃん、今日は何？」

「あの、今時間ありますか？」

「そうね、相談の予約があったのは今の子で最後だから、誰か次の飛び込み相談の生徒が来るまでは大丈夫よ」

そう言って、先輩は相談室に招き入れてくれた。

「何か問題あるの？　生徒会の方？」

「生徒会の方はとりあえず順調です。ご相談したいのは、実習のことなんですけど」

「実習？　校外店舗実習の方？」

「そうです。校内での実習については例年より充実してます。といっても校外実習の代替としてですけど」

「それは仕方ないわね。学校側としても、このコロナ禍の推移を横目で睨《にら》みながらの決定だもの」

「そうなんですよ。ですが、まあ、これは他の人の意見なんですが、コロナ禍が去ったところで、水商売の世界が以前と同じ形で継続できるかどうか、そこは保証がないと」

「そういう意見があるのね？」

「はい、でも、もっともな話とは思いませんか？」

「そうね、これからは他人との距離の取り方は違ってくるでしょうからね」

「そうなんです。で、我々水商売を学ぶ立場としては、そのコロナ後の世界での水商売のあり方を、今のうちに模索しておくべきと考えてまして」

「そのための校外実習をしたいという話？」

流石、松岡先輩となら話は早い。目から鼻に抜ける、という言葉を美帆に教わったが、正に松岡先輩のような人のことだと思う。

「そうなんです。具体的にはですね、松岡さん、この前のラグビーの対校戦をご覧になりましたよね」

「もちろん。応援しないとエビちゃんたちに怒られるもの」

「そうだ、海老原先輩は喜んでたでしょう？」

対校戦を応援したい卒業生用に、当日は視聴覚室を開放していた。ラグビー部OBはそこに集合していたのだ。

「それがね、あいつ、いつものようにおちゃらけて見せるかと思ったのに、本気で泣いてたわ。ちょっと感動的だった」

「へえ」

海老原先輩のラグビー愛は本物だ。三年間真剣に勝利を欲していたのに、三回の敗戦を喫しての卒業となった。就職したお店もコロナ禍で苦戦しているようだから、後輩たちの勝利には格別の喜びがあったのだろう。

「ラグビー部がどうしたの？」

「あ、そう、そうでした。あの試合で山本樹里以外にもう一人女子部員がいたのを覚えてますか？」

「北原春ちゃんでしょう？　覚えてるなんてものじゃないわよ。ラグビー部のOBたちはあの子を絶賛していたもの」

「そうだったんですか。いや、確かに彼女のラグビーの実力はすごいらしいですね。実は、彼女のお母さんは三軒茶屋でスナックをやっています」

「あっちゃんの家に近いわね」

「自宅の方はもっと近くて、彼女は僕の中学の後輩です」

「じゃあ、中学の頃からの知り合い？」

「そういうわけではなく、水商で知り合ったんですけど、彼女にラグビー部を勧めたのは僕です」

「あら、いいことしたわね」

「それでですね、彼女のクラスメイトの夏目美帆と田中由美が、時間のあるときにお店の手伝いをしてるんです。春ちゃんはラグビーの練習がありますから、その代わりに手伝っているということですね。先週は、僕とミネもお手伝いしたんですけど、久しぶりにお店に出るとやっぱり校内での実習とは手応《てごた》えが違うんですよ」

「それはそうでしょうね。本物のお客さんに接するわけだもの」

「そうなんです。で、その二人も毎日は無理ということなので、逆にこちらでスケジュールを組んで交替で自主的な実習をやらせてもらったらどうかと考えました」

「いいアイデアだと思うけど、お店の方は？」

「ママさんには承諾していただきました」

「あ、そう。わかった。あっちゃんは学校にどう報告すべきかと考えているのね？」

「そうです」

「ふうん……それは建前で考えると難しい問題になるわね」

「ですよね？」

「たとえば伊東先生にこのアイデアを報告した場合、先生ならOKをくれると思うけど、万が一クラスター発生となった場合に学校の責任を追及される」

「やはりその恐れはありますよね？」

「まあ、そのときには喜ぶ人がいると思うわ」

「喜ぶ？」

「この学校を潰そうなんて考えてる人にはいい口実よ」

そうなのだ。業界の未来のことを考えて真面目にやっている行動でも、敵対する側にエサを与える結果になりかねない。

「どうしたらいいと思います？」

松岡先輩はちょっとの間、天井に目を向けた。ものを考えているときのこの人の癖だ。先輩は真上に向けていた視線をゆっくり下ろし、淳史と目を合わせた。

「別の建前を持ってきて難しくしなければいいんじゃない？」

「と言うと？」

「純粋に友だちのお母さんのお店を手伝っているということ。実習の代わりとかでなくね。でも、ちゃんとあっちゃんがスケジュールを調整して、たとえば最大五人まで、まあ六人でも七人でもいいんだけどね。その制限を設けてコロナ対策をとる。三軒茶屋のスナックというとそんな大きなハコではないでしょう？」

「はい」

「あっちゃん、今日は行かないの？　そのお店に」

「ええ、帰る途中で顔を出そうとは思ってました」

「じゃ、ちょっと待っててよ。一緒に行きましょう。わたしもそのお店の様子を見ておきたいわ」

これは心強い。

淳史としては、松岡先輩の支持を得たことで方向性に間違いはないと確信した。

野球

ラグビーの試合のあった日は水商の一勝二敗だった。それでも出来過ぎと呼ばれる結果である。

翌週は、やはり楓光学園で午前中に陸上と柔道、午後には野球の試合が行われた。

陸上も楓光学園の圧勝だ。何しろ楓光学園には、将来のオリンピアン候補が各学年に一人はいる。しかし、一昨年と同じく山本樹里が助っ人で参加し、短距離女子は彼女一人が圧勝した。

ラグビーの試合を観た後で、両校の生徒は樹里のスピードのすごさを知っており、最初から注目されたが、勝ち方がハンパなかった。女子百メートルでは、最初の三十メートルで他に大きく差をつけた樹里は一度速度を落としたように見えた。それでも他との差は縮まらない。七十メートル過ぎに彼女は再びトップギアに入れて、ゴールを駆け抜けた。

記録は11秒16。

見た目の圧勝で驚いたものの、この記録についてはピンとこない。

中継を担当する楓光学園放送部員の声がモニターのスピーカーから流れた。

『百メートル女子の日本記録は11秒21です』

「ええー！」

クラスメイト全員が声をあげてしまい、その後しばらく沈黙が覆う。やがて、

「すごいすごい、とは思ってたけど」

「日本で一番なわけ？」

「今からオリンピック出場はなし？」

の声がぽつりぽつりと上がってくる。

楓光学園のグラウンドは公認トラックで、ここでの記録は世界に通用する。しかし、今回は公式の大会ではないので、日本記録として公認されないらしい。

「樹里が最後まで真剣に走っていたらどうなってたろう？」

この素朴な疑問には、

「樹里はふだんああいう走り方を練習しているんだ。ラグビーでは、タックルをかわすのに速度のメリハリが大切だからね」

と亮太が解説する。

それは納得だが、やはり樹里は陸上で才能を生かすべきだと思ってしまう。

「まあ、陸上にしろ七人制ラグビーにしろ、いずれ樹里がオリンピックに出場することは間違いないね」

この亮太の言葉には誰にも異論はない。

樹里の輝きがさらに増したのはリレーだ。一〇〇m×4リレーのアンカーで登場した彼女は、第三走者からバトンを受けると遥か先を走る楓光学園のアンカーをゴール直前で捉え逆転勝利を果たしたのだ。

見ていて鳥肌が立った。競技場にいる他の誰ともモノが違う。

「これは何？　DNAの違い？」

ふと浮かんだ疑問を口にしたクラスメイトに、

「それ言うと樹里は差別だって怒るよ」

亮太が釘を刺す。だが、淳史にはこれに関連した他の疑問が浮かんだ。

「シンジ、亜敏は姉ちゃんより足速いのかな？」

答える真治に全員の視線が集中する。

「ああ、聞いた話だと、小学校までしか姉弟でかけっこしたことはないってさ。そのころは姉ちゃんの方が速かったらしいよ。でも、今はそうだな、50メートルはわかんないけど、百メートルを走らせたらストライドの差で弟が速いんじゃないか？」

つまり亜敏は陸上でもいいところまでいきそうという話だ。

「亜敏も陸上で見てみたかったなあ」

峰明が惜しんで、みんなは小刻みに頷いていた。


柔道は、さくらと真太郎がコーチとして同行した。

水商柔道部もさくらと真太郎の指導で強くなってはいる。しかし、楓光学園は男女ともインターハイ常連の強豪で、特に女子はインターハイでの団体戦ベスト4が二年続いていた。昨年はインターハイが中止になったが、もし開催されていれば優勝を狙える戦力だったと言われている。

一昨年の対校戦では、そんな強豪相手に真太郎とさくらはそれぞれ男女の団体戦で五人抜きを達成した。そのため楓光学園の三年生に強烈な印象を残していて、二人が柔道場に姿を現すと、ピンと空気が張り詰める。それはモニターの画面からも伝わってきた。

試合開始。男女とも先鋒は楓光学園が勝利した。しかし、真太郎とさくらは味方の選手をよく指導して、相手の二人抜きを許さなかった。一度戦いを見て相手選手の特徴を分析し、次の選手に的確なアドバイスを送る。選手の方も日頃からこの二人に鍛えられているので、見事そのアドバイスを生かして期待に応えてくれた。

男女とも水商の大将が楓光学園の副将に倒されて終わった。敗れたとはいえ、水商善戦だ。

「ま、真太郎とさくらが出ていれば、うちの勝ちだったな。が、それは言わないでおいてやろう」

亮太のこの発言は負け惜しみには聞こえない。

午後からは野球の試合である。

楓光学園野球部では、この時期に夏の甲子園予選に向けて選手の最終選考を行い、一軍入りを逃した三年生は水商との対校戦を引退試合としている。そのため、どうしても楓光学園グラウンドで試合する必要があった。この試合で引退する選手の保護者に観戦してもらうためである。

楓光学園は今や甲子園常連校であり、全国にその名を轟かせている。甲子園で校歌が流れた回数も十回を優に超える。それゆえ、相手はレギュラー落ちした選手であっても水商側は何ら手加減する必要はなかった。むしろ全力でぶつかっていっても勝つのは難しい相手だ。しかし、一昨年に内山渡と二組の吉野兄弟という、甲子園を制覇したOBの二世が入学してから形勢が逆転した。

今年も伊東は勝つ気でいた。いや、今の水商ならば楓光学園の一軍とやってもおそらく大差で勝てるはずだ。

かつて甲子園を制したときは、徳永猛《たけし》という怪物エースをずっと世間の目に触れさせずに鍛え上げた。今年はそんな策を弄する必要はなかった。昨年はコロナ禍で甲子園大会は中止となり、徳永猛の息子英雄の投球を披露する舞台はなかったのだ。

今日の先発は三年生の森重《もりしげ》厚義《あつよし》だ。森重は入学以来努力を惜しまなかったが、一年下に徳永英雄という怪物が入り、さらのその下には水商野球部メンバーの充実ぶりを耳にした有望な選手が大挙入部してきた。本人もわかっていると思うが、これから先に公式戦での出番があるかと言えば正直難しい。この伝統の対校戦での先発を任せることで彼の努力に報いたい。

野手もレギュラー以外の三年生メンバーを並べた。しかし、楓光学園ほど部員はいないから、下級生も起用する。レギュラーメンバーは試合後半まで温存だ。

徳永猛に任せて以来、投手陣の指導について伊東は一切口を出していない。何しろほんの二年前までメジャーで投げていた徳永は、伊東の知らないトレーニング法や投球術にも精通しているはずだ。

だから継投については徳永に希望を伝えるだけだ。英雄には七回からの3イニングを任せたいこと。そしてもう一人、一年生投手梅田《うめだ》孝《たかし》を試したいこと。この二点だ。

梅田は身長一七七センチで体重は六十八キロ。球速は一三〇キロ台、というモンスター英雄に比べるとすべてに亘って標準的な投手だ。だが、チーム内で紅白戦を行うと、この梅田の投球を三年生のレギュラー陣が打ちあぐねた。

この三年生たちは、昨年英雄が入部してきたとき、すでに球速百六十キロを超えていたストレートも少し甘いと打ち返していたものだ。その打線が梅田の投球の前に沈黙した。

「面白いやつが入ってきたな」

伊東がそんな感想を口にすると、

「梅田はいいですよ」

徳永は梅田の投球を見た瞬間にそう思ったらしい。

伊東は甲子園を目指すにあたって、英雄の投球数だけが気になっていた。もし梅田が公式戦でも使えるなら、その問題は解決する。そうなると二度目の甲子園制覇もさらに現実味を帯びてくる。

試合が始まった。水商側の応援はいない。全校生徒が学校でリモート観戦している。観客席にソーシャルディスタンスを取って座っているのは、楓光学園の一般生徒の一部とこの試合に出場している部員の保護者だ。

水商は前回の試合で後攻だったので、今回は先攻となる。

どちらの選手も無用な緊張がない分、実に楽しそうな表情だ。

楓光学園の選手は高校最後のゲームに他人には想像できない感慨を持って臨んでいるのだろうが、悩み苦しんだ時期はとうに過ぎて、気持ちは吹っ切れているのだろう。守っていても生き生きとした動きを見せる。

攻守が替わると、今度は水商の先発投手森重が「打たれても構わないから自分の投球を」と腹を括《くく》ったピッチングを見せる。締まった内容のいい試合展開だ。

徳永の進言に従って投手を替えても、その締まった雰囲気は変わらなかった。

先発の野手の打順が三巡目にかかる五回表から、代打を出してはそのまま守備につかせ、徐々にレギュラーメンバーが顔を揃える。そこから水商の得点が重なる。内山渡と二組の吉野兄弟の打撃は他の選手とは段違いだ。聞けば打球音が違うし、見ればスピードガンで計らなくとも打球の初速の違いがわかる。

そして守備につけば、彼らのプレイにはまったく危なげはない。

一年生投手梅田が登板した。彼の持ち味である打たせて取るピッチングで凡フライと内野ゴロが続く。レギュラー内野陣の動きが光る。内野安打を記録しそうなボテボテのゴロをサードが素手で掴み一塁で刺す。そのダッシュも矢のような送球も目を見張るものがあった。

そして七回裏、

〈都立水商選手の交代をお知らせします。ピッチャー梅田君に代わって、徳永君……〉

球場の空気ががらりと変わった。

淳史たちは野球部員の活躍を久しぶりに目にする。一年生のときはこのスポーツ交流会で観戦したあとに、夏の甲子園予選を応援した。しかし、昨年は両方とも中止となった。

いつも教室で一緒なのに、内山渡がこんなに逞《たくま》しくなっていることに気づかなかった。制服でなくユニフォーム姿になるとその変貌がわかる。二組の吉野兄弟もそのユニフォーム姿から発せられるオーラはまさにスター選手のそれだ。

七回になって英雄の登板が告げられた。バスケットでの活躍は見てきたが、ピッチャーとしての英雄を見るのは淳史たちも初めてだ。

キャッチャーは内山渡、内野手は二組の吉野兄弟、外野はセンターの網永杉雄《あみながすぎお》だけが三年生で、レフトは二年生の飯窪幸介《いいくぼこうすけ》、ライトも二年生の清水譲二《しみずじょうじ》だ。これが本来のスターティングメンバーなのだろう。

英雄がマウンドに上がる。身長二〇四センチ、ランディ・ジョンソンやタイラー・

グラスノーと変わらぬサイズの投手が高校生相手に投げる。

相手バッターにはこのサイズだけで脅威だろう。淳史たちは英雄が一年生のときからその姿を目にしてきたが、当初の「高い」印象が、今は「大きい」に変わっている。身長も少し伸びたうえに筋肉もついて、全体に一回り大きくなっている。

「渡が言ってたな、感覚でいうと投手板より三メートル前から投げている印象だってさ」

渡の前の席の池村真治が言った。それは淳史も聞いたことがある。そして英雄の球速では実際に前から投げているのと同じ結果になり、打者はタイミングをとるのに苦労するらしい。

そのうえ日本ではプロでも滅多に見ない角度のストレートだ。よく「二階から来る」と長身投手の投球を評するが、実際以上に角度がついていると感じるようで、焦ったバッターは大抵極端なアッパースイングで空振りしてしまうという。

右打席に立った楓光学園のバッターは、英雄の投じた初球ど真ん中のストレートに首をすくめるような動作を見せた。

「なんだ？　あれ」

何人かが声を上げ、それにまた真治が答える。

「英雄のリリースポイントが、自分の頭より後ろにあるような感覚になるんだってさ」

「そんなに違うかな？」

「いや、錯覚なんだろうけど、他の投手よりずっと外側からボールが来るように感じるんだろうな。逆に左バッターは腰が引けてしまってさ。これも球筋が自分の方に向かってくると感じるかららしいよ」

二、三球見たところで、バッターも多少は慣れたように見えた。

ただ、本格派の投手にありがちな話で、英雄の立ち上がりの投球は荒れ気味だ。一六〇キロのフォーシームが唸りを立てて打者の体ぎりぎりを通過すればバットを振るどころの騒ぎではない。楓光学園のバッター三人は、

（よかった、ぶつけられなくて）

の安堵《あんど》の表情を見せて三振で終わった。

ベンチに戻った英雄は、今はコーチである父親からこのイニングの投球を細かく分析されている。こうして試合ごとに投手として成長していくのだろう。

「なんか、やっぱ、すごいなヒデ」

「一六〇キロのストレートだろう。それにメッチャ曲がる、なんだ、あれ？」

「スライダー？　カーブ？　スプリット？　わかるやついる？」

「解説者がいないと不便だな」

試合の映像は楓光学園放送部が制作しており、アナウンサーは選手の名前とカウントを告げてくれるが、流石に球種の見分けはつかないようだ。

「いずれにしろ打てんな。とりあえず俺には打てん」

「バスケットは全国一だし、ピッチャーもできるし」

「スカウト実習でも一番だし」

「すごいなあ、ヒデ」

「でもさ、あいつもスカウト実習で加賀とわえにだけは声をかけられなかったぞ」

「流石ナンバーワン女王様だな」

「いいから、黙って試合見ろ」

楽しい。やはりこの対校戦は水商生にとって欠かせないイベントだ。何の競技でもいい、クラスメイトを応援することで得る高揚感は、プロスポーツの観戦では得られないものだ。

水商野球部は一昨年より強さを倍増させていた。点差は大きく開いて、英雄はまったく打たれる気配がない。これなら安心して観戦していられる。

淳史を安堵させたことがもう一つある。最初に流れた選手紹介の動画で、楓光学園のレギュラーメンバーの中に桜新町中の同級生神尾祐樹《かみおゆうき》がいたのだ。つまり神尾は今日の引退試合には出場せず、レギュラーの三塁手として甲子園を目指す。彼の努力は報われた。

神尾こそ、淳史の中学時代を暗黒にした張本人だ。だが、今は恨む気はない。高校生になって再会したとき、彼が自分をいじめた理由がわかった。神尾も中学一年のときに先輩から使い走りをさせられて辛《つら》かったようなのだ。それで三年生になったときには、一年生をこき使う側に回り、ついでに同級生の淳史にまでその調子で当たった。いわばいじめの連鎖だ。

その連鎖は淳史のところで断たれた。それでいい。

今は中学の同級生が、甲子園の夢に向かうことを素直に喜ぶべきだろう。そんな気持ちになれるのも、自分がいじめられっ子でなくなった証《あかし》であり、そしてそれは都立水商に進学したからこそ得られた心境だ。

八回の表に水商は追加点を入れた。英雄も二塁打を放ち、打点を記録した。打つ方でもその実力は大したものだ。

「大谷翔平みたいだな」

誰しもそう思う。

八回裏の最初の打者に英雄は四球を与えた。

次の打者を迎えた英雄は一塁に牽制《けんせい》球を投げた。プレートを外して素早く振り向き投球と変わらぬ速球を一塁手吉野文正《ふみまさ》のミットに送る。間一髪セーフ。文正から英雄にボールは戻った。

再び渡のサインを覗き込み、セットに入る英雄。次の瞬間、一塁ランナーは牽制で刺された。

「……何があった？」

すぐには理解できないプレイだ。

英雄は体を反転させただけに見えた。で、一塁側に体が向いたときにはすでにボールは放たれていて、英雄の腰の高さで一直線に文正のミットに収まった。文正もボールが来る直前まで突っ立っていたような印象だ。

「これかあ」

何人かが同時に声を上げた。

淳史も渡から話は聞いていた。城之内合気柔術の指導で殺気を消し、前触れなく牽制球を送れるようになった、ということだった。他の何人かもその言葉での説明は受けていたが、今初めてその技を目撃したわけだ。

「どうやって投げた？」

「わからん」

おそらくわかっているのは英雄本人と何人かの野球部員、それに指導したさくらと真太郎ぐらいのものだろう。

英雄は3イニングを四球二つのみのノーヒットで終えた。七奪三振。結局楓光学園の打球は一度もフェアゾーンに飛んでいない。

四球で許したランナーも二人とも牽制で刺した。古武術を応用したテクニックがようやく結果を出したのだ。一度、ごくふつうに牽制球を投じる。これを見せておいて次に本物の牽制球を出す。何しろ一切気配のないところから突然ボールが飛んでくる。その投げ方も一塁側に振り返る体の回転を利用したもので、肩を使ったように見えない。それを受ける一塁手の方でも球が手元に来るギリギリまで捕球動作に入らない。ランナーだけでなく楓光学園ベンチも茫然《ぼうぜん》とし、観客席は大きくどよめいた。

これで試合でも通用すると確認できた。

それ以外の収穫としては、梅田が使える見通しが立ったことと、英雄に全球種を投げさせたことだ。英雄には公式戦では速球で押させるつもりだ。変化球はいわば秘密兵器にしたい。だからこそ、この試合で全球種を確かめておきたかった。

打線も好調で、18対3の大差がついた。これは流石にやりすぎかな、と楓光学園のベンチに目をやれば、監督の宮秋《みやあき》は嬉しそうな顔でグラウンドに目をやっていた。数日前に電話した際に、

『引退する三年生にしても、最後の試合で徳永君と対戦したことはいい思い出になりますよ』

と言っていたのは本音だったようだ。

引退試合の持つ意味は厳しい。今日出場している楓光学園三年生はこの先練習にも参加しない。冷酷に思われるかもしれないが、甲子園予選を勝ち抜くためには、試合に出ない者に練習時間を割くわけにはいかない。それは引導を渡された三年生も理解していることだ。チーム全体で目指してきた目標を摑むには、ここからは効率の良さも求められる。そこに私情を挟むべきではない。

とは言いながら、その選別をした宮秋自身が胸を痛めているだろう。伊東にはそれは容易に想像がつく。宮秋自身が野球エリートとは呼べない選手生活を送っている。

「選ばれなかった者の痛み」は誰よりもよくわかっている男なのだ。

宮秋にはこの大敗が将来持つ意味が分かっているのだろう。今戦っている教え子たちが、

「高校最後の試合で徳永英雄と戦った」

と誇ることを。

試合後、宮秋監督に、

「甲子園で会おう」

そう告げて伊東は楓光学園野球グラウンドを去った。

自主的実習

現在、「スナック愛子」では昼間は総菜を販売し、夕方から店内での飲食も可能としている。しかし、アルコールの提供はしない。カラオケもなし。そして午後八時には閉店となる。緊急事態宣言下では、できることはそこまでだ。

ママさんの娘の春は、ラグビー部の練習のために、総菜の仕込みや調理は手伝えない。どうしても店に顔を出せるのは午後七時前後になってしまい、食器洗いや掃除を手伝って母親と一緒に帰宅する。本来ならそんな早い時刻に揃って帰宅などできるはずもないから、母娘のコミュニケーションの場を提供することにおいては、コロナ禍のこの状況もいい方に作用している。

春の代わりに夕方から店に来て、仕込みと調理、そして接客を手伝うのが日替わりでやってくる都立水商の面々だ。

淳史は親しい学友に声をかけ、そのメンバーを確保した。無償で手伝うといっても、迂闊《うかつ》な人選をして営業の足を引っ張ったり、店の評判を落としたりしてはならない。いわば淳史なりに少数精鋭という布陣にした。そして各専攻科の生徒を万遍なく選んだ。マネージャー科とホステス科だけでは、「業界のコロナ後を考察する」という趣旨にそぐわない。業界全体を見渡す視点を揃える人選を目指した。

店内には何科の生徒が何曜日にやってくるか予定表を貼り出してある。

各専攻科の生徒が来るといっても、その都度お店がゲイバーやSMクラブなどに衣替えするわけではない。淳史としてはお客さんと一緒に水商売の将来を展望する、サロンのようなものだと考えている。実際、参加する学友にはそう伝えた。しかし、お客さんの立場からすれば、自分の趣味に合わせて来店する日を選ぶことになる。ゲイバー科やホスト科の男子生徒と接したい人もいれば、ホステス科やフーゾク科の女生徒と過ごしたい人もいるわけで、この予定表を参考にして来店するのだ。

建前としては、春の友人がその母親の店を手伝う、ということだが、参加メンバー全員が春と特別親しいわけではない。そこでその日の参加メンバーは休み時間に二年D組まで行って春に挨拶する。ラグビーの練習後に店に来た春は、そこで昼間挨拶したメンバーともう一度顔を合わせるので自然と親しくなる。

「とても勉強になります」

とはこの企画を始めてすぐに春の口から聞いた言葉だ。校外店舗実習を経験していない彼女としては、先輩たちの接客ぶりを見て考えるところがあったらしい。

「これまでも時々お店を手伝うことはあったんですけど、先輩たちからするとわたしなんかダメダメホステスです。水商で学ぶことの意義を再確認できました」
という感想だ。早めに部活が終わる土曜日には明るいうちから店に来て、先輩たちの仕事ぶりをたっぷり観察できたという。

平日なら閉店一時間前か、遅くとも三十分前に現れる春だが、同じラグビー部の樹里と亮太も一緒だ。楓光学園との対校戦も終わり、気分的にも余裕があるのだろう。春は部活と専攻科両方の先輩である樹里を尊敬している。樹里の方の春に対する信頼度も高い。二人の会話を横で聞いているとわかる。春は樹里のスピードを、樹里は春の古武術テクニックを、チームの一番の武器と思っているようだ。互いにチーム内における相手の存在をかけがえのないものとしているのだ。

チームメイトとして理想的な関係と思える。

亮太もこの二人には一目置いている。それは淳史たちクラスメイト全員が知っていることだ。彼は練習後も二人と行動を共にして、お店では黙々と仕事をこなしている。一年生の校外店舗実習のときから亮太の評価は高い。実習先に彼の父親が客として様子を見に来るという微笑ましいエピソードもあったが、総じて店側の担当者は亮太の実力を高く買ってくれていた。その亮太がほぼ毎日顔を出せばお店にとってもプラスだろう。

車を降りて様子を見に行く。

　淳史も今回の企画の発案者としての責任があるから、毎日帰宅途中に三軒茶屋で電車を降りて様子を見に行く。

　翌日がスポーツ交流会の最終日ということで、生徒会の方でそれに備える案件を処理した後、淳史は「スナック愛子」に向かった。金曜日の夜、本来なら客足も伸びるはずだが、このところ曜日と客足の関係は不明瞭だ。

　今日はSMクラブ科の城之内さくらと加賀とわえ、マネージャー科から中村峰明と山田謙信、それにホスト科の松橋浩二もウェイターとして派遣してある。松岡先輩もSMクラブ科の先輩としてお目付け役を買って出てくれた。

　浩二と謙信には生徒会の方の仕事を早めに上がらせた。二人はゼミの指導者として尊敬する峰明が参加すると聞き、一緒に実習したいと志願したのだ。淳史としてもこの各学年一人ずつの編成の方が、全員三年生の場合より意義深いと思い、受け入れた。

　三軒茶屋駅に着いたのは午後五時半を回ったころだった。

「おはようございます」

　まだ常連客が顔を出すには早いかな、と思ってドアを開けたが、すでに二つのテーブルが塞がっていた。

　カウンターの一番奥の定位置に長谷川さんの姿があり、一番手前には松岡先輩が座っていた。

「いらっしゃい」

カウンターの中で調理の手を動かしながらママさんが挨拶をくれた。

カウンター席に座っている二人はテーブルの方に目をやっている。

妙に静かだ。

一番奥のテーブルにとわえ、その隣のテーブルにさくらがついている。二人ともボンデージファッションだ。とわえのテーブルには三人、さくらのテーブルには二人のお客さんが料理を前にしている。

(何? この緊張感)

カウンターの中のママさんの隣に峰明がいる。トレイを持った浩二と謙信は、壁際に並んで待機している。全員マスクをして無言だ。BGMも流れていない。淳史は長谷川さんと松岡先輩に等距離を置きカウンター中央の席に無言で座った。

「食べなさい」

とわえの低い声がした。テーブルの三人は料理に手を伸ばした。

隣のテーブルの二人の客はさくらの顔色を見ている。彼女は無言無表情だ。一人が隣のテーブルの三人が食べ始めているのを確認し、もう一人を目で促した。隣のテーブルに合わせるように料理に箸をつける。

しばらく五人の客の料理を咀嚼《そしゃく》する音だけが聞こえていた。

それは一、二分のことだったかもしれない。しかし、体感的には数十分だった。その沈黙を破り、

「美味《おい》しい？」

とわえが低いトーンで尋ねた。三人は互いを見合った後、小刻みに頷いてみせた。

「言葉にしないとわかんないでしょ」

続けてとわえが言った。怖い。

「お、美味しいです」

「美味しいです」

「とても美味しいです」

答える三人の緊張ぶりが半端ない。

その様子を見て、隣の二人のお客さんはさくらの様子を窺う。彼女は無言のままだ。

徐々に状況が呑《の》み込めてきた。

とわえのテーブルの客は三十代から四十代と見受けられる三人だ。それを十代のとわえが完全に「支配」している。

さくらの方は得意の放置プレイだろう。おそらく現在日本列島で最強の女子高校生である城之内さくらに、柔術の技をかけてもらえるのは大変な優遇だ。基本的にさくらは指一本触れてくれない。それどころか言葉もかけてくれない。徹底的に無視され

て悦《よろこ》ぶMの人がいるのだ。

（わからん）

と思うのはふつうの高校生で、水商生は、

（そういう人いるよね、どこが面白いのかわかんないけど）

という認識を共有している。

さくらの放置プレイは秀逸だ、と言われているが、淳史には他とどう違うのか判別がつかない。

とわえが指を鳴らし、浩二と謙信がサッと動いた。客の前の皿を引き、カウンターで峰明に渡す。続けて次の料理を受け取ってテーブルに運ぶ。その動きは流れるようで、見ていた淳史は満足した。

テーブルの上は料理の皿で埋め尽くされた。一つ一つの量はさほどでもないものの、種類は多い。全メニューを網羅しているのではなかろうか。全部合わせれば量としてもそこそこになる。

さくらの方のテーブルにも同じものが並べられる。

「食べなさい」

とわえの声は無機質だ。何というか感情がないようで、

「残すのは……許さないからね」

怖い。

許さない、ってどう許さないんだろう？　という疑問はあっても、とにかく怖いから命じられた側は黙々と食べ続ける。

「これは……今日の売り上げはすごいことになりそうですね」

淳史はママさんにささやく声で話しかけた。

「そうね」

答えたママさんの表情は微妙だ。喜んでいいものか迷っているのだろう。

「いやあ、流石だねえ」

長谷川さんも小声で語る。五十代の長谷川さんでも、二人の水商女王様が醸し出しているこの雰囲気は乱せない、と気を遣ってくれている。

「あのさ、今日の客は全部僕の知人なんだけどね」

「そうなんですか？」

「うん。あっちの三人はテレビ局の関係者と僕のマネージャー、こっちの二人はうちの劇団員なんだ。みんなSMクラブ科の女王様に会いたがってたんだけど、さっき会った瞬間にこの関係になったんだよ。すごいね」

なるほど、需要と供給のバランスはとれているらしい。しかし、これだと「水商売の将来をお客さんと共に展望する」という趣旨からするとどうなのだろう？　淳史が

その意味を込めて、

「どんなもんでしょうね？」

松岡先輩に話しかけると、

「これでいいんじゃない？」

答えはまず淳史の質問の意図を汲《く》んでくれてのものだった。

「そうですか」

「うん、二人とも女王様としての存在感を試したかったんじゃないかな。ほら、実習から離れてしばらく経ってるからね、不安なのよ。女王様としての威圧感やオーラがないと、いくらボンデージファッションでキメてもただのコスプレになっちゃうもの。二人とも複数の成人男性を圧倒してるなんて大したものよ。かなり力をつけてるわね」

松岡先輩のお墨付きなら大丈夫だ。

そのときドアの開く音に続いて、

「ただいま」

春の声がした。

「おかえり」

娘の顔を見たママさんの顔はパッと明るくなった。

「お疲れ様です」

春の後ろに続いたのは、ラグビー部の山本樹里、筒井亮太、風間創平、それに彼らに古武術の指導をしている花野真太郎だ。

真太郎はまっすぐさくらのもとに行き、今日の練習の報告を始めた。さくらはテーブルの二人のお客さんを完全に無視してそれに応じる。

ラグビー部の三人は松岡先輩に挨拶した後で、

「お疲れ」

淳史と峰明に声をかけてきた。

「新入部員はどう？」

淳史は三人に尋ねた。楓光学園との対校戦勝利の成果で、一年生だけでなく二年生の中にも部室のドアをノックした者がいたようなのだ。

「結局二十人増えたよ、部員」

言い終わった亮太は嬉しさをかみ殺すように唇に力を込めている。

「すごいね、倍増だ」

カウンターの中で峰明が驚きの声を上げた。

「狙いは当たったね」

淳史は樹里に言った。交流会再開を要請してきたときの彼女の熱さを思い出す。結局、スポーツ交流会の意義を一番わかっていたのがラグビー部だったということだろう。

「まあ、そうね。トミーが頑張って復活させてくれたおかげよ。部員が増えてこれから練習も充実すると思うけど、今はラグビーのルールと基本、それと古武術の指導で、新入部員中心の練習をしてるの。今後は男子だけの公式戦でも強くなるし、女子のセブンズでも頑張れると思うわ」

「女子部員は何人増えたの？」

「二年生一人と一年生三人が入部してくれた」

「あと一人で目標達成かあ」

樹里と春を擁するチームであれば、七人制ラグビーでの日本一は夢物語ではなく、現実的な目標となる。

さくらと話していた真太郎がカウンターに来て、中にいるママさんに声をかけた。

「ママさん、明日はよろしくお願いします」

「あら、こちらこそよろしく。真太郎君が来てくれるなんて、お客さん喜ぶわ」

明日の土曜日はゲイバー科の三人、風間創平と花野真太郎、それに生徒会幹部でもある五輪《いつわ》修《おさむ》が接客担当だ。

「うちの劇団の女性陣が楽しみにしていてね、僕も一緒に来るけど」

長谷川さんは水商の何科のメンバーが来ても客の入りにばらつきが出ないように気にかけてくれている。

「旦那もホモなんだ？」

創平が長谷川さんに言った。真顔だ。それもメイク済みの。

「い、いや、僕は違うんだけどね」

長谷川さんも真顔で当惑している。

「いえ、今の回文なんです」

創平はニッと笑って言った。

「回文？」

「そ、上から読んでも下から読んでも同じやつ」

「え？　だ、ん、な、も、ホ、モ、な、ん、だ……あ、ほんとだ！」

創平の中では回文ブームが続いているらしい。

「あの、創平の口から出るのは大抵くだらない冗談です。あまり真剣に聞かない方がいいです」

真太郎が長谷川さんに忠告すると、

「失礼ね。あたしはいつも真剣よ。真剣に我が国古来の衆道《しゅうどう》の道を究めるのよ」

また真顔で反発する創平だ。

「衆道なんて古い言葉をよく知ってるね」

長谷川さんが感心すると、

「あ、それはですね、あたしたちは一年生のうちからそういう歴史的なことを学びます」

そう真太郎が応じた。

「歴史的なこと？」

「はい、世界史日本史の中での同性愛の人々の存在を勉強するわけです」

真太郎が説明を続けた横で、

「ホモの歴史の勉強」

と創平は身も蓋もない言い方をした。が、これはこれでわかりやすくていい。

「いやあ、それを明日うちの連中に聞かせてあげてよ。勉強になると思うなあ」

長谷川さんとしても、劇団の後輩たちをこの店に誘うのに、遊びだけではない意義を見出《みいだ》したいのだろう。

このところの「スナック愛子」の繁盛は、この長谷川さんの尽力によるものだ。

たとえば、

「明日はホスト科のメンバーが接客します」

と告げると、

「わかった」

長谷川さんはサッとどこかに電話して十分な数のお客さんを集めてくれる。このホスト科の場合では、ホストに興味があるものの金銭的余裕がなくてまだホストクラブに行ったことがない、という若い女性や、ホスト志望の若者が集まった。

経験豊富な俳優である長谷川さんの人脈は、高校生の想像の及ばない広さだ。その日接客する専攻科に相応しいお客さんを集めてくれるから、双方が満足できる時間を過ごせている。

この日のお客さんもよくこうも見事にMのお客さんを集めたものと感心する。ちょっと名前を知っている程度のつき合いなら、

「実はわたしは結構ディープなMでして」

などと告白するわけはない。広く深い交友関係がなければこなせない技だと言える。木の実たちフーゾク科が接客した日も興味深かった。

その日は人が集まり過ぎて、他の日より細かな時間制限を導入した。

「フーゾク科の実習といっても風俗店でのサービスを提供するわけではありません。お話のお相手をさせていただくだけです。お客様とコロナ禍が去った後の風俗店のあり方について意見を交換できればと思います」

という至って硬い趣旨を伝えていたにもかかわらず、希望者が殺到したのだ。このときは長谷川さんの関係者だけでなく、渡部健太カメラマンの知り合いも多数訪れた。また女性も、脚本家と漫画家が取材ということで数人予約してきた。

男性のお客さんの中には、

「いや、実際にサービスを受けるわけでなくても、若くてきれいな水商の女生徒から風俗店のサービスについて説明してもらえたら興奮できそう」

などという、長谷川さんに言わせれば「不届き者」が多数押し寄せていたのだが、実際には彼らの目論見《もくろみ》は大きく外れた。

「ね、ね、どういうこと勉強してるの？」

と目を輝かせて鼻息荒く質問した若いお客さんは、木の実から、

「一年生のうちから花柳病について詳しく学びます」

と返され、

「カリュウビョウ？　何それ？」

いきなり意味のわからない用語に当惑の表情を浮かべているところに、

「性病のことです」

冷静なトーンの木の実の解説が続き、ドドーンと青ざめるのだった。

そこからはＨＩＶや梅毒、淋病《りんびょう》といった病気についての説明を受け、

「気をつけないと遊びの代償としては重大なものになりますよ。それに自分が女性に感染させた場合は傷害と同じと考えるべきです」

などと説教され、静かにうなだれて制限時間終了を迎えていた。

このように都立水商の実態と世間のイメージとのギャップは大きい。

初めて都立水商を訪れる人は、静かな校内の雰囲気に戸惑うようだ。もっとキャピキャピした女生徒やザワザワした男子生徒を想像して来るからという。

「なんか想像よりずっと真面目なんで驚いた」

という感想が一般的だ。

「開校当時からそれは変わらない。真面目なんで驚くとは、また失礼な話だがな」

伊東先生にそう聞いたことがある。

実際、部外者としては水商生に理解がある方だと思われる長谷川さんにしても、

「いやあ、みんな専門的な知識があるし、仕事ぶりはきっちりしてるし、驚いたよ」

そんな内容のことをここ数日何度も口にしている。つまり都立水商は実態よりも
「緩い」学校だと世間に思われている。

しばらくして、とわえとさくらのテーブルにいた五人のお客さんは帰っていった。

高い夕食代になったはずなのに、

「今日はありがとうございました。またお願いします」

と長谷川さんに挨拶していたから、満足してくれたようだ。

松岡先輩はテーブルに行き、とわえとさくらに話しかけている。今日の反省会だろう。真太郎とラグビー部のメンバーもそこに加わり、時折笑い声も上がる。

峰明、浩二、謙信の三人は黙々と後片付けだ。その黒子に徹した姿が淳史には誇ら

しい。

淳史は五人のお客さんの支払った額を耳にしていたが、お店の売り上げとしてはどうだろう?

(確かに夕食代としては高いかもしれないけど、お店の売り上げとしてはどうだろう?)

と思った。やはり水商売ではアルコールの提供で多くの利益が上がるのだ。食事だけではこの形態のお店は商売として立ち行かない。今回水商生が無償で手伝っているから経営として成立しているが、そうでなければ赤字だろう。

「あの先輩、松岡さんね、女優に興味はないか尋ねたんだけど、まったく関心ないらしい。いやあ、フラれたよ。今すぐ売れそうな雰囲気なんだけどなあ」

長谷川さんがテーブル席に届かない声で言った。気持ちはわかる。美人として特Aクラスの松岡先輩は、その落ち着いた立ち居振る舞いも絵になる女性だ。

「でも、松岡先輩は演劇の経験はないはずですよ」

「いやいや、ちょっと話しただけで、知性の高さを感じたよ。だからきっとセリフもすぐにこなせるようになると思うな」

「松岡先輩には栄養士の資格を取って、不遇な子どもたちの力になりたいという希望があります」

「へえ」

「それで、アメリカのお店から百万ドルで誘われても断りました」

「あ、例の野崎彩の話に出てくる百万ドルの先輩とは彼女のことなの？」

「そうです。ですから、せっかくのお誘いですけど、女優さんになろうという動機がないですね。有名になりたいとか、大金を稼ぎたいとか、って気持ちが一切ない人ですから」

「ふうん、ますます魅力的な人だね」

「ですね」

長谷川さんは松岡先輩に目をやった。つられて淳史もテーブルの方を見た。そこでは、先輩を中心にして接客法の議論で盛り上がっている。

「……すごいねえ、水商生」

今日も長谷川さんは感心している。

「でも、実践的な勉強をするという意味では劇団も同じではないんですか？」

淳史にとって、演劇の世界は未知のものだが、想像はつく。机の上の勉強だけでなく、実際に体を動かして学ぶことが多いはずだ。

「うん、そうだね。そうか、そういうことか、俳優養成所は一般的な学校という概念から少し離れるものだけど、水商はそれに近いと思うとわかりやすいね」

「僕のクラスの担任の伊東先生は野球の指導者として有名ですが……」

「あ、知ってるよ。都立水商の伊東監督ね。徳永猛投手を育てたので有名だよね」

「はい、その伊東先生が水商生は大相撲の力士に似ている、とおっしゃってました」

「力士に？」

これは今年の春、バスケット部のレギュラーだった本間大輔先輩が柴山《しばやま》部屋に入門したときに伊東先生が言っていたことだ。

「はい。中学を卒業してすぐ相撲部屋に入門する人がいるじゃないですか。そういう力士は、学歴をあてにしないで、自分の体一つで大相撲の世界で生きていく覚悟を持っている、水商生も同じだとおっしゃるのです」

「同じかな？」

「はい、僕も同じだと思いました。水商に進んだ時点で、机に向かう勉強だけではすみません。ペーパーテストの結果でなく、実習の動きで評価される。ホステス科やホスト科など指名数を競ったりして、それはもう相撲の星取表のようなものです。そのシビアな世界で生きる覚悟を十代でしているところが、水商生と力士の共通点です」

「そういうことか。しかし、十五歳でそんな覚悟ができるものかな？」

「水商生の場合はその覚悟をして入学してくるわけでなく、入学後にその覚悟を教わる感じです。僕も水商に入ってから変わった感じでしたよ。そこは力士とは違うかもしれません。あと、水商の雰囲気は高等工科学校に近いとも言われるそうです」

「高等工科学校？」

「はい、自衛隊の高校みたいな学校です」

「ああ、あるね、防衛大学校の高校版みたいな」

「一見すると全国の高校の両極端に位置するのが、その高等工科学校と水商らしいですけど、その両極端の学校の雰囲気が似ていることが面白いそうです」

淳史は高等工科学校の実態を知らない。ただ、自分と同じ年ごろの若者が自衛官になるべく勉強している学校ということだけを理解している。

伊東先生によると、高等工科学校を知る人が水商を訪れてそんな感想を漏らしたのだそうだ。

「ふうん、そうかあ……一度水商に行ってみたいもんだなあ」

長谷川さんの口調は偽りのないものだった。心底そう思ってくれている。

「ぜひいらしてください。学校側に話して生徒会でご招待しますよ」

これは淳史の生徒会長としての立場で提案できることだ。

「いや、それは嬉しいけど、いいの？」

「コロナ対策として何か学校側から注文がつくと思いますけど、基本的に生徒会の意思は尊重してもらえます。実は秋の水商祭に向けて各文化部が準備を進めている時期でして、長谷川さんのような舞台の専門家には聞きたいことが山ほどあるはずなんです」

淳史は奥のテーブルで話していたとわえを呼んだ。長谷川さんは近づいてくるボンデージファッションのとわえに多少緊張したようで、背の高いカウンター席で身を起こして背筋を伸ばした。

「わが校の文化部長加賀とわえです」

淳史は改めて紹介した。

「加賀です。はじめまして」

先ほどまでの迫力ある女王様からは想像できない女子高校生独特のトーンの挨拶に、長谷川さんはちょっと面食らったように見えた。

「お姿はいつもテレビで拝見しております」

続けて出たのは、女子高生とSの女王様の両方に似合わぬ丁寧な口上だ。

「今長谷川さんとお話しさせていただいたんだけど、水商祭に向けて、各部アドバイスいただきたいことはあるよね?」

こう話を振ると、勘のいいとわえはすぐに反応してくれた。

「もちろん。たとえば演劇部なんて去年はすべての大会が中止になって、一年生だけでなく二年生もいまだによその高校の演劇を観たことがないの。他の部もそう。演じたり演奏する前に鑑賞する体験が決定的に不足しているから、自分たちにどこまでのレベルが求められるか見当がつかなくて、それで不安に思っているわけ。これは指導する三年生にとっても大問題なのよ」

　と、ここまでは淳史に言ったとわえは、長谷川さんに向かい、

「ですから専門家の方の評価を受けながら前に進むのが、一番確信の持てるやり方だと思います」

　そう続けた。横から淳史がフォローする。

「長谷川さんに稽古を見ていただいて、少しだけでもアドバイスいただけると助かるんです」

　長谷川さんは何を求められているか理解してくれたようで、

「いや、それは僕でよければ」

　遠慮がちに引き受けてくれた。

「本当にお願いできますか？」

　とわえが念を押す。

「僕の出来る範囲で協力しますよ」

「ありがとうございます」

　とわえはボンデージファッションに相応しくない九十度のお辞儀をした。これには長谷川さんも慌てて、

「いやいや、僕の好奇心で学校を見学させてほしいというのが本音だから、そんなに

されるとかえって恐縮してしまうなあ」

淳史ととわえを交互に見て、言い訳する口調だ。

「僕らはわが校に興味を持っていただくだけでも嬉しいんです」

淳史は二人を代表するつもりで言った。とわえもそう思っているはずなのだ。

「それはさあ、このところ水商生の様子を観察していると、自然に興味が湧くよ。僕じゃなくても関心を持つと思うよ」

この言葉も嬉しい。とわえはとてもサディストには見えない、晴れやかな笑顔を見せて奥のテーブルに戻っていった。

「今の加賀さんも綺麗な子だね」

長谷川さんは、カウンター内のママさんに言った。

「でしょう？　SMクラブ科の生徒さんは美人揃いで成績もいいんですって」

「ほう」

ママさんの言葉を聞いてから、それはまたどうして？　の顔を淳史に向ける長谷川さんだが、ここは淳史も、

「その理由は僕にもわかりません」

と微苦笑しながら応じるしかない。

「学校側でそういう生徒を選抜しているのかな？」

続けての長谷川さんの質問に淳史はちらりと奥のテーブルを見た。SMクラブ科の優等生二人は松岡先輩を真ん中にして話し込んでいる。ここは淳史が彼女らの代わりに実情を語るしかないようだ。

「僕らも他の専攻科についてはそんなに詳しくはないんですが、SMクラブ科は実習よりも教室での授業の方が多い唯一の科です」

「それは、一般科目の授業が多いということ？」

「いえ、そうではなくて専門科の授業です。僕らマネージャー科や女子のホステス科などは、実習の授業が多いです。一年生のうちから校内の実習室で動きを学びます。今はコロナのせいで校外実習はできませんが、その分を補うためさらに実習室での授業が増えています。その中にあって、SMクラブ科だけは実技よりまず講義で学ぶ知識が必要ということですね。SMやフェチズムについての詳しい知識がある中学生はまずいません。水商に入ってからそれらについて歴史や心理学的分析を学ぶ必要があります」

「なるほどね、なるほど」

いつも余裕のある表情の長谷川さんがグッと真剣な顔で食いついてきた。

「これは僕も彼女らから聞いた話になりますけど、プロの女王様は好き勝手にMの人をいたぶっているわけではなく、彼らが何を求めているかに応じて責めているんだそうです。そのためにどうされたら喜ぶ人なのかを瞬時に見抜かねばなりません。最初は『そんなことされて嬉しい人がいるんだ⁉』と気持ち悪く思うそうです」

「そうだよね、ふつうは十五、六の子に聞かせられない内容だもの」

「そんな風にして責め方を学び、事故のないやり方も学びます。お客様にケガをさせてはサービスとして失格です。それだけは避けねばなりません。ですから、実習に出る前に教室で学ぶことが沢山あるわけなんです。鞭打ちなんてSMの技の中では一般的過ぎて、簡単に思われがちですけど、水商で鞭を持つのは一年生の終わり、実際に打つのは二年生になってからになります」

「むう……深い……プロだなあ」

長谷川さんは溜息を吐き、頭を左右に振って感心している。

「まあ、それに比べると僕らマネージャー科はまだハードルは低いかもしれませんね」

「そんなことはないよ、見ていて無駄のない動きに感心するもの」

そう思ってもらえるのもメンバーを厳選して送り込んできた成果かもしれない。

「長谷川さんには授業もご覧いただきたいですね。わが校ならではの習慣もありますから」

「たとえば？」

「そうですね、授業の始めに先生に挨拶するのに当番が号令をかけますよね？」

「うん、どこの学校でもそれはふつうかな」

「水商の場合は、生徒全員で声を出して挨拶します。それも腹からの声です。始めには『いらっしゃいませ、よろしくお願いします』。終わりには『ありがとうございます。またのお越しをお待ちしております』」

「ほう」

「入学直後はかなり戸惑いました。なかなか声を張れないんです。でも慣れてくると腹の底から声を出せるようになります。すると校外実習のときにその意味に気づかされるんです。お客様をお店に迎えて最初に接するのは我々で、『腹の底から』は『心の底から』に通じます。大きく明るい挨拶で、お客様は歓迎されていると感じてくださって、それは少しかもしれませんが、ホステスさんの仕事の助けになるわけです」

「すごい！　ほんっとにすごいよ。ますます水商の日常を見たくなった」

「任せてください。すぐに段取りしますから」

「頼むよ」

長谷川さんに念を押され、淳史はにっこり笑って請け負った。

バスケット部

スポーツ交流会の最終日、バスケットの試合は水商体育館で行われた。水商が試合会場になるのは、長いスポーツ交流会の歴史で初となる。なにしろ都立水商バスケット部は直近の全国チャンピオンだ。ここは楓光学園バスケット部も敬意を払って歌舞伎町まで出向いてくれた。

ついでというわけでもないが、水泳と卓球も水商での試合となり、この二つの競技は午前中に行われた。

楓光学園は水泳部も強い。水商側で一位を取れたのは背泳ぎの百メートルと二百メートルに出場した天野広之進《あまのひろのしん》だけだ。ただ、広之進の記録は一年生のときから伸びていなかった。広之進の家は祖父の代から三代続く水泳選手で、父親は実業団の水泳部に所属していたが、病気で会社を辞め、その後一家は経済的に困窮したらしい。

「で、祖父《じい》さんが、『水泳はプロがないから食えない。ほどほどにしておけ』ってことで、水泳で進学せずに水商を選んだんだ。ま、水繋がりってことかな、アハハ」

そう本人から聞いたことがある。淳史には少し勿体《もったい》ないと思えるのだが、その祖父と父親には水泳という競技に人生を賭けてきて、最終的に裏切られたような思いがあったのだろう。

続けて行われた卓球でも水商は男女とも完敗だった。それはもう気持ちのいいぐらい歯が立たず、

「悔しくも何ともないね」

観戦後にクラスで淡々と確認し合った。選手の方も何ら悪びれる様子もなく、サバサバしている。

午後はバスケットの男女の試合だ。

楓光学園バスケット部員を乗せたバスが水商正門を入り、前庭の体育館玄関前に停《と》まる。選手が次々に降りてくると、

「佐々木《さ　さ　き》くーん」

「カツヤくーん」

「カツヤちゃーん！」

校舎棟の窓から声がかかった。二、三年生の女生徒とゲイバー科生徒だ。楓光学園バスケット部主将佐々木勝也は二年前の交流戦から水商側に大人気で、昨年の練習試合でさらにファンを獲得したようだ。彼が声のした方に手を振ると、

「キャア！」

という悲鳴が上がった。一部野太い声も混じる。
二、三年生が廊下の窓に連なって待ち受けていたのには理由がある。水商体育館での試合ながら、上級生は入場を許可されていない。教室でモニター観戦だ。このタイミングでしか生の佐々木勝也を見られないわけだ。
前回の練習試合では運動部の生徒とチアガールを務めるラインダンサーが、体育館入場を許された。今回は一年生のみが体育館での生の応援を許可されている。

これは生徒会で話し合って決定した。三年生は一年のときに対校戦を経験している。二年生は対校戦を経験できなかったが、昨年の練習試合とウインターカップでの盛り上がりを知っている。あのときの自分たちの熱い体験を一年生に生で味わってもらいたい。

先に女子の試合が行われ、トリプルスコアで楓光学園が圧勝した。

いよいよ男子の試合だ。本来ならこの対校戦のメインイベントは野球の試合だが、今回に限りバスケット男子が最後の決戦となった。

試合開始前に両チームを紹介する動画が流れた。どちらもいい出来で、気分を盛り上げる。

楓光学園チームの紹介動画は、実績のある同校放送部が制作しただけのことはある。プレイ中の佐々木勝也の顔のアップがストップモーションになるところなど、

「やっぱ、こいつカッコいいよなあ」

　と男だけの三年A組でさえ感嘆の声が上がった。

「一年のときの対校戦でホスト科の先輩が言ってたらしいもんな。『あいつは今すぐナンバーワンを狙える』って」

　続けて流れた水商チームの紹介動画は、水商生の愛校精神を刺激するものだった。ウインターカップ優勝の瞬間など何度観ても鼻の奥がツーンとして、視界が涙でぼやけてしまう。

　選手紹介では、ふだん校内で見かけるより数倍カッコいい姿が見られた。

　今回の試合にはウインターカップのMVP徳永英雄も野球に続き出場だ。ウインターカップ決勝でのフリースローからの逆転ダンクの動画が流れる。あのときの全身がゾワッとした感じは一生忘れないだろう。

　昨年のスタメン本間大輔先輩は大相撲五月場所でデビューし、序の口で五勝二敗と勝ち越した。場所中の昼休みの校内放送では、大輔先輩の取組の結果が報じられたものだ。バスケット部の部室には、新序出世披露のときの大輔先輩の化粧まわし姿の写真が飾られている。

　その大輔先輩の後継者のセンターとして山本亜敏が入る。選手紹介によると、亜敏の母方の祖父が、かつてのNBA名選手「ドクターJ」ことジュリアス・アービングと「マジック・ジョンソン」ことアービン・ジョンソンのファンであり、この二大スターに共通する「アービン」に漢字を当てて名づけられたという。その時点でバスケットのスター選手になることを運命づけられていた、とナレーションが入る。サイズ的には大輔先輩より高く細い亜敏だ。そして、大輔先輩は試合中にダンクは出来なかったが、亜敏はリングの真下からスタンディングジャンプでボースハンドダンクにいける。選手紹介ではそんなダンクの動画も挿入されていて期待感が高まる。

しかし、淳史がキャプテンの真治に直接聞いたところでは、

「そりゃあ、大輔さんに比べると亜敏は何でもできるよ。でも、大輔さんは派手さこそなかったけど、期待したことをきっちりやってくれてたんだ。あの人の得意なポジションがあってさ、そこでパスを入れれば確実にシュートを決めてくれてた。堅かったんだ」

「渋かったね」

「そ、渋いプレイだった。亜敏はノってくると味方でも信じられないようなプレイを見せるんだけど、なんだろう、リズムが悪くなるとイージーミスも犯しがちなんだよ。だから、大輔さんから亜敏に代わったことでチーム自体が強くなったかどうかは、一概には言えないと思う。でも伸びしろについては確実に亜敏が上だからね。そこは期待していいよ」

という話だった。

もう一人、去年のキャプテンだった石田正己《いしだまさみ》先輩の代わりに入るのは一年生松本和彦《まつもとかずひこ》だ。石田先輩と同じホスト科で、身長一八六センチのスモールフォワード。3Pシュートが得意だった石田先輩の後継者に相応しく、外からのシュートが得意で、走力も石田先輩に見劣りしないという。そのうえ、切れのいいカットインのスピードとそこからのシュートテクニックでは石田先輩を凌《しの》ぐらしい。

総合して考えれば昨年のチームより強くなっているのではないかと思うのだが、真治は「まだまだ」と言う。

「バスケットは1たす1が必ずしも2にはならない。一人ひとりが上手《うま》くても強くなるかどうかはわからないんだ。ケミストリーというやつだよ、化学反応。去年のヒデと大輔さんは本当にいい化学反応を起こしてた。ウインターカップの決勝で大輔さんがいなくなると、チーム全体がガクッときたろ？　ヒデと大輔さんはたすと2でなく4か5ぐらいになってたからだよ」

その化学反応を早く起こすために合宿や遠征が必要だ、と真治は感じているのだろう。その意味ではこの対校戦もいい機会だ。

試合が始まった。

楓光学園チームは完全に佐々木勝也のチームになっていた。一年生のときからポイントガードとしてスタメンだった彼は、今や司令塔として完成していた。チームが一つの有機体の如く彼の思い通りに機能しているのが画面越しに伝わってくる。確実に半年前の練習試合のときよりも手強《てごわ》い相手だ。

一方水商も真治の指示が徹底されているのがわかる。その分英雄の負担が減っている印象だ。昨年はすべてに亘ってレベルが上の英雄に他の四人がついていく感じだったが、今は英雄の考えを完全に理解している真治がチームをコントロールしている。英雄の方で何も要求しなくても、いい形で彼にボールが回る。ターンオーバーはほとんどなく、苦し紛れの無理なシュートにいく場面もない。

第2ピリオド開始時点で英雄はベンチに下がり、一年生の一九三センチ松村三生《まつむらみつお》が入る。

これには狙いがあるようだ。

昨年の水商は力のあるシックスマンを用意できなかった。ウインターカップまでにスタメン五人がなんとか間にあった形だったのだ。今年は優秀な新入部員が多いからそこは期待できる。六番目、七番目の選手がコートに入って少しも戦力が落ちないこと、贅沢《ぜいたく》を言えば、その選手の活躍でいい方に流れを変えてくれるのが理想だ。

流石に英雄が抜けるとその穴は大きい。第1ピリオドでつけた点差は徐々に詰められる。だが、それは水商側の攻撃力が落ちたからで、守備ではそんなに見劣りはしていない。確かに英雄がいない分、オフェンスリバウンドを奪ってからのセカンドチャンスは激減している。だが、代わった松村三生もディフェンスリバウンドは頑張っていて、相手に与えるセカンドチャンスの方も増えていないのだ。途中、今度は真治がベンチに下がる。田村《たむら》監督はいろんな形を試すつもりなのだろう。真治と代わったガードは海永健吾《うみながけんご》という一年生だ。身長は一七七センチと登録されている。壮太郎と健吾のガードコンビは見ていて危なげないうえ、真治とのコンビよりスピードが増したように感じた。

一度楓光学園が詰めてきた点差は、ここで停滞しだした。点の入れ合いが続いたのだ。スポーツ特待生が主体の楓光学園は、次々に選手を代えてもチーム全体の持つ風貌が変わらない。チームカラーとしては水商より鮮明だと思える。

第3ピリオドスタート時に英雄がコートに戻った。また点差が開く。楓光学園は制限区域内にボールを入れても英雄に完璧に抑え込まれる。そこから出てくるパスを受けて外からのシュートを放ち、入ればいいが落ちればセカンドチャンスはない。英雄と亜敏が確実にリバウンドを奪う。どちらか一方がリバウンドを取ると、他方はファーストブレイクのトレーラーマンとなり、再三中央から切り込んでのダンクシュートを決めた。

その派手なプレイに体育館で観戦する水商一年生は酔った。大声での応援は禁止してあったが、自然に出てしまう「ワ〜」や「キャア」は止められない。

田村監督の采配には余裕が感じられた。最終ピリオドでも多くの選手を使いながら点差を維持した。おそらくこれが公式戦ならばもっと点差をつけただろう。

英雄が入ったときの水商は格段に強い。楓光学園ディフェンスの意識が英雄に集中する分、亜敏以外にも能力のある新人選手がのびのびとしたプレイを見せる。海永健吾のファーストブレイクは速かったし、松本和彦の狭いディフェンスの隙間をすり抜けるカットインには驚かされた。

三十点近くの差をつけて試合は終了した。

両チームとも結果に納得している。勝った水商はもちろんだが、楓光学園も現時点のチーム力を計るのには絶好の機会だったろう。何しろ、全国一位のチーム相手に新入部員の力も試せたのだ。

試合中継の演出を担当した夏目美帆は、お立ち台を用意して試合後のインタビューも流した。これも冴えた演出だった。

楓光学園キャプテン佐々木勝也が登壇すると、体育館で観戦していた水商一年生から大きな拍手が送られた。

インタビュアーは美帆自身だ。

――お疲れ様でした。まず今日の試合の感想を聞かせてください。

「そうですね、昨年の練習試合以来でしたけど、水商さんはさらに強くなったと感じました。ただ、あのときは大きく変貌した水商さんの強さに驚いてしまったんですけど、今回はその強さはわかっていて、心の準備ができたうえでの試合で、あの試合よりは身になる部分が大きいように思います。特に一年生にはいい経験をさせることができました。入学して早い時期に日本トップのチームの力を肌で知って、今後の三年間の目標を設定してくれたんじゃないかと思います」

――このスポーツ交流会の思い出といったものがおありでしたら教えてください。

「一年生のときにこの対校戦で初めてスタメンになりました。ですから、このスポーツ交流会は特別思い出深いです。そして、そのとき観戦していた水商の皆さんにも応援していただいたことは、とても励みになりました。今日もたくさんの方に名前を呼んでいただいて嬉しかったです。昨年は中止になりましたが、こういう形で復活して本当によかったと思っています。この対校戦によって両校の選手は成長します。それはすべての競技においてです。僕は今回で最後になりますが、ぜひこのスポーツ交流会は続けてもらいたいです」

――ありがとうございました。

「ありがとうございました」

続いて水商キャプテン池村真治が現れ、佐々木勝也とグータッチして入れ替わった。

――池村キャプテン、お疲れ様でした。

「お疲れ様でした。応援ありがとうございます」

――スポーツ交流会の感想を聞かせてください。

「……うんと、そうですね。まず、楓光学園佐々木キャプテンの感想と同じく、このスポーツ交流会での試合は両校の選手にとって貴重な経験の場だと思います。今回開催していただいてありがとうございます。両校生徒会幹部の皆さんに感謝します。

僕が一年生のときには、まったく歯が立たない実力差で、僕もベンチで佐々木君のプレイを惚《ほ》れ惚《ぼ》れとして見ていました。そのときも試合には出してもらえたものの、それはもう一方的に負けている試合だったからこそ、お情けで僕にも出番が回ってきたんです。

こんな話をすると、水商バスケット部は強くなったと思われるかもしれませんが、変わりありません。我々は常に胸を借りる側です。その点は一年生には特に言っておかねばなりません。一年生は最初のオリエンテーションで言われたと思いますが、我々はすべての人がお客様、三六〇度に低姿勢でいなければなりません。驕《おご》り高ぶった態度ほど水商生に似合わないものはないのです。偉ぶらず謙虚な姿勢に誇りを持つ、それが水商精神です。それはスポーツの場でも生かさねばなりません。我々は常に挑戦者です。全国を制してもそこは変わってはいけません」

この言葉は、今この瞬間両校の全生徒が耳にしている。

（ありがとう、シンジ）

淳史はクラスメイトの言葉に感動していた。そして、これでスポーツ交流会の伝統は受け継がれると確信した。


すべての対校戦を終えて、その日は生徒会室で楓光学園生徒会とオンライン会議だ。

「まずは無事にスポーツ交流会が終わってよかったです」

『本当ですね。コロナの問題だけでなく、選手にも目立ったケガがなくて何よりでした』

村田琥珀会長の表情に安堵の色が見えた。ここに至るまでの苦労は淳史も共有するだけに、その気持ちはよくわかる。学校側との交渉から始まり、生徒会長自らが動かなければ解決しない問題はいくつもあった。どちらの学校も理事長や校長といったトップは理解を示してくれたが、現場を預かる先生方からは、次々と難題を提示された。それをクリアしなければ実現は難しい、とされたのだ。

そういう先生方の心配もまったく的外れなものではなかったので、問題提起してもらって結果はよかったと思う。本当の敵は見えないウィルスだ。大事な選手を感染させて、貴重な三年間の競技生活に空白を作ってしまっては、取り返しがつかなかっただろう。

「そちらの皆さんの観戦の様子はどうでしたか？」

『それはもう、盛り上がっていました。特に今日のバスケットの試合では、徳永選手のプレイを見られるということで、今週はずっとその話題で持ちきりでしたよ。そちらの皆さんの反応はどうでしたか？』

「僕は自分の教室でクラスメイトと一緒に観戦していたのですが、三年生は二年前のスポーツ交流会の思い出があるので、同級生たちの選手としての成長を確認できて喜んでいました。さきほど一年生にも話を聞きました。入学したばかりの彼らも、応援することでこの学校の一員になったと感じてくれたようです」

『それはうちの一年生も同じです。母校の応援をするのは彼らにとって初めての体験ですからね』

どうやら、楓光学園でもこの異例の形のスポーツ交流会の意義は認められたようだ。

「わたしからもいいでしょうか？」

美帆が発言の許可を求めた。

「まず、楓光学園放送部の皆さんお疲れ様でした。皆さんの制作された紹介動画のおかげで、初めて拝見する選手の皆さんをとても身近に感じることができました。それで、あの、これは今思いついたことなので、実現性については判断つきません。無責任な提案になるかもしれませんが、まず聞いてください。あの、今回リモート応援という形になり、そのおかげで全校生徒が全競技を観戦できました。二年前のスポーツ交流会では、生での観戦で、全員がすべての競技を見ることはできなかったんですよね？」

淳史たち三年生はモニターの中の楓光学園三年生と同じタイミングで頷いた。

「それで、せっかく全競技をみんなで観戦できたのですから、両校それぞれのMVPを選ぶというのはどうでしょう？」

おお、という反応が淳史の周囲とモニターからの両方であった。いいアイデアだ。

「それも、お互い相手の学校の選手を投票で選ぶんです。水商では楓光学園で一番活躍した選手を選びますから、楓光学園さんの方で水商の選手を選んでください。いかがですか？」

楓光学園側で少し話し合う時間があった。

『大賛成です。来週月曜日にさっそく投票して結果をお知らせします』

「こちらもそうします。何か賞状や記念品のようなものも用意できればいいのですが」

『そうですね、何か考えましょう』

話はまとまったが、淳史は一言付け加えた。

「あの、その記念品については来週あらためて相談しましょう。どちらか一方が豪華なものだと不公平ですからね」

何しろ楓光学園はお金持ちの学校だ。変にゴージャスな記念品を用意されてはかなわない。

翌週、両校生徒の投票によってMVPが決定した。

楓光学園生徒が選んだのは山本樹里だった。これは順当だろう。ラグビーと陸上の両方で特別に輝いた存在だった。聞いたところでは、投票では徳永英雄と競ったらしい。英雄も野球とバスケットで圧倒的存在感を見せたから当然だ。しかし、英雄の輝きは予想されたものだったが、樹里の場合は驚きをもって注目された。特にラグビーで男子選手に混じり、スピードとテクニックで優《まさ》ったことへの評価は高い。

水商が選んだMVPは佐々木勝也だ。これはどうだろう？　淳史も彼の実力については認める。しかし、試合では敗戦したチームのキャプテンだ。敢闘賞ということはあってもMVPとなると、これは他の競技で楓光学園に勝利をもたらした選手に申し訳ないような気がする。女子クラスとゲイバー科で佐々木勝也が大多数の票を集め、男子生徒の票は何人か他の競技の選手に分散した可能性が高い。だが、投票に不正があったわけではないから、この結果は尊重されるべきだし、

「佐々木選手は二年前から水商生に注目されていたわけで、この結果はスポーツ交流会の歴史を物語るということでいいんじゃない？」

という木の実の見方も正しいだろう。

次のテーマは両選手に贈る記念の何かだ。賞状だけというのも味気ない。

楓光学園側は賞状とそれを入れる額と記念メダルを考えてくれているらしい。

『今後毎年このMVP表彰を続けていきたいと考えるので、今回そのメダルをデザインしようと思います』

楓光学園村田生徒会長は前向きだ。

これから先の恒例にしたいというのは水商側も大賛成だ。

水商側の記念品はどうすべきかアイデアを募ったところ、

「サービス券」

という意見が上がってきた。

「どういうのそれ？」

「だから、小学生の『肩叩き券』みたいなやつ。可愛いじゃん」

「そりゃ、小学生は可愛いけど、それ誰の意見？」

「F組の女子」

「却下」

フーゾク科の無料サービス券は喜ばれるかもしれないが、自分がサービスしたいという魂胆が見え見えだ。

議論の末、手作り感のあるものということになり、試合中の佐々木勝也選手の画像を油絵風に修正したものを額に入れ、記念品とした。

これはなかなか趣味がいい、と両校生徒に評価され、佐々木選手自身も喜んでいたという。

母を探して

スポーツ交流会が終わると、校内の雰囲気が少し変わった。特に一年生たちが明るくなった気がする。

やはり「祭り」は必要だ。

淳史はその思いを新たにした。日常から離れた祭りの時間、それは意味なく浮かれるだけのように見えるが、その意味のないところがまた重要だとも思える。

スポーツ交流会での対校戦は公式戦ではない。勝ったことの意味を問われると、「自己満足」で終わってしまう戦いだ。勝ったところでその上の大会に進むわけでもなく、どうしても勝たねばならない理由はない。にもかかわらず熱くなる。

自分たちの代表たる運動部員を応援しているうちに、出会って間もないクラスメイトとの連帯感が生まれる。

一年生の教室のある五階の雰囲気が明るくなったのは、（もしかしたら、この学校を選んだのは正解かも）と彼らの気持ちが前向きになったからだと思えるのだ。

スポーツ交流会の余熱が去った頃、事件は起きた。

北千住駅近くで花野真太郎のお供をしていた松橋浩二が暴行を受けてケガをした。

事件の翌日、浩二は絆創膏《ばんそうこう》を貼った顔で放課後の生徒会室にその報告にきた。

「相手の名前はわかっているんだよな？」

淳史はそこから確かめた。

「はい」

特に腫れの大きい左の瞼《まぶた》を気にしながら浩二が答える。

最初知らせが入ったときには、浩二が昔に戻ってバカな喧嘩《けんか》をしたのか、と疑った淳史だったが、その後一方的に絡まれただけと聞かされている。

「やったのは誰なんだ？」

「はい、中学のときに俺をいじめてた望月良夫《もちづきよしお》ってやつとそのツレです」

「ツレ？」

「ええ、やつの高校での友だちでしょう。俺も初めて見た顔でした」

「真ちゃんが一緒なのにやられたの？」

木の実の疑問はもっともだ。真太郎なら不良高校生二人を制圧するのに数秒で済んだはずだ。

「あたしが悪い」

という真太郎の発言を、

「そんなことないす」

浩二がすぐに否定する。

「いや、加害者ははっきりしてるんだから、真太郎が悪いなんて誰も思ってないけど、もうちょっと詳しく状況を教えてよ」

淳史の言葉に浩二は頷いたが、真太郎は納得していない表情だ。本気で自分の責任と感じているらしい。その真太郎が当時の説明を始めた。

「……あたしと浩二が二人で立っているところに、二人組の高校生がやってきて。一人が浩二に声かけて、それから浩二は『ちょっと待っていてください』って彼らと一緒に行った。ちょっと、って言ったわりに遅かったから、気になって探したら、殴られて倒れてたわけ」

真太郎が見た光景はそういうものらしい。

今度はその場の全員が浩二に注目して発言を待った。

「……さっき言ったみたいに、望月は俺をいじめてたやつなんで、何か因縁を吹っ掛けられるのは顔見た瞬間に予想はついたんです。それで真太郎先輩から離れました」

浩二の説明を聞いた皆は、一様に疑問符を表情に浮かべている。淳史は全員が抱いている疑問を言葉にした。

「ちょっと意味がわからないんだけどさ、どうしてそれで真太郎から離れたんだ？　真太郎に任せればそんなやつ一瞬で黙らせることができるよ。そんなのわかってるだろう？」

浩二は数度顔を横に振った。

「そんなのダメです。そんなことで真太郎先輩の手を煩わせてはいけないです。元はと言えば俺の蒔《ま》いた種ですよ」

「松橋君の蒔いた種って、どういうこと？」

木の実が説明を求めた。

「いや、その、中学時代にいじめられていた、そのいきさつというか、まあ、暴力を受けていた原因がこちらにある、という意味なんすけど。それはともかく、自分をいじめてたやつを真太郎先輩にやっつけてもらうなんてダメです」

「それでやられっぱなしだったの？」

真太郎が確かめる。

「はい、まあ……それに絶対怒っちゃいけないから、というのも無抵抗でいた理由ではありますけど」

「我慢したわけだな？」

淳史の問いかけに、浩二は少し頭を傾げて考えてから、

「……はい、我慢したといえばそうですね」

「浩二、成長したな」

「え？」

「だって、真太郎を守るためにお前は体を張ったんだろう。その勇気は立派だよ」

「そんなことはないですよ」

青く腫れたうえに絆創膏を貼られた顔でわかりにくいが、浩二は笑顔を見せている。

「浩二はできる子よ」

重々しく言う声が響いた。文化部長の加賀とわえだ。ふだん発言の少ない彼女だが、口を開けば皆神妙にして聞く。それほどその存在感は大きい。

「あたしに言えば守ってやったのに」

真太郎がそう言っても、

「ダメですよ、先輩。俺のために先輩が警察沙汰を起こすのはダメです」

浩二は一本筋を通している。

「まあ、相手がわかっているんだから、警察に届けるのもありだけどね」

木の実の発言はもっともだ。一年生のときに彼女自身が傷害事件の被害者となったことがある。そのときは警察に届けないままで終わった。

「あの、ちょっと気になることがあるんすけど……」

浩二は口調を変えて、淳史に訴えた。

「何？」

「その望月の因縁のつけ方が変だったんです」

「どう変だった？」

「はい、あいつのことだから、真太郎先輩を女生徒と思って、俺に『女連れて粋がってんじゃねえよ』って来るかと思ったんすけど、やつは『このポン引きが！　縄張り荒らすんじゃねえよ』って一発目のパンチを出しながら言ってました」

「ポン引き？　縄張り？」

「はい。どうも、俺の中ではそれが引っかかってんです」

確かに変だ。制服姿の男女が並んで立っていれば、高校生同士のカップルと思うのがふつうだろう。

「え？　浩二がポン引きならあたしは何になるわけ？」

憮然《ぶぜん》として言った真太郎は、それに誰も答えないうちに、

「あの野郎、許せん！」

と憤った。自分のことを売春する不良女子高生と決めつけられたわけだから、怒るのも当然だ。

「先輩、怒っちゃいけません」

「そういうことじゃない。今はそれを言っちゃダメ」

「はい、すみません」

二人のやりとりを傍《はた》から観察していると、ここ何回か行動を共にした際に会話が弾むこともあったようだ。浩二の口調は遠慮ないし、真太郎も本音を隠さない。

確かにその望月の因縁のつけ方は奇妙だが、

「まあまあ、それは言った本人に問い質《ただ》すしかないだろう」

淳史としては真太郎をこう宥《なだ》めるしかなかった。

「それでさあ、結果として、北千住で浩二につき合ってもらった意味はあった？」

続けた淳史の問いには、

「まだ」

真太郎は短く答えたきり黙ってしまった。

「どういうこと？　何につき合ってもらったの？」

とわえが尋ねてくる。真太郎がこの春先から抱える事情を彼女は知らない。

「それなんすけど……」

浩二が淳史に向けて言った。

「真太郎先輩、お母さんを探すのは意味ないんじゃないすかね？」

浩二に真太郎につき合って北千住に行くように頼んだのは淳史だ。その際に、真太郎の母親の話はボカして伝えた。こうして浩二が知っているということは、真太郎自ら説明したということだろう。

「何？　真ちゃんはお母さんを探しているの？」

クラスメイトのとわえにも今回の件を秘密にしていた真太郎は、すこしバツの悪そうにして頷いた。

「それが意味ないと思うのはどうして？」

今度は浩二に尋ねるとわえだ。

「先輩がお母さんをいいイメージで想像しているのも、会ったこともないからだと思うんすよ。実際には親だからって優しいわけでもなければ、ものがわかっているわけでもないすから……」

「いや」

これは真太郎のためと思って淳史は浩二のその先の言葉を遮った。

「真太郎もそれはわかってるって。浩二は自分がお父さんのDVを受けてたから、そう思ってるんだろう？」

「まあ、そうっすね」

「それもわかるけどさ、松岡尚美先輩を知ってるだろう？」

「はい」

「あの先輩も幼い頃にDVの被害に遭ってた人でね。その話を聞いたときに真太郎も、親のことを知らない方が幸せなこともある、って理解してたよ」

一年生のときの思い出だ。淳史の部屋に数人で集まったときに、真太郎はそう述懐していた。

「そうなんすか？」

浩二が真太郎に確かめる。

「まあ、そう、松岡先輩は、『母性本能とか母性愛とか嘘だから。ダメな女が子どもを産むと子どもの方で迷惑する』なんて言ってた。聞いたときショックだったから、それはすごくよく覚えてる」

「へえ……でも、でも、それじゃあ、そのときとはまた気が変わって、お母さんに会う気になったということなんすか？」

浩二はただはっきりさせたいだけのようだが、聞きようによっては、問い詰めているようにも感じられた。

「それは……」

　口を開きかけた真太郎を目で制して、とわえが浩二に言った。

「あまりそこは追及しないで。真太郎にもわからないことなんだよ。だって顔も知らないお母さんだからね。そうだったよね？」

　こう確かめられて、

「うん」

　短く答えた真太郎は苦いものを飲み込んだ顔だ。

「ここは真太郎の好きにさせてあげる方がいいと思うんだけど」

　とわえはさくらを見て言った。入学以来ずっと真太郎のクラスメイトだった二人には、気持ちの通じる部分なのだろう。さくらも無言で頷いている。

「いや、それはそうなんすけど、真太郎先輩、お母さんに会って傷つく場合も考えられるじゃないすか。それを心配してるんす」

　ほんとに浩二は成長した。居並ぶ顔は、この浩二の言葉に感心している。

「そうだな、真太郎のことをそこまで思っていてくれて、ありがたいよ。それに、真太郎と行動を共にするように頼んだのは俺だ。まさか浩二がケガするようなことになるとは予想していなかった。申し訳ない。体を張って真太郎を守ってくれたことにも感謝するよ。ありがとう」

浩二は黙ったまま自分の後頭部を掻いた。照れているらしい。褒められたり感謝されたりする経験が決定的に不足している男なのだ。

「ほんと、あなた偉いわ」

「立派ね」

「できることじゃないもの」

次々に称賛の言葉を浴びせられて、

「や、やめてください。もう、いっす」

浩二は身悶《みもだ》えして嫌がる。その反応に笑い声が上がった。

「まあ、好きにさせよう、というとわえの意見はもっともだけど、真太郎はしばらく北千住に行くのは控えないか?」

「うん、わかった。こんなに迷惑かけるとは思わなかった。ごめん」

「謝ることじゃないさ。さっきも言ったけど、誰も真太郎が悪いなんて思ってないよ。でも事態をこの先悪化させないために、ちょっとの間我慢してもらいたい」

淳史は友人としてでなく生徒会長としての立場から言った。

「真ちゃんさ、春ちゃんとこのママを見てお母さんっていいな、って思うんでしょう?」

とわえの指摘は図星だったようで、

「かな」

真太郎は首をすくめるようにして答えた。

「気持ちはわかるよ。あの親子はほんとにいい感じだもの」

居並ぶ面々はここ最近「スナック愛子」に顔を出し、北原親子の様子を知っている。誰もとわえの発言に異論はない。理想的と思える親子関係なのだ。

幸ママは春の人生を束縛したくないと思い、店を継ぐ必要はない、と言う。春は、自分を育てるうえでお店の存在が大きかったことを知っていて、営業を継続させるのに力を尽くしたいと考えている。このことは、一度でも北原母子と接した生徒には自然に伝わることだ。

「あのね、春ちゃんは親孝行なわけではないし、幸ママも母親として立派なわけではないと思うの」

続けたとわえの言い分は、その直前の発言と矛盾するように思われた。しかし、反論する間を与えず彼女は話し続けた。

「あの親子にあるのは『愛』だけだよ。親孝行とか母性本能とか余計な言葉はいらないと思う。ママさんは春ちゃんのことを思って頑張って生きてきた。その愛に春ちゃんが愛で応えているだけなの。これね、うちの父の考え方なんだ。父は『人間同士、愛があればいいんだ』って言うの。親孝行など考えるな、って」

とわえの言わんとするところは少しずつ伝わってきた。

「うちの父は、うちの祖母、父にとっては母親ね、この祖母のわがままに振り回されて大変な苦労をしてきたの。ま、詳しくは言わないけど、ほんと孫のわたしから見てもうちの祖母はひどい人だった。『毒親』だよ。でも、世間は『お母さんなんだから』ってことで誰も父の立場を理解してくれなかったらしいの。父を縛ったのは『親孝行』という言葉だったわけよ。そんな体験があるから、父は親孝行という言葉を信用しない。愛の一言で十分だって。中には自分のことしか考えていない親だっている。自分しか愛せない人っているんだよ。そんなひどい人間が親となって、『親孝行』という言葉を盾にしていい思いをするのは許せないし、そんな人の子が『親孝行』で縛られるのは気の毒だ、というのが父の意見。『親孝行』なんて必要ない。親が子を愛せば、子も親を愛す、それが当たり前なの。幸ママは春ちゃんのために苦労した、とは思ってない。春ちゃんのために自分の夢を捨てた、とも思ってないよ。春ちゃんを愛しただけ。春ちゃんとの暮らしが幸せだったんだと思う。逆に春ちゃんが水商に来て、将来お店を継ごうというのも子としての義務と思ったからじゃないよ。春ちゃんもあのお店が好きで手放したくないと思っているんだよ」

ここに至って、淳史も完全に理解できた。とわえの言う通りだと思う。

「だから真ちゃんさ、お母さんに会えたとしても、北原親子みたいな関係を期待していたらダメかもしれないよ。事情があったにしろ、お母さんは赤ん坊の真ちゃんから離れていったんだからね」

酷な話を、とわえは遠慮なく口にした。真太郎は（わかった）という風に頷いた後で言った。

「そうだね、母はあたしを捨てたんだもんね」

「それは違うよ」

周りの三年生は同時に言った。

「とわえも言ったじゃん。事情があったのは確かなんだよ。誰も真太郎を捨ててないさ。お父さんとお母さん、どちらも真太郎が可愛くて手元に置きたかったんだと思うよ」

そう言っている淳史の方が辛くなってきた。父母と共に過ごす平凡な家庭に育ったことが申し訳ない気分だ。

「いいよ、いいよ、ほんとごめん。あたしのわがままでみんなに気を遣わせちゃったね。あたしもわかってるよ。親子関係家族関係は家によってそれぞれだってね。あたしも頭でわかってたんだけどさ……あたしがゲイバー科に進んだことで、親戚や近所の人に色々言われたんだ。あたしがこうなったのは、あ、こうなったっていうのは、女の子みたいになった、ってことね。こうなったのは、母親がいないからだ、マザコンの結果だ、みたいなこと。そんなこと言われたって、あたしにだってわからないよね、だって、あたしはあたしだもの」

途中から真太郎の口調は独り言のそれになっていた。淳史をはじめ親友といえる仲間が囲んでいても、誰も真太郎にかける言葉をみつけられず、しばらく沈黙が支配した。その沈黙の意味を察したのか、真太郎が明るいトーンの声を発した。

「いい、いい。今度また鉄子《てつこ》ママと話してみる」

鉄子ママというのは、新宿二丁目で「鉄子の部屋」という店を開いている第一期生の先輩だ。真太郎にとっては柔道部の先輩でもあり、とても尊敬している。元は須賀《すが》鉄平《てっぺい》という名の男性だったが、性適合手術を受けて須賀鉄子と改名している。

生徒会担当の小田真理先生は鉄平先輩と同期生だから仲がいい。ゲイバー科生徒の相談相手になってくれるよう再々頼んでくれている。

「鉄子の部屋」は美形のゲイボーイが顔を揃え、ショーも品があって、各方面から高評価を得ている店だ。もしかすると真太郎は卒業後にその店で働くことになるかもしれない。

（あの先輩なら的確なアドバイスをくれるだろう）

真太郎を囲む全員がそう思っていることを淳史は肌で感じた。

甲子園への道

夏の高校野球東東京大会が始まった。

都立水商の一回戦の相手は都立東新宿高校だ。

「縁起のいい偶然だな」

伊東の言う意味は徳永猛にはすぐ通じた。かつて二十四年前の甲子園予選も都立東新宿高校と一回戦で当たったのだ。徳永は投手として最初に対戦したチームに、監督としても最初に対戦することとなった。

この大会から都立水商野球部の体制が変わった。長い間、伊東が部長と監督を兼務していたが、コーチだった徳永猛を監督に昇格させたのだ。

徳永は最初固辞し、

「伊東先生にとって今年が教員生活最後の大会じゃないですか。最後まで監督でいてください」

そう伊東に頼んだ。しかし、伊東の気持ちは変わらなかった。

「いや、最後の年だからこそ、ベンチで徳永の戦い方を見ておきたいんだ。後事を託すわけだからな。それに、現代野球の知識に関しては、もうお前の方が俺より上だし、経験に関しても俺の方は長さだけで、濃さでいえばお前に敵うわけがない。この体制がベストだと思う。俺は一歩引いた位置からチームを見るよ。プロ野球のGMみたいな感じだな」

この言葉でなんとか徳永は承諾してくれた。

もう一つ言えば、これで選手も迷いがなくなる。それまでも伊東と徳永で意見の異なる場面はなかったものの、選手からすれば伊東監督からのアドバイスや指示を受けた後、徳永コーチからの言葉も期待するだろう。何しろメジャーリーグで戦ってきた男だ。

これからは監督としての徳永の指示がすべてだ。伊東はそこに全幅の信頼を置いて背後から見守る。

この一回戦の結果は五回コールドゲームだった。

二十四年前と違うのは、徳永英雄がすでに全国から注目されていることだ。かつての徳永猛は突然姿を現した怪物だったが、英雄の場合はすでにその名は知れ渡っている。バスケットで全国を制覇し、続けて野球でも、という漫画のストーリーを地で行くスーパーアスリート。

当然東新宿高校も対策を練ってきていた。ツーストライクを取られるまでは待つ。

これは当然だろう。ふだん見ているストレートより時速にして三〇キロ以上速い球が相手では、バットを振るよりフォアボールでの出塁の方がまだ見込みはある。

それを見透かしたように、英雄はストライクゾーン中央にストレートを投げ込んだ。入学した頃の英雄は制球に苦しんでいたが、今は格段に成長して、キャッチャー内山渡の構えたミットはほぼ動くことなく白球を吸い込む。二球待って追い込まれたバッターは三球目を振って三振に倒れていった。

都立東新宿高校野球部監督原宏行《はらひろゆき》は、この不思議な縁に感動していた。

二十四年前、原は東新宿高校の一番打者として徳永猛と対した。つまり公式戦で都立水商伝説のエースと最初に対戦したバッターは原なのだ。

あの日の記憶は鮮明だ。

球審が「プレイボール」を宣した直後の初球、それまで見たことのない豪速球が目の前を通り過ぎ、原は思わずベンチを見た。中川《なかがわ》監督以下チームメイトは何が起こったのかわからないといった表情だった。常に冷静な中川監督は、

「よく見ていけ、ボールをよく見ろ」

との指示をくれたが、二球目、ゆったりとしたフォームの徳永の指先からピッと離れたボールは、次の瞬間にはズドンッとミットに収まっていた。その途中経過が比喩

「見えませーん」

正直に報告した原に中川監督は何も言ってくれなかった。

四回表に二打席目が回ってきたとき、三打席目はないものと覚悟した。都立水商は打撃もすごく、すでに五回コールドは必至の点差になっていた。

原はバットを思い切り三度振って三振した。ボールにかすりもしなかったその打席が、なぜか悔しいよりも楽しかった。

(こんな球を投げるやつがいるんだ)

そんな思いだ。高校三年間の部活の思い出はあの瞬間が一番輝いている。

試合が終わり、中川監督は、

「俺も、中学から野球を始めて三十年になるが、あんなやつは初めて見た。プロの選手も含めてだ」

そう徳永猛を讃《たた》えたあとで、この日のコールドゲームは恥ではない、と言ってくれた。特に三年生は、高校最後の試合で徳永猛と対戦したことを誇る日が必ず来る、と。

実際、ほどなくしてその日は来た。都立水商は甲子園でも圧倒的な力で各県代表チームを退け、初出場初優勝を果たした。しかも決勝戦での徳永猛投手は完全試合を達成した。

原のクラスメイトは母校の野球部が都立水商に挑んだ最初のチームであることを誇ってくれた。家族や近所の人もだ。

この体験が原の人生を変えた。

それまでは野球は高校で終わりと思っていた。自分の能力を見極めたうえでのことだ。周囲はモンスター徳永との対戦はモチベーションを奪うものと考えるようだが、原の場合は逆だった。

(こんなすごいやつが世の中にはいるんだ)と野球への興味と情熱が新たに湧いてきた。

野球を続けることを条件に大学を選んだ。都大会一回戦負けの都立高校ではセレクションも受けさせてもらえない。特に東京六大学は無理だ。

(もっと真面目に勉強しとけばよかった)

ここで初めて後悔した。勉強で頑張って東大に入れば六大学の他のチームと比べて野球部入部へのハードルは低かっただろう。結局首都大学リーグに所属する大学を選んだ。学力的にも頑張ればなんとかなりそうだったし、一般入試を経て入部する選手も珍しくないチームということだった。

現役で合格を果たし、野球部部室のドアを叩いた。毎年プロ選手を輩出するようなチームではなかったものの、部員数の多さは流石に大学だ。そう簡単にベンチ入りできるとは思えなかった。

ただ一年目から守備では評価してもらえた。元々俊足ではあったのだ。二年生に上がるころから打撃も成長してきた。やはり都立の普通高校では練習量が不足していたのだろう、大学での厳しい練習を通じて自分でも「打てる」感じがしてきた。

二年の秋のリーグ戦から試合に使ってもらえるようになり、三年でついに先発ライトのポジションを摑んだ。これは高校時代のチームメイトや家族には驚かれ喜ばれた。

そうやって大学で野球を続けている間にも、海の向こうで活躍する徳永猛の情報は入ってきた。自分と比較するには大き過ぎる存在だが、それでも彼の頑張る姿が励みになった。大リーグ中継で徳永が三振を奪う場面が流れると、

「三振したってことでは、このバッターは原と同じレベルか？」

チームメイトはそんな冗談を言った。

大学野球の四年間は高校野球より充実していた。何より全国のレベルを肌で知ることができた。

プロは無理でも社会人で野球を続けたい思いはあった。しかしバブルが弾けて以降、古豪と呼ばれる社会人チームでも休部廃部の憂き目にあっていて、バブル全盛期からすれば極端に狭き門になっていた。

大学四年の春のリーグ戦での原は、何かが乗り移ったように調子よく、打率は四割

を越え出塁率は五割を越えた。自分でもこのまま選手生活を終えるのは惜しいと思っていたとき、中国地方で家業を継いでいる先輩から、その地元社会人チームの高村《こうむら》監督を紹介された。大学は違うものの高村監督も首都大学リーグでプレイした人で、原の大学での成績を正当に評価してくれた。前の年には試合も見てくれていて、そのときの原は勝利に貢献する二塁打を放っていた。

高村監督のおかげで、野球を続ける道が開けた。しかし、人生で初めて原は東京を離れることとなった。

原の実家は阿佐ヶ谷《あさがや》で長く続いた酒屋だ。それを父がコンビニエンスストアにしたところ、経営は順調でやがて店舗数も増えた。野球を続けていなければ大学卒業後すぐにその経営に参加する予定でいたのだが、父からは、「十年くらいなら」と猶予をもらった。

こうして東京ドームでの都市対抗野球出場を目指す生活が始まった。

関東や関西の強豪がひしめく地域より、全国大会への道は近いように思えたが、県代表にはなれても中国大会の突破は難しかった。

原の所属したチームもかつては都市対抗野球本大会にも出場しており、そのときの活躍で注目されプロへの道が開けたという選手も何人かいた。しかし、その当時とは練習環境に大きな差があった。

原は毎日朝九時から夕方五時まで勤務してからの練習で、土日は練習か試合という生活だ。かつては午前中で仕事は上がり、午後いっぱい暗くなるまでの練習だったという。他の強豪チームは今もそういう環境なので、自《おの》ずとその差は試合結果に表れる。

しかし、原は与えられた環境で頑張り続けた。

頑張る気持ちが切れなかったのは、高卒で入社している若い部員の存在が大きい。彼らは三交代の現場で勤務につき、ばらばらの時間帯で練習していた。彼らと比較すれば原は恵まれている。

「東京ドームで戦えば、スカウトの目に留まってこいつらにもプロへの道が開けるかも」

そんな思いで、練習でも試合でも周りを引っ張っていった。高校大学と自分のことだけ考えていたのとは、明らかに野球に取り組む姿勢が変わった。

もう一つ原の背中を押してくれたのがメジャーで頑張り続ける徳永猛の姿だった。巨額の年俸が羨ましいとは思わない。あの球を投げられる男がこの世に何人いるだろう。その価値は計り知れない。一般の勤め人が目にすることのない額の報酬は当然だ。

少しパフォーマンスが落ちれば立つことのできないマウンドに、毎年姿を現すためにどれほどの努力が必要なのだろう。おそらく高校三年生の夏に対したとき、すでに徳永猛の努力の量は原の何倍にも及ぶものであったに違いない。体格と運動能力で差があるうえに、努力の量でも圧倒されていては敵うわけがない。

限られた時間内での練習であっても、原は出来る限りの努力を重ねた。徳永のことを思えば、いくら練習しても十分とは言えない。

高村監督は原を「選手の鑑《かがみ》」と呼んでくれた。少なくとも高校を出たばかりの新人たちにはいい影響を与えていたかもしれない、と自分でも思う。

父との約束の十年が過ぎても原はレギュラーとして戦い続けた。

三十代半ばにさしかかり、若い選手に単純なスピードでは圧倒されるようになり、やがて経験値をもってしても乗り越えられない壁を感じるようになってきた。以前ならチャンスで「打てる」という根拠のない自信を持って立てた打席で、悪い予感がよぎるようになり、そして結果はその悪い方に流れるのだ。

思うに、これはもう一人の自分が客観的にそのときの実力を査定していたのだ。根拠がないようでも、かつての自信は実力に裏打ちされた、確率論的な計算をどこかでしていた結果だったのだろう。ポジティブな考え方でなんとか切り抜けよう、という話ではなく、努力によってもたらされた前向きな姿勢だ。いわば自然体だったのだ。

体だけではなく、気持ちでも無理しないと勝負できないことを感じ、潮時だと判断した。

チームにスタッフとして残ることも勧められた。しかし、「親父との約束なので」

と帰京することにした。

ついに東京ドームに立つ夢は果たせなかった。若いチームメイトに晴れ舞台を経験させてやりたかったが、彼ら自身の力で夢を叶《かな》えてくれるだろう。

「東京で待ってるから、頑張って東京ドームへの切符を手にしてくれ」

そう告げると、後輩たちはみんな泣いてくれた。原はこの瀬戸内のチームで彼らと野球を続けたことが誇らしかった。

現役を退く決心をしたその日も、メジャー中継で徳永猛の姿を見た。ベテランと呼ばれる年齢でありながら、力勝負でバッターを圧倒する姿だ。

(ありがとう、今日も輝いてくれて)

原は自分の人生を変えた男に感謝した。

帰京してコンビニ経営の仕事にも慣れてきたころ、かつての監督中川先生から電話がかかってきた。中川監督は東新宿高校野球部のOBでもあった。都立高校の教師として、最後にまた母校に戻り野球部を率いていたのだ。

『コーチとして手伝ってくれないか』

本心ではすぐに飛びつきたい話だったが、

「考えさせてください」

と返事を濁した。

父に遠慮したのだ。

高校三年の夏からわがままばかり言ってきた。大学卒業後すぐに仕事を手伝い、結婚もして孫の顔を見せていたはずが、すべてが随分遅くなってしまった。

相談してみると、案に相違して、

「おう、そういうことなら手伝わせてもらえ」

と快諾してくれた。

父は野球を続けた息子の意地を評価してくれていたのだ。叔母に聞いたところでは、

「あいつがあんなに根性あるとは思わなかった」

と漏らすことがあったらしい。原を一人の男として認めてくれて、

「それも野球のおかげ」

そう野球に感謝する気持ちもあるようだ。

こうしてコーチとして母校に通うようになった。高校生を指導する楽しさはまた格別で、すぐに夢中になった。そして今年、定年後も監督を続けていた中川先生からチームを引き継いだ。

（あのときの中川監督と今の俺は同じ年か）

最強の都立水商と対戦するのが、中川前監督と同じ年齢でというのもまた因縁だろう。

都立水商のチームとしてのオーラは二十四年前以上に輝いていた。すべてが超高校

級だ。

徳永英雄のストレートはかつての父猛のものよりさらに威力があった。ベンチから見ていても投球の角度の違いがわかる。何しろMLBでも滅多にいないサイズのピッチャーだ。

原はカウントで追い詰められるまでは見ていくように指示したが、初回は二球見送って三球目を空振り、を三人がコピペのように繰り返して終わった。

二回表の攻撃、四番バッターからは、

「とにかく三回自分のスイングをしてこい」

と送り出した。するとこれもコピーのように、みんな極端なアッパースイングで空振りしていく。次には、

「レベルスイングを心がけろ」

と指示した。

攻撃中に打席での徳永の球の印象を選手に聞いた。一回表の打席に立ったチーム内でセンスが一番の三番打者は、

「あの角度だとベースの前でワンバウンドするかと思ったら、そこからグワーンと伸びてきて、ベースを通過するときにはベルトの高さでした」

と手を使って徳永の豪速球の球筋を説明してくれた。

あり得ない話ではある。第一、物理の法則を外れている。この選手も放物線というものを習っているはずだ。

しかし、そう見えるのだ。原は自身の経験から、この選手の言葉を信じた。

結局、五回の試合終了まで、バットに当たったのは三球だった。当たっても前には飛ばない。下側をかするようにバットが当たり、ボールは徳永の投じたスピードのまま多少軌道を変えた程度だ。ビビッたのは球審だろう。一六〇キロ前後のスピードで硬球が自分の顔の近くを通過するのは怖かったろうと思う。

一球だけ徳永はカーブを投げた。これは最終五回表のことだったから、これからの試合に備えて試してみたのだろう。リリースされた直後のコースがそれまでと違い、キャッチャーが立ち上がるか？　と思われたところから急激にボールが落ちてきてストライクゾーンを通過した。

「なんだありゃ」

ベンチで誰かが呆れたように呟いた。

水商は打線も高校生とは思えない迫力だった。一番から九番まで長打が期待できる。対する投手からすれば、息つく暇もない。

（このチームに勝てる高校チームがあるか？）

原は水商二度目の全国制覇を確信した。

試合終了時、東新宿高校選手の目に涙は見られずサバサバしているようでもあった。その後三年生に見られた涙は高校最後の試合を終えた寂しさからで、悔し涙とは言えない様子だ。原はかつて二十四年前に中川監督から受けたのと同じ言葉を選手に贈ることになった。

「みんな徳永みたいなピッチャーは初めてだったろう？　わたしもだ」

長い競技経験があってもなかなか巡り合うことのない才能と対したことは幸運であると告げ、今後の人生で今日の試合を誇らしく思える日が必ず来ることを保証した。そして、これだけはどうしても伝えたい思いを言葉にした。

「みんなに勘違いしてほしくないのは、今日の我々は、都立水商に才能だけで負けたわけではないということだ。徳永英雄に内山渡、吉野二兄弟、それぞれに父親は一流のプロ選手だ。しかし、彼らはそのDNAだけで今の実力を得ているわけでない。我々以上の努力を彼らはしている。これはわたしが断言する。普通高校に通う君たちと違い、夜の実習もある水商の練習環境は必ずしもこちらよりいいわけではない。その厳しい条件を乗り越えて頑張ってきたんだ」

原が東新宿高校野球部の長所と思うのは、全員素直な点だ。東京というこの国の首都に生まれ、そこそこ勉強も出来る彼らは、とりたてて深刻なコンプレックスを背負わず成長してきたからではないか、と思う。部活でこの子たちと接して特別嫌な思いをしたことはない。今も全員が澄んだ瞳を原に向けて静かに頷いてくれている。

「今日の徳永の投球に対したことで、さらに上のレベルで野球を続けたい、というのもよし、これからは違う分野で勝負してみようというのもいいだろう。違う道に進んでもこの三年間の野球部での活動が無駄にならないことを信じている。そして何かの分野でなかなか成果を上げられないときには、自分の努力不足を自覚し、逆に大きな成果を上げたときには、今日の体験から世の中にもっとすごい者がいることに思いを巡らして、決して慢心しないでくれ。その精神があればさらに大きな成果が期待できるだろう。どんな分野であれ、君たちの成功を願っている。最後に君たちに相応しい監督ではなかったと思うが、よくわたしについてきてくれた。ありがとう」

これ以上長くは話せなかった。この選手たちとの三年間はとても語り尽くせない。いつの日か、社会人となったこのメンバーと今日の敗北を含めて思い出を語り合う日が来る。その日が楽しみだ。

原は選手と離れて球場の内野席裏の通路を歩いていた。誰か他にも挨拶すべき人がいないものかと気になったのだ。

反対側からユニフォーム姿の大柄な男性が歩いてきた。胸には「都立水商」。徳永猛だ。記者に囲まれた直後だろうか、取材ノートを構えた最後の一人と挨拶を交わしている。こちらから挨拶するタイミングを計りかねて躊躇したとき、

「お疲れ様でした」

徳永の方から、帽子をとって頭を下げてきた。

「お疲れ様でした」

慌てて応じる。

「いいチームでしたね」

続けて徳永の口から発せられた言葉が意外で、

「え？」

と言ったきり口ごもってしまった。自分の告げるべき言葉が相手の口から出てきて当惑したのだ。気を取り直して答える。

「いえ、不甲斐《ふがい》ない試合をしてしまって」

二桁得点を与えて、こちらの攻撃は五回とはいえ完全に封じられた。

「結果はコールドでしたが、うちの長打を何本か封じられています。少なくとも一本の二塁打をシングルに、二本の三塁打を二塁打で止められてます。どれも内外野のいい連係でした。あの連係で得点にして4点分は防がれたように思います。本来なら本塁に返るところを三塁に留《とど》まった場面もありましたし。それにそちらの打線もヒットは出ませんでしたが、みんないいスイングでしたよ」

徳永の表情からお世辞でも皮肉でもないのが察せられた。素材としては恵まれていない生徒を鍛え上げてきた自負があり、この指摘は原にとって嬉しいものだ。

「いやあ、それでも完膚なきまでにやられました」

この言葉を発するときの原の胸の中は清々《すがすが》しさに満ちていた。やり切った思いがある。

「これをわたしの口から言うのもおかしいですが……」

そう前置きして徳永は続けた。

「今のうちのチームはふつうの高校チームではありません。わたしなど監督といっても、選手が有頂天にならないように締めることだけが仕事です。わたしのときより今年のチームの方が数段強いと思っています」

「これをわたしが言うのも僭越《せんえつ》ですが……」

原は似たような前置きをした。

「わたしもそう思います。実はわたしは二十四年前に水商さんと対戦したときのメンバーでして……」

「覚えてますよ」

「え？」

これはいくらなんでも社交辞令だと思われた。メジャーリーガー徳永猛が自分など覚えているはずはない。何しろ二十年に亘って綺羅《きら》星の如きバッターたちと対してきた男なのだ。

「一番だったですよね？」

「ええ……あ、そうか、徳永さんにとっては公式戦で初めて対戦した相手がわたしになるわけですね」

「それもありますが、それだけじゃありません。二打席目、三球ともフルスイングしてきたじゃないですか？」

覚えてくれている。原の胸に熱いものがこみ上げてきた。

「ええ、振らないと当たらないと思ったもんですから、一、二、三で振りました」

「いいスイングでした。怖かったですよ」

原は徳永の瞳をまじまじと見入ってしまった。冗談なのだろうか、しかしその瞳からは真剣さが伝わってくる。

「怖かった？」

「はい、伊東監督には初回からと同じようにいけ、と言われていたんですが、これは打たれると思いました。今日の東新宿さんの選手のスイングを見て、あのときの原さんを思い出しました。指導者に似るなあ、と感心していたんです」

原は徳永と言葉を交わすのは初めてだ。常に一方的にこの不世出の大投手を太平洋の反対側から応援していた。

別れ際、

「徳永さん、二十四年前のあなたとの対戦で、わたしの人生は変わりました。それまでも野球が好きでいたつもりでしたが、あの試合で真の魅力に目覚めたのです。そこから野球中心の生活を続けてきました。あなたのようなプロの道ではありません。それでも生活の中心が野球でした。野球によってわたしの人生は輝きを増したのです。あのとき、あなたと対戦したおかげです。そして、二十年間ずっとあなたの活躍を目にして、さらにモチベーションを維持することができました。これからまだわたしの人生は続きます、今はそう、人生半分辺りでしょうか。これからも野球を通じて交流があるかと思うと、さらに楽しみが増えました。あなたとの偶然の出会いに感謝しかありません」

一番言いたかったこの言葉を、原は口に出さずに会釈した。

「ほっとけん」再び

一学期の終わりになって、水商本来の活気が校内に戻ってきた。

夏休みの他校との交流は二年連続の中止になってしまったが、その代替案としてリモート交流のやり方を先方と話し合っている。

長谷川敏郎さんの訪問は淳史が学校側と交渉して、双方メリットのある形で認められた。

長谷川さんは都合のいいときに水商を訪れ、生徒や講師に取材している。それが終われば、演劇部などの稽古につきあってくれて、アドバイスを残してくれるのだ。

「長谷川さんがいてくださるだけで、稽古の緊張感が高まるし、ダメ出しも的確でとても有意義だという声が上がってる」

とわえからの報告だ。

淳史には、少しでも水商らしい日常を再構築して、後輩たちに引き継ぎたいという強い思いがある。一年生のときの充実した生活を思うと、このまま卒業するのは後輩たちに申し訳ない。それは三年生に共通する思いだ。

幸い、こうして水商祭に向けて全校一丸となってきた今、野球部も順調に勝ち進んで、校内の雰囲気はコロナ禍に見舞われて以来一番の明るさだ。

淳史は放課後、校内を見回ってから生徒会室に向かう。これは先々代の松岡生徒会長、先代の水野生徒会長もやっていた習慣だ。ただ松岡先輩と水野先輩は二、三日に一度の頻度だったが、淳史は毎日見回る。

まず一階まで降り、そこから各階を一周しては階段を登っていく。

一階の食堂では、部活前の腹ごしらえをする運動部員、何かを飲みながらミーティングしている文化部員、下校前にダベっている生徒などで賑やかだ。それにトレイを持って自主練習しているマネージャー科の男子の姿も。このトレイを持つ生徒は昼食時にはもっと多い。その姿を見た下級生は上級生を自然にリスペクトするようになる。これは水商の誇るべき伝統の一つで、上級生は口先ではなく働く背中を見せて下級生を導く。

今日も3年A組のクラスメイトのうち、天野と西林《にしばやし》がトレイを手に優雅な動きを見せていた。

二階は校長室職員室が並び、生徒の姿はあまり見かけないフロアだが、相談室の前で珍しい顔と遭遇した。

「岸本《きしもと》先輩」

二年先輩で、一浪して今は晴れて大学一年生の岸本学《まなぶ》先輩だ。

「おお、トミー、久しぶり」

この先輩は淳史に強烈な印象を残している。入学早々の淳史たちに、体を張って水商の教育の奥深さを教えてくれた。本人にとっては不本意だったかもしれないが。

「今日は受験相談ですか？」

「そう。柄じゃないよな。でも、松岡より俺の話の方が参考になるとも言われてるらしい。聞いてる？」

「はい、そのようですね」

岸本先輩は強運の主と呼ばれている。ホスト科だった先輩は三年生の二学期に急に進学を希望して、先生方を慌てさせた。随分迷惑な生徒だと思われたらしい。ところが、その後歌舞伎町のホストクラブがコロナのクラスター騒ぎを起こし、岸本先輩のクラスメイトは就職直後にその影響を受けた。想定された収入には及ばず、一旦転職して再起を期す人も多かった。そんな中この先輩は受験には失敗したものの、想定内だった浪人生活に入り、今年、見事都内の有名私学への進学を果たしたのだ。

聞いたところでは、岸本先輩は中学の教科書から学び直す、という地道な努力を続けて成果を上げたようだ。その体験談は、水商の一般的レベルの生徒には実にしっくりくるものだろう。

対して淳史の学習を見てくれている松岡尚美先輩は、水商生としては稀有《けう》な優等生だ。

「これはわかるよね?」

とするレベルが高い気はする。

「こんなことわからないで、中学で何を教わったの?」

という叱責は、水商では「言いっこなしよ」の話だ。中学で勉強に置いていかれてこその水商進学という生徒が大半なのだ。

その点、岸本先輩は典型的水商生で、この先輩が成果を上げたやり方は後輩たちには何より参考になる。

そんなわけで、かつての担任だった江向《えむかい》先生の依頼で、週一度受験勉強の指導をしている岸本先輩だ。

「先輩、大学はどうですか？」

「それなんだけど、入学以来リモートの講義が多くてね。他の学生とあんまり接してないし、まだよくわかんないな。こうして週一で顔出してる水商の方にまだ馴染《なじ》みがあるよ」

岸本先輩はぐっと落ち着いて見えた。高校時代のお調子者の雰囲気がない。きっと第一志望の大学への進学を決めて自信を持ったのだろう。

「今年も進学に進路変更した生徒は多いと思うので、ご指導のほどよろしくお願いします」

「まあ、俺の力でよければ大学卒業までここに通って相談に乗るよ」

地道な努力が報われたという体験談は、きっと後輩たちに勇気を与えてくれるに違いない。

岸本先輩と別れ、階段を上る。

三階から五階までの教室でも水商祭に向けての稽古やミーティングをしているグループが見受けられる。六階から上の実習室では水商祭とは関係なく自主実習をしているグループがあり、大広間では峰明が芸者幇間ゼミで後輩を指導していた。

八階の文化部部室が並ぶフロアは、ドアが閉められた状態でも、各部室からは緊張感が漂ってくる。それがまた心地よい。

「おはよう」

生徒会室のドアを開けると、すでに幹部が顔を揃えていた。

「トミー、知ってた？」

問いかけてくる木の実の眉間に険しい皺《しわ》が刻まれている。

「何」

「これよ」

木の実の示すパソコンの画面には「週刊ほっとけん」の記事がアップされていた。

「なんだ、また『ほっとけん』か？」

記事をスクロールして読む。

【都立水商生、ホットなアルバイト】

と題して、水商の女生徒が組織的に援助交際をしている実態を暴いている。水商生が読めば、

「そんなバカな」

と呆れるような記事だ。だが、時期が問題だ。都立水商野球部は甲子園予選を順調

に勝ち進み、注目を集めている。まるでそれに合わせたようなタイミング。高校野球の爽やかな話題の対極にあるスキャンダルだ。

「なんだこりゃ」

舌打ちしたくなる。

「どう思う？」

フーゾク科の木の実としては、自分たちが母校の評判を落としているかのような記事に憤慨するのは当然だろう。

小見出しに、

【この高校R18指定です】

と川柳のつもりか五七調でふざけた一行を加えて、こちらを馬鹿にしている。それでも建前としては「事実を元にして語っている」ことになっていて余計腹立たしい。

「どうしたもんかな？」

淳史としても質問に質問で返すしかない。

「この前はあやふやな解決でしたからね」

夏目美帆の言う通り、前回の「ほっとけん」問題もすっきりとは解決していない。水商不要論をブチ上げておいて、オチとしては神先美紀《かみさきみき》先輩のプロモーションで終わったような感じだった。

「『ほっとけん』の編集部に問い合わせるのは?」

木の実は正面突破作戦を主張した。

「まともに行って相手にされるかな?」

水商生徒会として編集部に記事の真偽を問い質すのは藪蛇《やぶへび》になりかねない。

「彼らのやり方は予想できます。情報の出所は明かせない、とまあ、報道の自由を守るという美辞麗句でかわしておいて、逆にこちらを怒らせるような質問をしてくるんじゃないでしょうか。それに下手に応じるとまた面白おかしく記事にされそうな気がします」

この美帆の推測は当たってそうだ。

「ま、当事者が何を言っても話半分しか聞いてもらえない。体裁のいい釈明をしているとしか受け取ってもらえないだろうね」

そう言いながら、どこかで淳史自身がそんな立場にあったような気がしてきた。そうだ、中学時代にカンニングの疑いをかけられたときだ。職員室で何を言っても相手にされなかった。あの立場はまずい。しかし、このままでは水商関係者全員があのときの淳史のような、いたたまれない気分を味わうことになる。

「当事者でなければいいんじゃないの?」

口数の少ないさくらの発言はいつも金言だ。一瞬意味が分かりづらくとも聞く価値はある。全員が続く発言を待った。

「水商関係者以外でマスコミに顔が利く人を立てれば？　たとえば長谷川さんとか」

「そっか」

重かった生徒会室の空気が動いた。

長谷川さんが適任なのは間違いない。というより長谷川さん以外には思いつく人はいない。

とわえに確かめると、今日も長谷川さんは演劇部と英会話部の稽古を見てくれているらしい。それが終わった頃を見計らって、相談しようということになった。

しばらくしてやってきた長谷川さんに件《くだん》の記事を見せる。

「これはひどいね」

部外者であっても、このところ水商に強く肩入れしている長谷川さんだ。淳史たち以上に憤ってくれた。

「どなたか『週刊ほっとけん』の編集部に繋がる人をご存じないですか？」

長谷川さんの広い交友関係に期待だ。

「知ってる芸能記者で『ほっとけん』にも時々記事を書いている人がいるよ。何が知りたいの？」

長谷川さんと顔を合わせる前に淳史たちは知りたいことをまとめていた。

どこから得た情報なのか？

水商野球部が注目されているタイミングでこの記事だ。偶然ではなく、何らかの意図を感じる。誰かの差し金で動いている記者がいる可能性はないのか？

この二点だ。

「わかった。急ごう。他の雑誌やテレビもすぐに追いかけるだろう。ぼやぼやしてると真偽と関係なく話だけ広がるかもしれない。これはほっとけん」

最後の洒落でにやりとすると、すぐに長谷川さんは生徒会室から出ていった。

長谷川さんの言った通り、その夜からテレビでも「ほっとけん」の記事が話題にされていた。しかも、野球部の話題とセットにされている。

「都立水商野球部すごいですね」

の話題の後に、

「しかし、この話は実際のところでどうなんでしょう？」

と「ほっとけん」の援助交際の話題を持ち出され、風俗レポーターを名乗る事情通が現代の女子高生の援助交際の実態を語る。その話し方もどこまでが一般論で、どこからが水商生の話なのかあやふやなのだが、これでは水商への悪い印象しか残らない。

淳史は野球部への影響を心配した。しかし、伊東先生によれば、

「昔は、野球部員以外の生徒の不祥事でも、その高校が出場辞退という例はよくあった。だが、今はこの段階で出場に関してどうこう言われることはないだろう」

　ということだ。野球部の伊東部長と徳永監督はそれほど心配していないらしい。

「二十四年前にも似たようなことがあった。うちの女子マネージャーがその頃あった『ソープランド科』の生徒だったものだから、そこを邪推されたんだ。面白おかしい記事にされたよ。真面目でよくやってくれたマネージャーなんだけどな。それが今の渡のお母さんだよ」

　伊東先生はそんな思い出を語り出すくらいで、焦る様子はなく、ここで何か動こうという気はないようだ。

「みんな水商祭に向けて頑張っている最中だ。ここは僕たちが何とかしよう」

　淳史はそう生徒会幹部に語り、現在どういう話が広がっているか情報を収集した。どうもネットで客と交渉して街で会う、という形の援助交際らしい。それを水商の生徒が組織的にやっていることにされている。

【風俗店の営業の勉強もしているから、システムもよくできている】

　などとまことしやかに語られている。

「あ、長谷川さん情報来た！」

　パソコンを見ていた木の実が声を上げた。長谷川さんが情報をまとめて送ってくれたようだ。

「流石だわ、長谷川さん」

木の実が感心している。二十四時間のうちに知っている芸能記者に連絡をつけ、そこから「週刊ほっとけん」の記者にまで繋げて話を聞きだしてくれている。

それによると「ほっとけん」の記事は昨日のものが第一弾で、第三弾まで準備されているらしい。そして情報提供者は、その援助交際の会を運営している本人だという。

ただ、どのようにして客と接触しているか、という肝心の情報が明かされていない。何かのマッチングアプリを使うと思うのだが、その辺を記事にしては「ほっとけん」が斡旋《あっせん》する形になるから避けている、というもっともらしい理屈である。

生徒会室を重苦しい空気が支配した。一度きりの話でなく、これから二回大きな波が水商を襲う。その影響は野球部に限った話ではなく、水商祭にも及ぶ可能性がある。

淳史は自分に全員の視線が集中していることに気づいた。みんなこれからどう動くべきかの指示を待っている。せっかく長谷川さんから情報を入れてもらって、このまま手をこまねいているのもどうだろう。水商を貶《おとし》めようとする攻撃の前に無策のままでいいのか。

何を言うべきか思いを巡らせていると、生徒会室のドアが勢いよく開いた。全員の目がそちらに向く。

そこにいたのは着物姿の峰明だった。

その大きな瞳は潤んでいる。

「どうなってるの？」

それだけ言った後、峰明はしばらく荒い呼吸を続けた。きっと慌てて階段を駆け上がってきたのだろう。

淳史は教室ではあえて「ほっとけん」の話題を出さなかった。水商祭に向けて頑張っているクラスメイトに無用な心配をさせたくなかったのだ。

（生徒会幹部でこの件は引き受ける。みんなは自分たちの稽古や作品作りに集中してくれ）

口に出さずとも態度でその気持ちを表していたつもりだ。

しかし、字の読めない峰明には情報は遅れてやってくる。おそらく誰かに「ほっとけん」の記事を読んでもらったか、テレビのワイドショーを観たか。

このところの校内の明るい雰囲気に、峰明は愛校精神を刺激されていた。

「野球部すごいねえ。きっと甲子園にいけるね。高校最後の年に甲子園で応援できるなんて最高の思い出だよ」

毎日内山渡の席まで行ってはしゃぐ峰明を、

「おう、任せといてくれ。ミネには甲子園の決勝でも校歌を歌ってもらうよ」

渡もそう応じて喜ばせていた。

そこにこのスキャンダルだ。峰明にすれば情報は断片的にしかやってこない。いたたまれない気持ちで淳史に会いに来たのだろう。

痛ましい思いで峰明を見つめていたみんなは、再び淳史の方に視線を戻した。

(どう答えるんですか?)

その目が訴えてくる。

淳史は努めて冷静に答えた。

「ミネ、心配しなくて大丈夫だ。今情報を収集している。次の攻撃を受けるまでに反撃するよ。ミネは水商祭と野球部の応援に集中してくれ」

最後は肩を叩いて宥め、幇間の稽古に戻るよう促すと、峰明は小さく頷いてドアを閉めた。

「いいのかな? 期待させて」

木の実の口調は批判めいたものではないものの、できない約束をした後ろめたさを彼女自身が感じている風だった。

「まあ、嘘も方便ということもありますし」

美帆は淳史の言い訳を代弁するかのように小さく言った。

「嘘にならないようにすればいいじゃん」

真太郎の声には決意があった。

「そうよ、ミネちゃんの期待に応えれば嘘でなくなる」

さくらが続く。

そうだ、ここで淳史自身が後ろ向きになることは許されない。

「ちょっと待って」

淳史は皆に告げてスマホを取り出した。長谷川さんに電話だ。

今後の敵の動きを知っておきたい。淳史が尋ねたのは、第三弾まで準備されているという記事が三週連続で出るのかということだ。攻撃を受けるタイミングを知りたい。

『いや、第二弾は来週出るわけではないようだ。向こうもこちらの動きを気にしているんだろう。今回の第一弾でも黒沢《くろさわ》校長への電話インタビューで締めているだろう？　公平な立場で当事者の主張も聞く、そういうスタンスだとアピールしているんだ』

記事の中で黒沢校長は、

【そのような生徒は我が校にはいませんし、そのような教育はしていません。都立水商はプロの矜持《きょうじ》を学ぶ学校です】

と生徒に全幅の信頼を寄せていることを強調している。

『黒沢校長の冷静な対応は実に立派だけどね、「ほっとけん」の方は、ここで一つ追い込む種が増えたとしか思ってない。第二弾、第三弾と徐々に追い詰める腹だろう。

そして一番いいタイミングとして水商野球部が世間で話題になる、そのピークにぶつけてやろうと考えているはずだ』

なるほどわかりやすい。絶頂期にある評判を地に落とす。それはまさに彼らにとっての最高の快感なのだろう。

電話を切った淳史は全員に告げた。

「時間的な余裕はまだある」

野球部の甲子園出場が決定する東東京大会の決勝は八月二日に予定されている。「ほっとけん」の第二弾の記事が、その後に出されるとすれば二週間程度先になる。

第三弾はさらにその先、甲子園で水商が注目されたときになるだろう。「ほっとけん」編集部にすれば、水商野球部が甲子園で優勝し、世間がその話題で沸き立っているときに記事を出せば売り上げ倍増も夢ではない。つまり逆説的に言えば、今水商関係者以外で水商野球部の勝利を強く望んでいるのは「ほっとけん」編集部である。何としても彼らの目論見通りにならぬよう、それまでに学友の潔白を世に示さねばならない。

淳史は全校生徒に情報提供を呼びかけた。

まず生徒の「被害」の状況を知る必要がある。世間は水商生が傷つきやすいことを知らない。そもそも中学時代に成績不振で自信を無くし、教師の言葉にも傷つけられた経験を持ち、水商に来てようやく希望を見出した生徒が大半だ。そんな水商生へ容赦なく罵倒や嘲笑の言葉を投げつける輩《やから》は許せないが、そこには水商売に携わる人々への偏見も関係しているように思う。

マネージャー科講師の渡辺三千彦《わたなべみちひこ》先生が言っていた。

「世間には水商売従事者が人生を軽く見ていると決めつける人がいる。そういう人間は自分の職業が尊敬されるべき立派なものだという歪《ゆが》んだプライドや、逆に日頃他人に尊重されないコンプレックスを抱えているんだろうな。どちらにしろ他人を見下す姿勢を示す者は、本人の方に問題があるんだ。客の前で明るく振る舞う接客業の人間を、悩み無き者とみなす想像力の欠如は理解できない。昔から心ある人はピエロの悲しみに思いを巡らせるもんだ」

ふだんは「三六〇度のすべてにへりくだる精神」を強調する渡辺先生だけに、それと矛盾するようなこの発言は印象的だった。

さっそく被害の声は女生徒を中心に上がってきた。

〈見ず知らずのおばさんに『あなた水商の子ね？　この辺うろうろしないでよ』って突然言われた。それも自宅の近所で〉

〈駅で電車を待っていたら若い男に『君、いくら』って声をかけられた。周りの人の視線が集まって恥ずかしかった〉

〈知らないおじさんにいきなり説教された〉

これらの証言は淳史が直接聴取したわけではない。女生徒からの信頼厚い森田木の実副会長に届いた声だ。木の実によると話しているうちにそのときの悔しさを思い出して泣き出す子もいたという。

「でもね、みんな偉いのよ。誰もその場では感情的に反発しないで、落ち着いて対応できたみたい。芸者幇間ゼミを取っている子は、ミネ君の『絶対怒っちゃいけない』という教えを守って頑張ったんだって。聞いているこちらが泣けてきたわ」

木の実の言葉に淳史も胸が詰まった。

しかし、世の中捨てたものでない。中には真剣に心配してくれる人がいて、

「もし報道されているような同級生がいて、お金に困っているというならうちでバイトすればいいから。ここに電話して」

と名刺を渡してくれた洋菓子店の社長さんがいたそうだ。このエピソードには救われた思いがするものの、残念ながらレアなケースでしかない。

この調子だと、今後も生徒から被害の声は寄せられるだろう。また、援助交際をやっている組織の情報が生徒から上がってくる可能性もある。いずれにしろ情報の入るタイミングはわからない。

「ここは会長と副会長は動かない方がいいのでは」

という意見が生徒会幹部から上がった。美帆に言わせると、

「風林火山の山です。動かざること山の如し、でお願いします」

ということだ。確かに生徒会室に来て会長副会長が不在だと、訪れた生徒の方は不安に思うかもしれない。

淳史はその意見を容れて放課後の生徒会室に木の実とともに「籠城」することにした。入って来る情報はすべてここに集積する。

しかし、受け身でばかりはいられない。校外に出て情報を収集する部隊が結成された。率いるのはさくらだ。

さくらは、松橋が北千住駅近くで殴られた事件を思い出し、それが今回の援助交際の件に関係すると推理した。第一、松橋に向けて発せられた「このポン引きが」という言葉が臭い。その言葉を発した人物に真意を問う必要がある。そこでこの「部隊」を率いて、真太郎が立っていた場所に向かった。さくら以外のメンバーは真太郎、樹里、浩二である。セーラー服姿中心で相手を油断させる作戦だ。

初日は空振りに終わった。

淳史と木の実が待っていた生徒会室に、「部隊」の面々は徒労に終わった虚しさを隠すことなく帰ってきた。

「ダメだった」

そう報告するさくらの表情が硬い。

「ご苦労様。そんな簡単に結果が出るとは思ってないよ」

ひとまず慰め、そのまま翌日からどう動くかの作戦会議に入ると、

「北千住駅でずっと張っているのも芸がなくない？」

樹里が言い出した。活動的な樹里にすれば、一か所にずっといることに痺《しび》れを切らしたらしい。これには、

「いや、一か所で張った方が出会う確率は高いと思います」

と反対した浩二だったが、結局は先輩の意見に従い、翌日からは土地勘のある彼が駅周辺を案内することで話はまとまった。

この判断が功を奏した。

その翌々日、

「やったよ！」

部隊の面々は意気揚々と帰ってきた。

「何かわかった？」

そう尋ねる淳史に、

「全部」

全員で一斉に答える。その後、口々に今日の出来事を語ってくれるのだが、話があ

っちこっちに飛んでしまって取り留めがなくなってしまう。

「ちょっと待って、わかったことをまとめて明日先生たちにも報告するから」

ということで、まず夏目美帆に四人の証言を撮影してもらうことにした。

「大変だと思うけど、美帆には明日までにこの映像の内容を文字に起こして、先生方に報告するのに備えてほしいんだけど」

「わかりました」

美帆は撮影に慣れている。すぐに準備ができた。

「よし、では今日のことを順番に話してくれ」

さくら隊の報告

昼休み。生徒会幹部が職員室に来た。生徒会長の冨原が伊東の机まで来て、

「昨日、例の『ほっとけん』の記事に対抗できる情報を得ました」

と言うので、生徒会担当の小田真理に声をかけたところ、

「わたしも聞かせてください」

と他の教師講師も集まってきた。

まず「ほっとけん」の記事に対する生徒会全体の動きの説明があった。一般生徒には水商祭の準備や部活に集中してもらい、生徒会幹部だけ事件解決に向けて動く。確かにそれが最善策に思える。あんな根も葉もない記事に全校挙げて振り回される必要はない。

「僕と森田副会長は学校に残り、このメンバーに街に出てもらいました」

城之内、花野、山本、松橋の四人が横一列に並んだ。

「その結果、昨日有力な情報を得られました。昨日何があって、どんな情報を得られたか、夏目美帆君がまとめてくれたので、聞いてください」

伊東はまずこの報告の仕方に感心した。効率のいい方法だ。夏目美帆は人の話をまとめることに秀でている。

その美帆がノートを携えて進み出た。

「ご報告します。まずわかりやすいように、今回の四人を『さくら隊』と呼びます。城之内さくら先輩がリーダーなので、こう名付けました。さくら隊は、冨原生徒会長の要請を受け、街に出ることになりました。しかし、この広い東京で闇雲に動いては何年かかっても必要な情報は得られそうにありません。そこで、ある程度の目途を立てる必要があります。六月のことになりますが、松橋浩二君が北千住駅近くで中学時代の同級生に暴行を受ける事件がありました」

「その件は本人から聞いた」

ここで松橋の担任である数学科の江向が発言した。

「確か、真太郎と一緒にいるところに因縁つけられたんだよな？」

「そうです。相手は望月良夫という元々中学時代に松橋君をいじめていた生徒なので、暴力を振るわれたことは、いじめの延長と解釈もできるのですが、その際に望月は、

『このポン引きが！　縄張り荒らすんじゃねえよ』

と言っているのです。城之内先輩はこの言葉に注目しました。望月が援助交際をしているグループに関わりがあるのではないか、と見たのです。そこで、その点を質そうと考え、北千住駅周辺で彼と接触しようと試みました。ちなみに松橋君と望月の出身中学は綾瀬北《あやせきた》中学校であり、わたしもそこの出身です。すみません、これは本件とは関係ないことでしたが、参考までに付け加えました。続けます。昨日、北千住駅の周辺をパトロールしていた部隊は、ほどなくして望月良夫と遭遇しました。場所は荒川の土手です」

「お、やった」

体育教師大野《おおの》が声を上げた。

「大野先生、何か？」

美帆が尋ねる。

「いや、金八の土手だな、と思って」

「え？　『キンパチの土手』ですか？」

柔道部顧問の大野は水商創立以来の同僚だが、年齢は伊東の三つ下になる。「3年B組金八先生」の放送が始まったときにちょうど中三だったとかで、その影響から教師になったという大ファンだ。全員の視線を集めた大野は、そんな自分個人の事情を語るのはこの場に相応しくないと気づいたらしく、ちょっと頬を赤らめ、

「あ、いいんだ、続けて」

と美帆に促した。再び彼女は手の上に広げたノートに視線を落とす。

「望月は同じ制服の二人の仲間と一緒でした。制服というのは私立仁道《じんどう》学園のものです。仁道学園はスポーツ強豪校として有名で、望月のツレの二人もがっしりした体格をしていたので、城之内先輩は格闘技系の選手と確信しました。しかし、まだ日の高い時刻に不良の同級生と一緒にいるところなど、大した実力ではなかろうと判断しました。真面目な競技者ならば稽古している時間帯だからです。望月本人については、長身ですが体を鍛えている形跡はない、というのが城之内先輩の見立てです。

望月を松橋浩二君が呼び止め、

『ちょっと聞きたいことがある』

と切り出したところ、

『なんだ？　ヘタレの松橋が俺にいっちょ前の口聞くんじゃねえよ』

そういきなり凄《すご》んできました。その態度に隊員一同ムッとしました。望月は松橋君以外が皆セーラー服姿なのを見て、こちらの実力を見くびったものと思われます。しかし、望月のツレの一人が、

『あの、大蔵《おおくら》中の花野真太郎さんじゃないですか？』

と花野先輩に気づきました。

『うん、そうだけど』

花野先輩は正直に答えました。

『何だ、こいつ知ってるの？　真太郎？　へ、オカマかあ』

さらに望月はさくら隊を怒らせる態度をとり続けたものの、そのツレは中学時代に柔道部だったらしく、

『やっぱり。投げの真太郎、花野三四郎《さんしろう》さんですよね』

完全にリスペクトの姿勢で、これにはさくら隊の面々も好感を持ちました。

『何わけのわかんないこと言ってんだ？　行こうぜ』

望月は自分がまずい立場にあるとも知らず、無視してその場を去ろうとしました。

慌てた松橋君が、

『待てよ』

その腕を摑んで引き留めました。それが気にくわなかったのか、

『やろうってのか、松橋』

望月が松橋君の胸倉を乱暴に摑んで殴ろうとしたところに、花野先輩が割って入りました」

教職員の視線が真太郎に集まる。

「いや、勝手に体が動いてたんです」

ここは本人がその視線に対して答えた。

「花野先輩は、以前松橋君がケガをしたのは、一緒にいた自分のせいだと思っています。そのため今回は咄嗟《とっさ》に動いたものと思われます。続けます。

『何すんだ、オカマ』

望月が威嚇し、ツレのもう一人が花野先輩の体に触れようとした瞬間、

『やめろ、その人むちゃくちゃ強いぞ』

中学時代の花野先輩を知るもう一人が叫びましたが、時すでに遅く、結構大柄なその仁道学園生は、花野先輩に三メートル投げ飛ばされて土手の斜面を転がっていきました」

「ああ！」

また大野が声を上げた。

「今度は何ですか？」

美帆が冷静なトーンで問うと、

「神聖な土手で」

大野は金八先生が歩いていたあの神聖な土手でなんてことをしたのか、と言いたいようだが、

「神聖な土手？　おっしゃってる意味がわかりません」

美帆は冷たいトーンのまま返す。頬を赤くしてさらに何か言おうとしている大野に、見ていられなくなった伊東が、

「大野先生、金八先生も不良中学生をあの土手で投げ飛ばしてたと思うぞ。確かそんなシーンの記憶がある。ちょっと静かにしてようか」

と声をかけると、不服そうな視線をこちらに向けたまま静かになった。

「先生方、質問がある場合は挙手してからその旨おっしゃってください。続けます。花野先輩の強さを目にして望月はダッシュで逃げ出しました。それを見た山本樹里先輩が三秒後にスタートしました」

ここで伊東の隣の石綿が挙手した。

「石綿先生、何でしょう？」

美帆から発言の許可を得て、

「どうして三秒待ったの？」

石綿は樹里に向けて尋ねた。

「なんとなく。ま、ラグビー部の練習に参加しないで行ってたから、軽く練習のつもりでした」

つまり少しは長い距離を走りたかった、ということらしい。このあたり余裕を感じる。

「当然の結果、山本先輩はすぐ望月に追いつき、タックルする代わりに体当たりしました。望月も先ほどの仁道学園生と同じく、悲鳴を上げながら土手を転がり落ちていきました」

「ああ！」

ここでも大野が悲鳴に近い声を上げたが、全員に無視された。

「それ、見てる人いなかったの？」

石綿が心配そうに聞く。

「沢山いましたよ。でも高校生の男女がふざけているとしか思わないんじゃないですかね」

樹里は涼しい顔だ。

「こうして望月を確保しました」

美帆がかなり端折《はしょ》った言い方をするので、伊東は聞き返した。

「確保？」

「はい、じっくり話を聞くために、まず逃げられないようにしました」

「どうやって？」

「城之内先輩が望月の股関節を外しました」

「股関節外した⁉」

それはまたものすごい荒技だ。その場にいる教職員はさくらを見たが、本人は平然としている。

「やっぱりさくらはSMクラブ科の優等生ですよ」

感心している樹里に、

「どういうこと？」

恐る恐る石綿が尋ねる。

「あ、別にそれ以上肉体的苦痛を与えたわけではないですけど、精神的に追い込むのが上手かったんですよ」

ということらしい。

「続けます。城之内先輩はいきなり『援助交際を斡旋している組織について知っていることを話せ』とは問い詰めませんでした。そこは焦らずに、『あんた、随分長いこと、うちの浩二をいたぶってくれたらしいね』とドスの利いた低い声で言いました。

望月にすれば中学時代にいじめまくった松橋君が、スケバンの彼女を連れて報復に来たとでも思った、と想像されます」

「スケバンかあ、懐かしい響きだなあ」

誰かが独り言を漏らしたが、それを無視して美帆は続けた。

「城之内先輩は望月の胸倉を掴み、鼻先まで顔を近づけました。『この次、あんたが浩二に何かしたら、このメンバーがどこからともなく現れてただじゃおかないよ。覚悟しな』このセリフに望月は涙目で何度も頷いて応じました」

「どこからともなく、っていうのはどうなのかな?」

変身もののヒーローではないのだから、それは無理というものだろう。伊東は常識的見地から指摘した。

「ま、それで望月はビビってたからいいんじゃないですか。そこがさくらのすごいとこなんです」

樹里の口調が熱い。彼女の中でさくらへの評価が数段アップしている証だろう。腕組みをして聞いていたSMクラブ科鈴木麗華講師が黙って親指を立て、これに無言のさくらが親指を立てて応じる。

「そこから望月は知っていることをすべて話しました。やはり彼は女子高生の援助交際、つまりは売春の斡旋組織に関わっていました。客との交渉に用いられたサイトについて白状し、自分たちが実際に売春行為をする女子高生たちの用心棒をしていたことも話しました。そして、そんな風に関わるようになったいきさつも。中学時代の先輩に誘われて金欲しさに手伝い、そのうえ友人も仲間に引き入れていたのです」

「その先輩が主犯なわけだな？」

すでに真相が見えていた伊東は、あえてそう尋ねた。

「そうです」

「その先輩の名前は？」

「木島龍平《きじまりゅうへい》」

伊東は冨原と目を合わせた。

「わかった。ご苦労だった。校長先生にはわたしから報告しておく。あとは職員会議で話し合うから、その結果を生徒会とすり合わせて、最終的に『ほっとけん』への対処、それ以外にも警察や都へどう伝えるかを決めよう」

「わかりました」

冨原会長がそう答え、生徒たちは職員室から出ていこうとした。

「ちょっと待った」

石綿が呼び止める。

「その、望月だっけ？　全部しゃべった後は股関節入れてやった？」

問われたさくら隊の四人は少しばかり戸惑った様子で顔を見合っている。彼らにとっては予想外の質問だったようだ。「なんでそんなこと気にするんですか？」といったところなのだろうか。

「そのままです」

なんら悪びれることなくさくらが答えた。

「えぇー！」

石綿以外にも、何人かの教職員が声を上げる。

「わたし、関節外すのは得意なんですけど、元に戻すのは苦手で」

さくらの態度は釈明をしている様子でもない。

「それは困らんか？」

大野がここは珍しく真剣に尋ねる。

「別にわたしは困りません」

この返答には、「いやいやいや」「いくらSMの女王様でも」という反応が職員室の方々から上がった。

「さくらは締め技で落としたときの蘇生《そせい》も下手ですし」

真太郎のこの発言はさくらを庇《かば》うつもりか貶めるつもりか、一瞬見当がつかなかったが、続く本人の一言、

「あたしもです」

　で庇うつもりなのがわかった。しかし、結果庇うことにはなっていない。

「この二人、そんな危険人物だったとは」

　と呆れる声の湧き上がる中、さくら隊と夏目美帆、森田木の実副会長は職員室から出て行った。残った冨原があらためて伊東の席まで来る。

「伊東先生、ジマのこと察しがついていたんですか？」

「いや、綾瀬北中学の名前が出たところで、薄々そんな気がしていた。冨原は木島が松橋の先輩だとは知らなかったのか？」

「先生、入学式のときに僕が遅刻したのを覚えておられますか？」

「そうだったな」

「あの日、僕が教室に入ったときにはクラスメイトの自己紹介は終わっていたので、それからは出身中学についてはあえて聞いてません。たまに仲のいい連中と話の流れで教え合うぐらいで」

「まあ、そんなもんだろう」

「ですから綾瀬北中学と聞いてもジマとは結びつきませんでした。……今は、A組に帰ってみんなに話すべきか迷ってます」

「それは、冨原の口から話した方がいいと思う」

「そうでしょうか？」

「退学した生徒だ。もう学校とは関係ない。だが、みんなにとっては友人と呼べなくても、元クラスメイトではある。簡単に無関係とは割り切れないだろう。ここははっきり伝えてくれ。これまでも中退していく生徒は少なくなかった。無責任で冷たい言い方に聞こえるかもしれんが、去って行った者のしでかしたことを生徒も教師も気に病むことはあるまい」

伊東は横にいる石綿にも聞かせるつもりで話を続けた。

「わたしは教師として生徒を見捨てた覚えはない。だが、救えない体験は何度かした。力及ばずというところだ。誰が悪いという話でもない。時々こんな風に考えるんだ。木島のようなタイプは学校だけでは教育し切れないのかもしれん。もっと時間をかけて、高校をやめて勤めた会社や店、極端な話、少年院や刑務所での教えも必要なのかもしれない」

ここで石綿が口を挟んだ。

「すみません。話の腰を折るようで申し訳ないですけど、木島という男はA組にいた元水商生ということなんですか？」

二年目の彼は木島龍平を知らない。

「そういうことだ。一年の二学期に退学した生徒だよ」

「中退の理由は何ですか？」

「簡単にいうと、この学校に合わなかったんだけどね。実のところそんなこともなかったと思う。頭は悪くなかったから、頑張れば実習でもいい成績を残せたんじゃないかな。本人のやる気がなかっただけだ。わたしには典型的なグレるパターンに見えたな」

「どんなところがですか？」

前のめりになって聞いてきた石綿の横で、真剣な表情の冨原が伊東の続く言葉を待っている。

「不良と呼ばれる者の中には、根っからの犯罪者気質というのか、社会のルールを破るときに越える良心のハードルが低い者、あるいはまったくハードルがなく、息を吸うように無法な真似《まね》をする者もいると思う。だが、それは実に稀《まれ》なケースで、実際は、元々そんなに悪い子でなかったのに、と周囲のおとなが悔やむ例の方が多いんじゃないかな。わたしが見てきたそんな子は、本当は（優等生になりたい）という強い憧れを抱いていたような印象がある。つまり、本当は勉強ができて感心されたり、スポーツで注目を集めたりしたかったんだ。だけどそれは叶わなかった。そのコンプレックスから逃れるために別の尺度で認められようとしてグレた気がする。どうも木島にもそれが匂うんだな。冨原が試験で一番であることを貶すのに、『一番たって、水商じゃあな』と言ったんだろう？」

「まあ、そうですね。そんな言い方をされたことはあります」

「ワタルに聞いたよ」

野球部で長い時間を伊東と過ごす内山渡は、告げ口ということでなく、自然にクラスでの出来事を話してくれた。伊東自身が自分の目の届かぬときのクラスの様子を知りたかったからでもある。ふとしたときにクラスの話題になるのだ。

「中村のことも腐したらしいな？」

「はい、水商にいたんじゃ『字も読めないやつと一緒にされる』とかなんとか言ってました」

この冨原の証言は、

「嫌なやつだな」

若い石綿の正義感を刺激したようだ。

「まあ、そこは嫉妬だな、コンプレックスの裏返しだ。それでワタルと木島は仲が悪かったんだろう？」

「それはそうですね。でも、ワタルはジマをすごく嫌ってましたけど、そんなに揉《も》めてたわけでもないです」

「うん、だろうな。木島の本音はワタルと仲良くなりたかったんだと思う。本心では、ワタルのようなすごい男と友だちでいたかったんだよ」

内山渡の名は世間に知れ渡っている。この秋のプロ野球のドラフトにもかかるだろう。それほど評価は高い。父親がプロ野球の一流選手であったということもあり、一年生のときから注目を浴びる存在だった上に、実績でその期待を超えてみせた。おそらく大学に行けばいきなりレギュラーになれるだろうし、このまま高校からプロに進んでも二軍生活はそんなに長くはならないだろう。チームによってはいきなりスタメン捕手になることも考えられる。

木島は自分の承認欲求を満たすために、渡と友人であることをひけらかしたかったに違いない。それは裏社会の人間がスターと呼ばれる存在に近づき、ツーショット写真を撮りたがる心理に似ていると思う。

「ワタルに嫌われたせいで中退した、とは言わないまでも、ワタルと親しくなっていれば、木島はもう少しこの学校で頑張れたかもしれん。まあ、それも時間の問題でいずれは同じ結果になったとは思うが。冨原、『人の行く裏に道あり花の山』という言葉を知ってるか？」

「いえ」

「投資家の間で使われる言葉だ。他の人間と同じことをやっていても成果は出ない、といった意味だな。さっき言ったグレるやつがまともに勉強で目立てないから、喧嘩や悪さで目立ってやろう、というのも同じことかもしれん。だがな、それを言えば、水商自体がそういう存在だ。学業の成績だけではない、他の尺度で生徒の評価をしようというのが本校だ。これからの人生を歩むのに学問以外の道を探ろうよ、という提案を生徒にしている学校なんだ。大半の生徒が中学校で学業には見切りをつけているだろう?」

「僕もそうです」

「そうだったな。だが、そんな本校でも木島のような脱落する生徒が現れる。まあ、どこの学校でも同じことはあるんだろう。木島の間違いはどこだと思う?」

「はあ、あいつは一年の最初の時期から実習サボッたりしてましたから、単純に努力不足と思いますけど」

「うん、だから、なぜその無気力な状態になったかということだ」

「うーん……あいつの事情まではわかりません」

「あいつの間違いは、せっかく他と評価の基準が違うこの学校に入っておきながら、自分の方で基準を変えられなかったことだと思う。字の読めない中村がみんなに評価されるのが気に入らなかったようだが、そこで素直に『実習で評価されるミネはすごいな』と言えれば、あいつ自身が楽になったはずなんだ。学友を評価することで、自分自身がコンプレックスから解放されただろう。そうは思わないか?」

「そうだと思います。ミネはオオバコでもすべてのお客さんとホステスさんが見えていて、対応がすごいです。みんな『どうやったらそんなことできるんだろう？』と感心してます。ですが、この学校に来なかったら、そんな能力は認められなかったはずです。他の学校では評価されないミネのすごさがわからないと、この学校にいても意味はないと思います」

「そうだ。そういうこの学校ならではの優等生は各科にいるだろう？　でも、教師の側で期待しているのは、この学校での評価基準でもなかなか結果を出せない生徒が、腐らずに頑張ってくれることだ」

中学時代の学業で評価されずにいた生徒が、水商を選んだものの、ここでの基準でも優等生になれないことはままある。どこの学校でも優等生と呼ばれる者は突出した成果を上げるごく一部であるから、ここでもそうなるのは当然だろう。伊東たちはそんな成果を上げられずにもがく生徒の背中を押してきた。よく口にしたのが、

「この学校を卒業したら待っているのは実社会だ。そこではすべての人に評価される必要はない。接するお客さんさえ評価してくれたら百点なんだ。つまりは出会いだな。だから実習の評価点も気にする必要はない。自分なりの仕事への心構えを培おう」

ということだった。

木島龍平のように救えなかった例はある。だが、教師の側から生徒を放り出したことは絶対にない。

この三十年それは変わらない。

見えない敵

木島龍平率いる援助交際グループは摘発された。ひどい話だが、彼らは、「都立水商裏サイト」と名づけたアプリで客とコンタクトを取っていた。そのうえ、一部には成人もいた女性たちは、どこで手に入れたのか水商の制服を身に着けていた。そのため、ほとんどの客は相手をしている女性が本物の水商生と思っていたようだ。

木島龍平は売春斡旋の罪に問われる。おそらくこのビジネスは木島一人のアイデアではなく、後ろで糸を引くおとながいるのだろう。伊東先生は、

「いいように利用されていたんだと思うぞ。木島が金を得ていたとしても、そんな驚くほどの金額ではないだろう。そこもあいつが水商での教育をちゃんと受けなかったせいだな」

と分析している。

都立水商では水商売の世界にありがちな「反社」との関わりから逃れる方法も学ぶ。

法律的知識もだが、相手が近づいてくる具体的な手口も学び、対策も授けられる。

　水商でまともに学んでいない木島は、自分がどの辺から法律に触れていたのか気づいていないだろうし、頼りにしていたおとなに搾取され、最終的には切り捨てられることも予想していなかっただろう。

　ちょっと意外だったのは、彼が都立水商の名前を騙《かた》った事情だ。中退した逆恨みからの嫌がらせではないらしい。そう供述しているとの情報があり、3年A組では、

「本当かな?」と話題になった。

　木島が恨みではなく、ビジネスに有利だとして水商のブランドに頼ったのであれば、元クラスメイトの気分も多少救われる面はある。

　木島がかつて淳史のクラスメイトであったことは、後輩たちにはショックだったようだ。何しろ、生徒会長である冨原淳史、マネージャー科のエースであり芸者幇間ゼミで指導もする中村峰明、野球部主将内山渡、バスケット部主将池村真治、といった錚々《そうそう》たるメンバーが顔を揃える3年A組だ。そこにいた元生徒が、水商の名を貶める真似をしていたとは信じられないのだろう。

　淳史は生徒会室でそんな後輩たちから色々と聞かれた。

　浩二と美帆が、

「木島龍平ってどんな感じの人ですか?」

としきりにその人物像を聞いてくる。どんな風貌で、どんな性格の生徒だったかというのだ。二人には中学で一年先輩の木島が記憶にないらしい。

淳史にとって、これは逆に意外だった。木島は中学のときから悪目立ちしていたろうと思っていた。実際は浩二が、

「いや、俺は確かに悪い意味で目立ってましたけど、その木島って人はまったく覚えていません」

と言うように、良くも悪くも目立たない地味な生徒だったようだ。

「それがコンプレックスだったのかな」

淳史がふと漏らした言葉を美帆が気にした。

「何がコンプレックスなんですか？」

「だから、勉強でもスポーツでも評価されず、ワルとしても目立たなかったわけだろう？」

「それがコンプレックスになりますか？」

美帆はディスカリキュリアというあまり出会わない、つまりは悪目立ちしてしまう学習障害を抱えている。そのため目立たない悩みが理解できないのかもしれない。おそらく彼女はずっと「目立たない幸せ」「周囲と同じである幸せ」を望んできたと想像できる。

「伊東先生の説は、ジマは勉強でまともに勝負しても勝ち目がないと踏んで、水商進学を選んだはずだというものだ。『人の行く裏に道あり花の山』っていうの知ってる？」

淳史は美帆がこれを知っているものと見込んでいた。

「ああ、『人の行く裏に道あり花の山いずれを行くも散らぬ間に行け』ですか？」

予想は当たったものの、美帆の知識はさらに上だ。

「そうなの？　伊東先生、そんなに長いの言ってたかな？」

「株式相場で使われる格言です。元は千利休が詠んだ歌と言われてますね」

「ほんとよく知ってるよね」

「わたしもその精神で水商進学を決めましたから」

今はみんなと明るく接している夏目美帆も、人生を打開するための水商進学だったわけで、いわば背水の陣での選択だったのだろう。

「だったら、ジマの選択も理解できるのかもしれないけど、あいつの場合はミネや美帆ちゃんと違って、水商に来てもコンプレックスから逃れられなかったわけだよ。ここでも目立たない存在であることが嫌だったんだろうね」

美帆の横にいた田中由美が話に加わってきた。

「だったら頑張ればよかったのに。水商で一から頑張ればよかったんですよ。なんかせっかく水商に来たのにやる気ないなんて、この学校に愛がないです」

由美は憤慨している。

「そうか、愛がないか」

淳史には由美の表現が面白かったが、本人は至って本気だ。

「そうです、愛がありません。だから平気で水商の制服を利用したんですよ。ほんとに許せない」

由美はもう涙を流さんばかりに怒っている。彼女にすれば誇りを持って袖を通している制服だ。汚されたのが心底嫌なのだろう。

「まあまあ、さくら隊のおかげで真実を世間に知らせることができて、『ほっとけん』も記事を出せなくなった。それでよしとしよう」

これは由美を宥めるための方便ではない。淳史は、野球部が甲子園出場を決める前に事件を解決したことは、大成果だと思っている。

「水商の名前を使ったのは恨みからじゃない、ってのは本当ですかね？」

浩二はそこがひっかかるらしい。

「本人はそう言ってるみたいだけどね」

淳史もここは確信を持てない。

「でも矛盾しませんか？　だって、『ほっとけん』に情報流したのは木島なんでしょう？」

確かにそうなのだ。雑誌で取り上げられれば水商の名を汚すことはわかっていたはずだ。恨みはなかったと言われても腑《ふ》に落ちない。

「わたしもそこは引っかかってるんだけどね」

黙って淳史と後輩たちのやり取りを聞いていた木の実が口を開いた。彼女は今回の件では一番の被害者といわれるフーゾク科の顔だ。傷ついた学友の心のケアにも努めている。

「どう引っかかるのかな?」

「ビジネスのことだけ考えていれば、下手に話題にされない方が継続的に儲《もう》かったはずでしょ? 雑誌で取り上げられても取り締まりの対象にされるだけで、一時的にしても売り上げが伸びるとは思えないもの」

「確かに表に出ないで長く続けた方が儲かったろうね」

「でしょう? で、それは木島を操っていたおとなにしても同じ事情だと思う。お金が動機ならね」

「すると、どういうことが考えられるのかな? 木の実の憶測でいいから聞かせて」

今度は後輩たちも木の実に注目した。

「木島が悪いおとなに利用されていたのはまず間違いない。彼一人で発案して実行するビジネスとしては出来過ぎてる。木島ではやる気はあっても能力が伴わないと思うのよ。わたしは二人の、あるいは二種類のおとながいて彼を利用したのだと睨んでる。一人はお金目当てのおとなね。こちらは『ほっとけん』に情報を流すのには難色を示したはず。だって、せっかく儲かっているビジネスの寿命を縮める行為だもの。もう一人の別のおとなが木島を唆《そそのか》して情報を流させた。まあ、『宣伝になるから』なんて言えば木島はその気になったんじゃないかな。問題はこの人間の動機よ。木島を利用した目的」

「……金ではないことは確かだね」

「そう。わたしは政治的目的だと思う」

「政治的？」

「この学校を潰そうとする勢力のね」

木の実がこの言葉を発した瞬間、室内はシンと静まり返った。

「……こわい」

由美がポツッと口にする。明るく素直な彼女にとって、人間の悪意は恐怖の対象だ。淳史にしてもそうだ。人を陥れる策略を練る人間、その心境を想像するとホラー映画を観ているような気分になる。

木の実の憶測は当たっているだろう。居並ぶ全員がそう感じている。その証拠に誰もそこから先の説明を木の実に求めなかった。

「トミー、ここは何かの措置を取るべきだと思うよ。反撃の準備というより、予防的な動きとしてね」

常に淳史を会長として立ててくれる木の実、そのアドバイスはいつも的確だ。

「うん。まずは野崎先輩に連絡だな」

政治的目的を持った相手なら、ここは野崎先輩の意見を聞きたい。何しろ、彼女は将来政治家になることを宣言している。

野崎彩は今やトップアイドルだ。殺人的スケジュールに追われる超多忙人で、直接連絡するのは気が引ける。野崎先輩が一番尊敬する松岡尚美先輩から頼んでもらえば、話だけは聞いてくれるだろう。淳史はさっそく松岡先輩にメールした。

都立水商では夏休みといえども全校生徒がほぼ毎日登校する。他校との交流と秋の水商祭への準備のためだ。それが長年の伝統である。

夏休みに入って間もないこの日も、生徒の発散する明るいエネルギーが校舎に満ちていた。

正門から入って来る車に最初に気づいたのは、中庭で野球部の応援の練習をしていたラインダンサーたちだった。リーダーの指示で練習を中断し、横一列に並ぶと一斉に頭を下げる。

「おはようございます！」

教室棟玄関前に停まった高級バンから姿を現したのは野崎彩だ。

「おはよう。みんな頑張ってるね」

声をかけられただけで悲鳴のような歓声を上げる生徒たち。二、三年生は生徒会副会長時代の彩と言葉を交わした経験があったり、水商祭女王としての活躍を知っていたりして、憧れと同時に親しみもある。しかし、一年生にとっては手の届かぬ大スターだ。感激して同級生同士手を取り合って飛び跳ね、意味のある言葉を発することもできない。

彩は数人のスタッフを引き連れて教室棟に入り、エレベーターで生徒会室のある八階に向かった。

「お久しぶり！」

ドアを開けた途端、野崎先輩はスターらしからぬはしゃいだ声を上げた。待ち受けるのは淳史をはじめとする生徒会幹部と松岡尚美先輩だ。彩はまずその松岡先輩に駆け寄って手をとった。

「お久しぶりです」

「元気そうね」

仲の良い二人だが、連絡を取り合っていたとしても、顔を合わせる機会まではなかったのだろう。

淳史は在校生を代表して挨拶する。

「野崎先輩お久しぶりです。ご活躍については全校生徒が注目し、勇気づけられてきました。本日は突然の不躾《ぶしつけ》なお願いにもかかわらず、ご足労いただきましてありがとうございます」

そう言って頭を下げると、野崎先輩に肩の辺りを叩かれた。

「ちょっとお、会長らしくなってるじゃない。成長したね、トミー」

その口調に畏《かしこ》まっていた後輩一同の頬が緩む。

「うちのスタッフに入ってもらってもいい？」

野崎先輩の要望には、

「どうぞ」

と即答する。野崎先輩は一度自分で閉めていたドアを開け、

「みんな入って」

引き連れてきたスタッフを室内に誘導した。

「あ、出羽さん、お久しぶりです」

スタッフの中に楓光学園の出羽一哉《かずや》前生徒会長がいた。水商の二、三年生で出羽君

を知らぬ者はいない。出会った瞬間から野崎先輩の下僕となり、他校生ながら何かと付き従う姿を見せていた。野崎先輩の覚えめでたく、先輩最後の水商祭での演目「漫才」では相方を務めたほどだ。今年「東京大学文科一類」に現役で合格した秀才である。

かつて野崎先輩本人から淳史が聞いたところでは、二人はふつうの高校生としての「男女交際」をしている、ということだった。しかし、淳史は今一つその実態を想像しかねている。

「出羽さんもスタッフをされているんですか？」

そう尋ねると本人に代わり、

「この人には大学の休みのときだけ手伝ってもらってるの」

と野崎先輩が説明してくれた。

どんな手伝いをしてるんだろう？　淳史が頭に浮かべた疑問が読めたらしく、野崎先輩がそのまま説明を続けてくれた。

「この人は結構いいアイデアを出してくれるのよ。『歯形の女《ひと》』なんて彼のアイデアだしね」

へえ！　後輩一同感嘆の声を上げてしまった。

「歯形の女」はこの春に発売開始され、売れに売れている大ヒット商品だ。一時期は売り切れ続出で、売り場の前には長蛇の列が出来ていた。当然テレビでも大変な話題となり、年末の流行語大賞にこの商品名がノミネートされることはまず間違いない。

商品の中身としてはふつうのレアチーズケーキだ。だが、そこに野崎先輩の歯形がついている。作り方は容易に想像できる。まず野崎先輩の歯型を取り、それをもとに型枠を作って、そこに材料を流し込む。一口サイズの包装紙を開けるとそこには野崎先輩が一齧《かじ》りした後のレアチーズケーキが現れる。これがファン中心にバカ売れした。

今では他のアイドルの歯形のものや、チョコレートなども発売され、すべて「歯形の女○○編」などとアイドルの名前を添えた商品名を付けられている。

出羽君は楓光学園一の秀才で、そのまま東大生になっているわけだが、同時に「オタク心」を知る人でもある。オタク的ファンの心を鷲摑《わしづか》みにする発想は見事で、その効果は一般的ファンにも波及して大ヒットに繋がった。

「やっぱり出羽さんは只者《ただもの》じゃないですね」

淳史が本心から褒めると、

「グフフ」

出羽君は意味不明の音を発した。喜んでいるらしい。

「ちょっとトミーにお願いがあるんだけど」

野崎先輩が口調を改めて言った。

「何でしょう?」

「今日はわたし完全にオフというわけでもなくてね。話を聞くのも、ここで髪をカットしながら、というのはダメかな？」

「そんなの大丈夫ですよ。無理を言ってるのはこちらですから」

「いい？　じゃ、お言葉に甘えて。先生」

野崎先輩に声をかけられた「先生」が美容師さんらしい。「先生」のお弟子さんらしき人が床に新聞紙を広げてカットの準備を始めた。

「あの美容師の先生、有名な人ですよね？」

田中由美が淳史の耳元で囁《ささや》いた。

「そうなの？」

「テレビで紹介されてました。カット一回八万円らしいです」

「八万円⁉　髪切るだけ？」

「切るだけ」

一瞬驚いたものの、水商に入学すると高額の料金を耳にしても耐性ができる。淳史の経験では、実習のメニューで目にするシャンパンタワーやフルーツの盛り合わせの値段から、そんな「高額商品の前にビクともしない精神」が培われた気がする。

「悪いわね、みんな。松岡先輩も申し訳ありません」

そう謝りながら、野崎先輩はスタッフの用意した椅子に腰かけた。

「わたしのことなら平気よ」

松岡先輩はこんなことを気にする人ではない。

カットが始まった。

「ほんとにわたし、忙しいふりしてこんなことするわけじゃないからね。そこはわかってね」

この人には珍しく、野崎先輩は何度も言い訳してから、

「で、話を聞かせて。松岡先輩から少し聞いてはいるけどね」

淳史に本題に入るよう促してきた。

職員室での報告と同じく、美帆がノートを広げて「ほっとけん」の記事が出てからの経緯を説明する。

「さくら隊」が情報収集に行き、さくらが望月の股関節を外したくだりでは、松岡先輩と野崎先輩は無言でさくらに向かって親指を立てた。さくらも同じ仕草で応える。SMクラブ科でよく使われるサインなのだろうか、どうやら先輩二人は後輩を称《たた》えているらしい。痛い思いをしてまったく同情されない望月も気の毒ではあるが、自業自得だし相手が悪い。

美帆の報告が終わると同時に野崎先輩の新しいヘアスタイルは出来上がった。そんなに切ったとも思えないのに、全身のスタイルの印象までが変わっている。このあた

りが一流美容師の技術のすごさなのだろう。

「先輩もどうですか？　先生にカットしてもらったら？」

野崎先輩は松岡先輩に勧めた。

「わたしはいいわ」

松岡先輩が遠慮したにもかかわらず、

「いえ、わたしも松岡先輩がどんな感じになるか見たいんです。わたしがお支払いしますから、やってもらってくださいよ」

結構なゴリ押しで、結局松岡先輩のカットが始まった。

満足げに鏡でカットの出来栄えを確認した野崎先輩は、続いて居並ぶ後輩たちの顔を見渡し、

「松橋君て君だよね？」

と浩二に確かめた。

「はい」

「この件の後で、その望月ってやつには会ったことある？」

「はい、地元が一緒ですから、駅なんかでよく顔を見ます」

「向こうは気づいている？」

「はい、気づくと真っ青になって逃げます」

「あ、そう、逃げられるってことはもう股関節は大丈夫だわね」

そう言って愉快そうに笑うと、

「で？　何があってどう解決したのかはわかったわ。それで？」

野崎先輩は本題に戻った。淳史は、

「ここからは憶測も入るのですが……」

木島龍平が主犯とされている事件だが、実際には彼を操っていた複数のおとながいたと思うこと、その一人は政治的な目論見があって「ほっとけん」に情報を流したのではないかと疑っていること、を伝えた。

「ふうん、その政治的な目論見というのは、水商を潰そうという話よね？」

野崎先輩は察しがいい。

「それはあり得るでしょうか？」

淳史の問いかけに、

「それは当然あるわよ」

野崎先輩は断言した。

「その政治的動機から水商を潰そうとする人物は誰でしょう？」

「トミーはどう推理してるの？」

「いや、僕は……去年水商閉校の噂が出たときに、都知事の態度が煮え切らなかったのが気になりますが……」

「大地《だいち》るり子《こ》？　ちょっと彼女には動機がないとは思わない？　水商を潰したところで彼女にメリットがあるとは思えないわ」

「そうですよね」

「逆に動機のある政治家は他にいくらでもいるかも。それに本人になくても、無能な政治家は官僚の言いなりというか、丸め込まれるからね。官僚なんて偏差値の呪縛から解放されないまま、出世街道をひた走ってる人間でしょう？　水商の存在にハナから否定的になることも考えられるわけで。そうなると動機のある者だらけかもね。実際わたしの父親だって水商を潰そうとしているかもしれない」

「お父さんがですか？」

野崎先輩の父辰雄《たつお》は都議会議員だ。

「まあ、父に宣戦布告したのはこちらだから、それは仕方ないわ」

野崎先輩はデビューのきっかけとなるオーディション番組で、将来の目標を「衆議院議員」と公言している。それは父親を差し置き、祖父である野崎辰之助《たつのすけ》代議士の地盤を引き継ぐという宣言であり、それ以来父親が娘をライバル視していてもおかしくはない。

「お父さんに本校を潰さないようお願いしてもダメでしょうか？」

由美が控え目なトーンで訴えた。野崎先輩は田中由美を買っていたし、可愛がってもいたから、優しいまなざしでそれに応じる。

「まだ父が黒幕と決まったわけではないのよ。確かに彼には動機がある。元々、わたしがこの学校に進んだのは、父に対する面当《つらあ》て的な意味もあったから、気に食わない思いは引きずっていたろうし、将来わたしが立候補するときの支持母体の一つを潰す意味だってある。でも、父の政敵にも動機はあるとも言えるし」

「つまり野党側の人間ということですね？」

今度は美帆が質した。二年生の中では彼女が一番政治に詳しい。

「それもわからない。保守政治家だって色々よ。派閥争いの中で平気で寝返る人たちだからね。同じ党派内にいても足を引っ張り合うのは当たり前。だからどちらにも動機はある。ということは……」

ここで野崎先輩は後輩たちの顔を見回した。

「今の段階ではどこの誰だか見当つかないわ」

頼りにしていただけに、この結論はきつい。淳史だけでなく、失望の色を見せている後輩たちに、

「でも、この人には見当がついているかもね」

そう言って野崎先輩は出羽君を指さした。

「でしょう?」

確かめられた出羽君はちょっと間を置いてから小さく頷く。

「やっぱりね。この人、ちょっと変なところばかりが目立つけど、人の腹の中を見通す能力に秀でているの。いいから、言ってごらん」

このあたりの口調が奴隷に命令する感じで、なんというか、この二人の関係に相応しい。

出羽君は自分に視線が集まるのを待った。聞いてもらえないのにしゃべるのは意味がない、とでもいうようだ。全員が注目した。それを認めた出羽君がおもむろに口を開く。

「すべての情報を吟味すると、答えは自ずと出てきます。都立水商閉校に向けて画策している黒幕は、ずばり野崎辰之助氏でしょう」

「祖父さんの方⁉」

この答えは意外だったらしく、一瞬目の色を変えた野崎先輩だったが、

「……なるほど、怪しくないやつが犯人ということね。ミステリーの基本だわ」

すぐに自分を取り戻した冷静なトーンになった。

「いやいや、元々一番怪しいのが辰之助先生でしょう」

出羽君の口調は、一歩間違えれば相手を馬鹿にしているようでもある。それだけ本

人が確信を持っているということかもしれない。これに野崎先輩は過剰な反応を示さなかった。代わりにヘアカット中の松岡先輩が口を開いた。

「出羽君がそう思う根拠を教えて」

「単純なことです。マスコミを手玉に取れて、ヤクザと警察の両方を操れる人間でないと今回のような真似はできません。辰雄先生には無理です。政界でも辰之助先生以外にこれをできる人は片手で数えるほどのものでしょう。動機にしても辰雄先生の方はわかりやす過ぎますし」

「そう、その動機がわからないの」

野崎先輩の疑問はもっともだ。淳史はこの先輩の口から「やっぱり祖父は大物なんだろうね」という発言を聞いたことがある。父親よりも祖父を信頼している人だ。

「辰之助先生が水商を潰そうとする動機は、彩ちゃんのこと以外にはない」

出羽君が野崎先輩をどう呼ぶのか耳にしたことはなかったが、「彩ちゃん」とは当たり前のようでいて、奴隷の分際で生意気にも思える。そんな風に考えるのも淳史が水商で教育された成果だろうか。

「わたしが水商進学を決めたときに、父は反対だったけど、祖父は『やるからには一番になれ』って励ましてくれたわ」

「それは聞きました。彩ちゃんのことを骨がある、って褒めてくれたんでしょう？」

「そう」

「それが動機です」

「え？」

「辰之助先生は孫の彩ちゃんが脅威なんですよ。辰雄先生よりもね。辰雄先生ならご自身が引退後も後ろから操れる。ですが、孫の彩ちゃんはそうはいかない。そして、彩ちゃんが政治家になったとしましょう、そうすると支持者の意見を代弁する立場になる。彩ちゃんの支持者は辰之助先生と辰雄先生の支持者からはズレるんです。辰之助先生を支持する保守層は経営者とサラリーマン、それも主に男性です。辰雄先生はそれを受け継ぐ。彩ちゃんの場合は女性票が増え、水商出身者を中心に若い自由業者が増える。その人たちの意見を汲む彩ちゃんは、辰之助先生の政治構想から少しずつズレていくのは当然でしょう。それを警戒しているんです。それが水商潰しの動機です」

「ちょっと僕からいいですか？」

淳史は挙手して尋ねた。

「ほぼ納得できましたけど、それで水商を潰す必要がありますか？　野崎先輩はお父さんより選挙に強くなるというのはわかります。でも、それはスターとしての存在感、知名度からです。支持層としての水商出身者の数など、それに比べたらたかが知れてますよ」

「それだけ辰之助先生が水商の影響力を評価しているということです。確かに水商関係者は政治的には反動とは呼べないでしょう。ですが、保守系政治家からすると、そのリアクションの予測はつかない。要は手に負えないという話です」

頭でっかちで声のでかい革命家気取りより、政治に無関心なようで徐々に圧力を加える勢力の方が為政者にとっては不気味なのかもしれない。

みんなが出羽君の推理を頭の中で咀嚼している沈黙の中、松岡先輩のカットが終わった。

「！」

ヘアスタイルがわずかに変わっただけで、この人の持つ美しさ、知性、品格のすべてがランクアップしたように見える。全員が見惚《みと》れている中で、

「やっぱり……」

と漏らした由美は、八万円の価値があることを認めたらしい。

結論としては今一つ明確とは言えないものの、野崎先輩に相談した意味はあった。第一後輩たちとしては、スターのオーラに包まれた先輩に再会しただけで、勇気づけられたように思う。それは生徒会室にいたメンバーだけでなく、遠目でも野崎先輩の姿を認めた生徒全員がだ。

「トミー、遠慮しないでわたしに直接連絡ちょうだい」

野崎先輩はそう念を押して去った。忙しいだろうと連絡を躊躇するのは気を回し過ぎということらしい。

野崎先輩は度胸がいい。この一件でもいきなり本丸に突っ込んでいった。

『やっぱりうちの祖父さんの差し金らしいよ』

翌日の深夜、淳史に電話で教えてくれた。

「どうしてわかったんですか？」

『本人に直接聞いた』

「へえ、よく答えてくれましたね？」

『別に自分がやったとは言わないよ。だって実際本人が直接何かしたわけじゃないもの。きっと誰かに任せたんでしょうね。「水商を潰す方法はないか？」って。それを引き受けた悪いやつがいる。ただ、わたしが問い質したら否定はしなかった。それですべてよ。すっごく腹黒い祖父さんだけど嘘は吐かない。そこはやっぱり大物と思うわね』

嘘を吐くのは小物の証拠ということだろう。

「それから何か話したんですか？」

『それで終わり。祖父さんはわたしを敵に回したってことだね』

「先輩、大丈夫ですか？」

野崎先輩は怖くないのだろうか。何しろ大物政治家の祖父と敵対したのだ。淳史とて政治の世界の事情に明るいわけではないが、野崎辰之助の影響力は広い範囲に及ぶのは確かだ。教育界、芸能界、ともにフィクサーと呼ばれる人物に顔が利くだろう。スターとしての野崎彩も危うい立場になるかもしれない。

『平気だよ。祖父さんに勝ち目はないもの』

「え？　先輩には勝算があるのですか？」

『あるわよ。というかわたしの勝ちは決まってるの』

「どういうことですか？」

『あの祖父さんが昔から言ってることなんだけど、政治家は生きてなきゃダメなんだって。総理大臣の椅子を狙って争っても、その椅子に座る前に死んでしまったら、それは負けってこと。生きていなけりゃ意味はない。だからね、わたしと祖父さんの争いはわたしの勝ち。わたしの方が若いもの。それは祖父さんが一番よくわかってる。今度のことも苦し紛れの一策よ。水商がなくてもわたしは勝つ。だけど、こんなことで母校の危機を招いた責任を感じるわ』

「それは先輩の責任ではないですよ。それに母校を守るのは先輩一人に任せられる話ではありません。これからみんなで策を練りましょう」

『そうね。トミー、頼りにしているよ』

最後の一言はこの先輩にしては寂しげな口調に思えた。

「僕では頼りないとは思いますが、頑張ります」

『そんなことはないよ。でも、うちの祖父さんが黒幕とは思わなかったわ。親父は怪しかったんだけど。父と比べて祖父さんはスケールの大きな男だと思ってたから残念ね』

野崎先輩は動じた様子はないものの、静かな怒りを沸々とたぎらせているのがわかる。

結局、野崎辰之助は孫の彩先輩を評価していながら、息子を後継者にすることを望んでいる。そしてその次の後継者には彩先輩の弟が選ばれるのだろう。

野崎彩先輩と城之内さくらは、生家の男尊女卑的傾向に抗《あらが》い続けた果てに水商進学を決めた。しかし、彼女らの戦いは卒業後も続くのだ。

『とにかくトミー、これからはお互い気を張っておきましょう。うちの祖父さんが黒幕と言っても、いわば導火線に過ぎないわ』

「導火線？」

『そう、爆弾はその先にある。野崎辰之助が水商を消し去りたいと思っている、とわかったからには、その意に沿って動こうとする小物が大勢出てくるわよ。元々水商の存在を目障りに思っていた人間には絶好の口実ができたわけ』

「そういうことですか」

『敵の実態が見えないのは厄介よ』

「ですね」

『水商の敵はゴキブリと同じ』

「え？　ゴキブリですか？」

『そう、一匹見えたら他に数十匹は隠れてる』

言いながら野崎先輩は自らの闘争心を煽《あお》っているようだ。敵の数を恐れる様子はない。

「長い戦いになるということですね？」

『そうね、長いも何もずっと続く戦いよ。常に油断できない』

淳史はこの先輩がいてくれるなら戦えると思った。問題は自分自身だ。自分がこれからどう戦うかを決めねばならない。

甲子園

水商野球部が二十四年ぶりの甲子園出場を決めた。

新宿一帯はじめ各盛り場が沸き上がっている。

かつて初出場を決めたときの東東京大会決勝は、名門安徳《あんとく》学園相手に1対0のぎりぎりの勝利だった。今回は同じ安徳学園と対戦し、決勝はコールドゲーム制がないため23対0の大差の勝利となった。

二十四年前の優勝校が、そのときのエースを監督として二度目の出場。

現エースはメジャーで二百勝した監督の息子で、バスケットボールとの二刀流。しかもバスケットではすでに日本一を達成。

バッテリーはかつてのバッテリーの二世同士。

他の内野陣もすべて二十四年前のレギュラーの二世。

話題に事欠かなかった。報道する側から見れば、どこをどう切り取っても記事にできるチームだ。

東亜《とうあ》テレビの「おはよう日曜日」では、スポーツコーナーが目玉の一つだ。各スポーツの結果に「満点」「零点」のステッカーを貼って評価する。ご意見番は野球界の大御所だ。この大御所は辛口の発言で知られ、しばしば舌禍問題を起こしつつもそれを含めての人気を誇っている。

全国高校野球選手権大会開会間近ということで、この日は高校野球が取り上げられ、とりわけ注目チームとして東東京代表都立水商が話題になった。珍しく大御所が、

『もう準優勝がどこになるかの問題でね、優勝は都立水商で決まりでしょう』

と断言、スタジオがどよめいた。

『そんなこと、ここで言って大丈夫ですか？』

ふだん冷静な司会者も慌てている。

『だって、誰が見てもわかるもの。特に徳永君ね、エースの。彼のストレートを打てる高校生はいないでしょう』

『もうご覧になった？』

『ええ、東京の予選をね、観戦しましたよ。いや、すごかったねえ』

『そんなに？』

『ストレートは一六〇キロ台の後半ですからねえ』

『それだと、プロでも打てない？』

『プロの打者ならバットに当てることは当てるでしょう、いいバッターはね。大谷翔平も佐々木朗希も一六〇キロ台の球を当てられてるからね。ただ、彼はすごく背が高いの』

『ああ、バスケットでも活躍したんですよね、確か』

『そう、二〇四センチと言ってるね。だからストレートの角度が違う。ストレートなのに、高めのボール球の位置から斜めに落ちてくる感じじゃないかな。それで球筋を線で捉えられない。バットを出しても点でしかボールに当たらない』

『それ、どういうことですか？　線とか点とか』

『球筋を線で捉えてバットを出すとね、ボールとバットの接している時間が長いわけですよ。よくバットにボールを乗せて運ぶとかホームランバッターのバッティングを言うけれど、それは球筋を線で捉えてこそできる話でね。ヒットもそう、一瞬バットをボールにくっつけた状態にして、それでヒットになるところにコントロールして運ぶのよ。徳永君の球ではそれができないということ。点でしか捉えられないから』

『そういうことかあ』

『だから、プロでもあのストレートを打ち返すのは大変だと思うね。そんなピッチャーが高校生相手に投げているわけでね。おそらく球種とコースがわかっていても打てないでしょう。予選は全部ノーヒットだから』

『それはすごい』

『打つ方もすごい。打線がすごい。ほんとに打線、線になっていてね。内山渡君という三年生キャッチャー』

『ジャイアンツのキャッチャーだった内山修《おさむ》選手の息子さんでしょ？』

『そうそう、これが親父よりすごい』

『高校生でお父さん越えた？　それはすごいですね』

『それと吉野という双生児が二組いる』

『ロッテにいた吉野兄弟の息子さんですよね』

『そう二組の双子がいとこ同士ということだね。この四人もすごい。すでにプロレベルのバッティングと守備だねえ』

『じゃあ、二十四年前に甲子園を制した都立水商よりも強い？』

『強い！』

『はあ、だから優勝なんだ』

『そう、間違いありません！　もう「満点」あげてください』

『それは早過ぎでしょう。いつも一番にならないと、オリンピックでも金メダル取らないと「満点」あげてないんだから』

『だからもうそれは決まり』

『え？　一番は決まり？　いや、それで終わってしまうと他の出場校に申し訳ないから、もし都立水商に勝つとすればどのチーム？』

『うーん、難しいねえ』

『ないの？』

『ない！』

二十四年ぶりの甲子園での一回戦。水商全校生徒はライト側スタンドに集結した。

応援団に吹奏楽部とチアリーダーはいるものの、声を出さない応援となった。

それでも淳史は満足だった。

(これが甲子園か)

入学時から聞かされてきた二十四年前の栄光、それを今自分たちが体験している。応援席には生徒以外にOBOGもいる。関西在住の同窓生も合流して、先生方や同級生との久しぶりの対面を喜んでいる。

(幕内《まくうち》さんがずっと語り続けていたはずだ)

この二十四年間、先輩たちの興奮の醒《さ》めなかった理由がわかる。ここに座って母校の応援をするのは、確かに一生ものの体験だ。学友たちは老人になっても今眺めている光景を鮮明に覚えているだろう。

「すごいねえ、甲子園」

峰明がぐるりと三六〇度を見回して感心した。つられて他のクラスメイトも首を回している。確かにテレビ観戦では実感できない広さだ。

しかし、英雄がマウンドに上がると、今度は、

「あれ? ヒデはあんなに大きかったっけ?」

という声が水商応援席の数か所から同時に聞こえてきた。

淳史も同じ印象を持った。英雄の大きさには慣れている。野球とバスケットの試合

のときばかりでなく、校内でふだん見かけるし、実習で一緒になることもある。最初のうちは驚いていたものの、次第にそのサイズにこちらの目の方が慣れてきた。そんな水商生の目に徳永英雄は大きく見えたのだ。みんな甲子園の大きさに圧倒されていたから、英雄の姿が小さく見えてもおかしくない。それなのに逆の現象が起こっていた。

生の英雄を初めて目にする関西在住の野球部OBなど、その圧倒的な存在感に呆れて、言葉にならない声を発するのみだ。

試合が始まると、都立水商は持てる力のすべてを発揮した。

試合結果は35対0。大会歴代最多得点記録を更新し、ホームランも一試合での最多記録となる8本を放っている。しかも先発徳永英雄は完全試合を成し遂げた。

試合中は誰もこの両方の記録を意識していなかった。英雄が打たれないのは当たり前であったし、水商の攻撃時間の長さに、

「なんかさあ、野球の試合ってこんなに長かったっけ？」

「もういいよ」

といった不謹慎な不満の声が応援席で上がっていたぐらいだ。打者一巡のイニングが6回もあった。

徳永監督はベンチに入った選手をすべて使った。内野とセンターはスタメンのまま

で、レフトとライトをどんどん代えていったのだ。一年生の好投手梅田もマウンドには上がらなかったが、ライトの守備についた。

英雄の投球の前に相手チームの打球は外野には飛ばなかった。三振二十三、内野手が処理した打球も三球がファウルフライだった。つまりフェアグラウンドに飛んだ打球は一球だけだ。それもキャッチャーゴロで、そのときの客席は二度沸いた。ボールがバットに当たった瞬間と、その後の渡の一塁への送球の速さに驚いたときの二回だ。

二十四年ぶりの水商校歌が甲子園に流れる。声を出して歌えないが、こんなに気分が高揚するとは思わなかった。誇らしげな学友の表情が輝いて見える。

その後、整列して応援団と向き合った選手たちは落ち着いていて、疲れも一切見せなかった。同級生がこんなに頼もしく見えたことはない。渡も吉野ツインズもふだん見せないオーラに包まれていた。

試合後の徳永監督の談話では、

「先発投手の投球数だけ気にしていたら交代のタイミングを逸して、とうとう最後まで投げさせてしまった」

ということらしい。

英雄の方は甲子園のマウンドと相性がよかったのか、

「内山さんの構えるミットがふだんより近くに感じました」

と語り、内山の方も、
「徳永のコントロールがふだんより数段良く感じました」
という印象だったらしい。
英雄と対戦するバッターは一八・四四メートル先のマウンドが近くに見えるという
が、英雄の方でも近く感じていたとは、よほど調子が良かったのだろう。
次の日曜日。「おはよう日曜日」のスポーツコーナーで例の大物ご意見番は得意満
面だ。
『ね？　言った通りだったでしょう？』
『いや、確かに。驚きましたねえ。徳永君は甲子園初登板で完全試合でしょう？』
『記録で言いますとね、都立水商は甲子園二試合連続パーフェクト達成なのよ』
『え？……あ、そうか、二十四年前にお父さんが』
『そう、お父さんの徳永猛が前の甲子園初出場の決勝でパーフェクト、息子の英雄が
二十四年後の一回戦でパーフェクト』
『すごい話だねえ。もう漫画の世界でしかないでしょう』
『漫画でも小説でも、こんなの怒られますよ。野球を馬鹿にするな、ってねえ。作者
はスポーツ知らないだろう、ってボロクソに批判されるんじゃないの？』

『ですね。それが現実に起こるとは』

『これねえ、今年の都立水商は歴代最強チームだとわたしは思うねえ。これまで中京商業、PL学園、横浜高校、大阪桐蔭、まあそれ以外にも強豪と呼ばれたチームは沢山あるけどねえ、都立水商はそういう伝統的な強豪とは言えないけれども、今年のチームはこれは最強だねえ。このチームを上回るチームはまず数十年出ないでしょう』

『ま、まあそうでしょうけど、それでも同じ高校生が対戦するんですから、どこか勝つ可能性のあるチームもあるでしょう？』

『う～ん、同じ高校生といってもねえ、都立水商にはまったく穴がないのよ。それにね、ピッチャーの徳永君が予選よりさらに成長してるの』

『成長？　どういうことですか？　身長伸びた？』

『いや、流石に身長は一週間足らずで伸びやしないけどね、エクステンションの数値が高くなっているらしいの』

『エクステンション？　何ですか、それ？』

『エクステンションというのは、投手板からピッチャーがボールを離す地点までの距離のことをいうの。わたしらの頃はそんな数字出てこなかったけどね。つまりこれが長ければ長いだけ、よりバッター寄りの地点でボールをリリースする。バッターからすればボールを見ている時間が短くなるわけよ』

『そうか、そういうことになりますね。球持ちがいい、とかいうのがこれですか?』

『そう、そういうことだね。これね、大リーグの投手の平均が一九六センチなの、一番長い人で二二一センチらしい。徳永君はもう大リーグの平均を超えているのは確かで、ひょっとすると二二〇センチを超えているかもしれないね』

『え? メジャーの一番の人ぐらい?』

『そう、これね、相手打者からすると平均的高校生投手より五〇センチ手前から時速一六〇キロのボールが飛んでくるわけでしょう。それだけ見ている時間が少ないわけ』

『これは脅威だ』

『そ、打つのは無理。だから都立水商優勝は決まり』

『ありゃあ、そこをなんとか候補を上げてください』

『まあ、都立水商が負けるとすればコロナかなあ』

『ええ!? チームからコロナの陽性者が出た場合ってこと?』

『うん、考えられるのはそれしかないねえ』


で、結局都立水商はコロナに負けた。

一回戦の快勝後数日して選手のうち五人に発熱症状があり、念のため全員を検査したところ、十人の陽性者が出たのだ。

伊東は二回戦の辞退を決断した。

日本列島に激震が走る。中には、

「大会自体を延期しろ」

という極論まで飛び出したが、一校だけ特別扱いはできない。

感染経路は不明でも、伊東部長と徳永監督の見立ては一致している。

注目度の高かった都立水商の宿舎には開会前から報道陣とファンが殺到した。三密を避けることには留意していたが、連日の騒ぎで近所に迷惑をかけているということで、内山キャプテンの発案で宿舎周辺の清掃を行った。各自ゴミ袋を持ってゴミ拾いをしたのだ。その際に嚙《か》み終えたガムやタバコの吸い殻を拾った選手もいたらしい。

「危なかったとすればあのときだろう」

伊東が言えば、

「そうだと思います」

徳永監督も同意した。

インタビューを受ける際にもマスクをして距離を取り、パーテーションも準備した。練習のためのグラウンドへの行き来にも細心の注意を払ったし、選手も自覚して自由時間にも不要な外出はしていない。部長や監督の側から締め付けなくとも、選手主体で生活を律してくれて、そこは伊東も誇らしく思っていたのだ。

「油断したなあ」

言っても意味のない愚痴がつい口から出てしまう。

出場辞退を決めた後のミーティングで、

「すみません。僕の責任です」

内山キャプテンが頭を下げた。彼だけでなく選手全員が顔色を無くしている。今の事態が信じられず（夢なら醒めてくれ）という思いなのだろう。

「誰の責任でもない。相手はウィルスだ。この件では誰にも自分を責めてもらいたくない。だが、出場辞退の決定については理解してもらいたい」

選手が一斉に大きく頷き、その瞬間何人かの頬を涙が伝った。

淳史たち応援団は一度帰京し、再度の甲子園行きの準備を進めていた。そこに降って湧いた出場辞退の知らせだ。しばらく誰もが放心状態になってしまった。コロナ禍に見舞われてから何回目の経験になるだろう。突然何かをしなければとパニックになるのではなく、「何もするな」とすべてをストップする事態。どちらにでもいいから走り出したい気持ちでいるのに、その場に座り込む以外できない事態。

淳史はまずバス会社にキャンセルを伝え、続いて練習に汗を流してきたチアリーダーと吹奏楽部に労《ねぎら》いの言葉をかけた。

「冨原会長こそお疲れ様でした」

チアリーダーたちは涙を堪《こら》えて頭を下げてくれた。

「僕たちもショックだけど、一番傷ついているのは内山主将を始めとする野球部員だ。彼らが帰って来る際には、みんなで温かく迎えよう」

生徒会長として、淳史は全校生徒にそう通達した。

二学期

夏休み明けの水商に衝撃が走った。

夏休み中から噂は流れていたものの、二学期の始業式に徳永英雄の姿はなかった。式後体育館から3年A組の教室に戻ると、

「やっぱりヒデが転校したって話は本当だったのか？」

クラスメイトが内山渡を取り囲んだ。

「ああ、本当だよ」

渡の返答には気負いも落胆もない。実に淡々としている。

「やっぱり甲子園でのことがショックだったのかな？」

誰かが言えば、

「あいつはそんなヤワじゃないさ。それはみんな知ってるだろう？」

渡の前の席でバスケット部主将池村真治が言った。この言葉にはみな納得せざるを得ない。英雄の活躍をずっと目にしてきた水商生は、彼の心の強さを知っている。

「どこに？　どこに転校したんだ？」

「ロサンゼルスの高校らしいよ」

「え？　アメリカ？」

それを聞いたみんなは少し落ち着きを取り戻した。

「アメリカかあ」

「あいつは元々向こうで生まれて育ったんだもんな」

「ああ、英語の発音なんかネイティブそのものって話だ」

これには納得するしかない。彼の人生の選択に口は挟めないだろう。しかしそんな空気になっても、何か淋《さび》しさが拭い切れない。徳永英雄は水商の誇るスターだった。

その輝きがこの校舎から消える。

その夜のテレビ各局のニュースで徳永英雄渡米の話題は取り上げられた。なかなか正確な情報は得られていないようで、

〈やはり、甲子園での出場辞退が不満だったのでしょうか？〉

などと憶測が語られている。

〈せめて渡米前に記者会見をしてほしかった〉

と一部不満めいた声もある。

翌朝3年A組のホームルームで伊東先生へ生徒から質問があった。

「先生、なぜヒデはアメリカに転校したんですか？」

「野球部長として引き留めなかったんですか？」

この二つは全員を代表する声といえた。

「そうか、それはみんなも気になるな」

伊東先生もそこは理解してくれて、時間を割いてくれた。

「徳永の希望は野球とバスケットの二刀流だ。それは入学当初から本人が口にしていた。知ってるかな？　アメリカの学生スポーツはシーズンがきっちり分かれている。球技なら夏場は野球、秋からはアメリカンフットボール、一番寒い時季は室内でバスケットボールといった具合だ。運動能力のある選手はシーズンごとにそれぞれの競技のチームに所属する。逆にいくら好きでも能力がなければチームに入れてもらえない。マイケル・ジョーダンがハイスクール時代にバスケットの入部テストで落とされたのは有名な話だ。そんな風に一年間でいくつかの種目を経験できるから、英雄の目指す二刀流の学生プレイヤーは珍しくはない。プロでも、ボー・ジャクソンという選手は

ＭＬＢとＮＦＬの両方でオールスターに選ばれた。野球とアメリカン・フットボールだな。ダニー・エインジという選手は大学時代にバスケット部に所属しながら、夏はメジャーリーグで活躍し、大学を卒業してからはバスケットに専念して、ＮＢＡボストン・セルティックスの黄金期を支えた」

「え？　セルティックスですか？」

真治が確かめる。

「ああ、その頃はラリー・バードというスーパースターがいたチームだ」

「ラリー・バードは知ってます。へえ」

バスケットを愛する彼には特別の輝きを持つ名前らしい。

「アメリカ育ちの英雄はそれが当たり前の環境で育った。知っての通り、日本では一年中同じ部活で練習する。そもそも英雄の希望を叶えるのは、この国では難しかったんだ。昨年はコロナ禍の特別な事情で、英雄はバスケットでも活躍することができた。しかし、来年はそうもいかないだろう。日本にいる限りは、どちらか一つを選択してもらうしかない。本人の望まない、早過ぎる決断を迫られたと思う。最終的に英雄がバスケットを選ぶか野球を選ぶか、それは誰にもわからない。今は本人にもわからないそうだ。わたしも徳永監督も野球を続けることを強制する気はなかった。それに、徳永監督の場合は父親でもあるから、息子にすべての可能性に挑戦してもらいたい、と思っている。それで下した決断がアメリカ行きだ。まあ、英雄にとってはアメリカに『帰る』感覚かもしれん。ただ、誤解しないでくれ、あいつはこの水商を愛している。学友もチームメイトも残らず好きだと言っている。水商が嫌で離れるわけではない。あいつにとって必要な環境を求めてのことなんだ。みんなも思わないか？　あいつなら将来野球とバスケットで大学のスターになって、両方のドラフトで指名を受けるかもしれない」

これは誰もが頷くことだ。英雄は実際に証明してみせた。バスケットで日本一となり、野球でも甲子園の切符を手にした。コロナさえなければ深紅の優勝旗を再び母校に持ち帰ることも十分あり得た話だ。

「その将来のためにはハイスクールで野球とバスケットの両方で活躍して、カレッジのスカウトを受ける必要があるんだ。日本にいたのでは実力通りに評価されるか難しいところだろう。それにバスケットに関していえば、向こうのハイスクールならあいつと対等以上に競い合う相手も次から次に現れるだろう。それによって日本での二年間以上の成長があいつ自身も期待できる。どうだ？　徳永英雄にとって正しい判断だったとは思わないか？」

全員が説得されていた。異議を挟む余地はない。誰かを責める話でもない。英雄にとって問題だったのは日本のスポーツ環境だ。

「幸い、アメリカの高校で英雄の実力を評価してくれて、受け入れてくれるところがあった。アメリカの新学年は九月からなので、この時期の渡米になったわけだ。英雄は決断した後も後ろ髪を引かれる思いがあったようで、最後に全校生徒の前で挨拶していくか？　と尋ねたら、

『それは辛すぎます。僕には泣かずに挨拶する根性はありません。先生から皆さんに、水商での生活は最高に楽しかったです。ありがとうございました。いつかまた会いましょう、と伝えてください』

そんなことを言ったよ」

「あの野郎」

笑顔の渡は瞳を潤ませている。

「あいつらしいや」

真治の目にも涙だ。

この二人の態度を見れば、他のクラスメイトは何も言うことはない。

それに誰かに言われなくても、英雄の愛校精神は知れ渡っていた。「ほっとけん」の記事に翻弄されていたときにも、英雄はSNSで水商の実像を伝え続けた。「ほっとけん」の読者より英雄のSNSのフォロワーの方が多いとさえ言われたものだ。

大スター野崎彩と同じく、彼は世間に知れ渡っている自分の名を、母校のために正

しく活用してくれた。それは水商生全員ありがたく思っている。

「これからもずっとあいつを応援したいね」

淳史はみんなが言いたいであろう言葉を口にした。

進路

甲子園から帰ってすぐ、野球部レギュラーの三年生が伊東のもとを訪れた。

「このまま終わりたくない」という。

「終わりたくない気持ちはわかるけれども、お前たちの高校野球は終わったんだ。プロや社会人と違って、学生スポーツはタイムリミットがある。高校は三年間、大学なら四年間で結果を出す。難しいし、もどかしいかもしれないが、それがまたいいところなんだ」

「それはわかっています」

内山渡が代表して応じた。キャプテンとして全員を代表している自信と責任感が、その瞳に力を与えている。

(成長したもんだ)

伊東は感心し、この教え子を誇らしく思った。

「高校野球が終わるのはいいんです。僕らが言いたいのは、このメンバーでもっと野球がしたい。このままバラバラになるのは、何というか、結果を出さないまま諦める感じなんです。負けてもいいから、自分たちなりの結果を出したい、結果を見たいんです」

「で？　具体的にどうしたい？　お前たちは十一月にはドラフトにかかるだろうから、バラバラになるのは仕方ないだろう？」

「はい、ですからプロには行きません」

「何？」

これは些《いささ》か傲慢に聞こえるかもしれない。「プロに行きません」とはふつうの高校生であればおこがましいセリフとされるだろう。しかし、今年の三年生のうち内山と吉野二兄弟の五人はドラフトで必ず名前が挙がる。

「どうするつもりだ」

「大学か社会人で俺たち全員を受け入れてくれるチームはないでしょうか？」

伊東の母校関東体育大学の野球部監督は坂本秀夫《さかもとひでお》先輩だ。伊東が尊敬した石丸《いしまる》先輩は伊東が一年生のときの四年生だったが、坂本監督は石丸先輩が一年のときの四年だ。

つまり伊東は坂本先輩と一緒に野球をした経験はない。しかし、石丸先輩が尊敬した人物ということで、伊東にとっては特別な存在だ。

伊東は坂本監督に教え子の希望の叶う可能性について電話で打診してみた。

『それはこちらとしても願ってもない話だ。近いうちに会えないか？』

坂本監督はそう言ってくれた。

次の日曜日、母校のグラウンドに赴き練習試合を観戦した後で、監督室に招かれた。

「で、その三年生は何人だ？」

ユニフォーム姿のままの坂本監督はすぐに本題に入った。

「キャプテンの内山と吉野二兄弟に網永杉雄という外野手です」

「網永？　センターだったな」

「そうです。この六人がまだ同じチームでやりたいということで」

「その気持ちはわかる。コロナにやられたんじゃ、諦めきれんのだろう。伊東自身がそうじゃないのか？」

「うーん、まあそうですね。自分で出場辞退は決めましたけど、モヤモヤした気持ちは残りますよ」

「災難だったなあ。うちも合宿所でクラスター騒ぎでも起こると大変だ。秋のリーグ戦の前にチームが壊滅する」

「そうですよ、気をつけないと」

「ああ、ただでさえこの数年リーグ戦で負け越しているからなあ」

そこから具体的に内山たちを受け入れてくれる話になった。

関東体育大学のスポーツ特待生の枠は、競技ごとに決まっていてA、B、Cのランクがある。Aランクは入学金授業料ともに免除。合宿費だけの負担で四年間を過ごせる。その中には特Aとして奨学金を受ける者もあり、その場合の金銭的負担は0となる。Bランクは入学金免除。Cランクは一般学生と金銭的負担は変わらないが、推薦入学の扱いになる。

伊東自身は特Aだった。親に負担をかけずに済んでありがたかった。

このランク分けについては、全国大会優勝などの実績で決められる場合もあるし、セレクションで監督コーチの目に留まって決定することもある。伊東の場合は山口県の公立高校出身で全国大会での実績はなかったものの、セレクションで勝ち取った特Aランクだ。そのセレクションを受けられたのも、関東体育大学出身だった高校のコーチが強く推してくれたおかげだった。

「うちの連中の場合はCで結構です」

これは内山たちと話し合った結論だった。内山も吉野二兄弟も経済的に困窮しているわけではない。網永の家も何とかなりそうだという。目的は同じチームで野球を続けることだ。特別待遇を求めているわけではない。

「しかし、そうもいかんだろう。セレクションを受けてもらって、その辺はきっちり実力通りに評価しないと示しがつかんしなあ。まあ逆に、セレクションを受けてもらって落とすようなことはあり得ない。実力は折り紙つきだ。むしろセレクションでは彼らと一緒にやれる他のメンバーを探してもらいたいな。徳永がいないから、いいピッチャーが欲しいだろう？」

「まあ、そうでしょうね」

「伊東が見てくれ」

「え？　わたしがセレクションに立ち会うんですか？」

「ああ、来年からうちで監督をやってくれ」

「え⁉」

突然の話で続く言葉が浮かばない。

「さっきも言ったろう。俺も今年で監督就任二十年だが、ここ数年結果が出せていない。リーグ優勝から七年も遠ざかっている。七年といえば、完全に選手が入れ替わる年数だ。選手が悪いわけじゃない。これは監督の責任なんだ。もう俺の指導は古いということさ。伊東が内山たちを引き連れて母校に帰ってきてくれ。それなら絶対に復活できる。頼む」

急に石丸先輩の顔が浮かんだ。坂本監督を尊敬していた石丸先輩のことだ、伊東がその跡を継ぐことを喜んでくれるに違いない。それにあと四年あいつらと野球ができる。

伊東に断る理由はなかった。

「大学側やOB会とはどういう話になっているんですか？」

「いや、どちらからもまだ何も言われていない。引き際は俺に任せるということだから、そこはありがたいと思っているよ」

坂本監督は大学卒業後に社会人チームで活躍した。毎年都市対抗野球に出場する名門チームでずっとレギュラーだった。現役を上がってもスタッフとして残っていたが、所属チームが休部となったのをきっかけに母校関東体育大学の監督に就任した。それからは二、三年に一度の頻度でリーグ優勝に導いていた記憶がある。つまり選手は在学中に一度は優勝を経験できたわけだ。それがここ三年優勝経験のないままの卒業が続いた。この低迷は伊東も気になってはいた。しかし、大学スポーツは巡り合わせによる。たとえば、強力な投手陣が顔を揃える学年があれば、四年間その大学がリーグ戦を制する可能性もあり、自然と他校はその間優勝から遠ざかる結果になる。

だから、監督一人が責任を感じることもないように思う。坂本監督はまだ六十代だ。伊東とは六歳違いでしかない。二人の間に、古いと呼ぶほどの差があるようには思えない。

「ありがたいお話ですが……」

複雑な思いが交錯して即答できないでいると、

「迷うことはないだろう」

坂本監督はすでに決めているようだ。

「さっき徳永がいないという話をしたが、まあ、あんな怪物はいないものの、幸い今の上級生には各学年に軸になる投手はいる。水商の打線がそのまま入ってくれれば、内山たちは一年目からリーグ優勝を経験できるかもしれない。そのまま四年間うちのチームの黄金期になるな」

「そうですね、その可能性は大いにあります」

彼らの実力は伊東自身が一番よくわかっている。

「楽しそうじゃないか？」

「はあ」

「伊東、楽しめ」

坂本監督はとどめにそう言って背中を押してくれた。

この三十年、選手に野球を楽しむことを勧めてきた伊東だ。坂本監督の言葉には、

「はい」

覚悟を持ってそう答えるしかなかった。

水商祭

徳永転校騒動で波乱の幕開けとなった二学期。コロナの感染者が一時期減ってきた段階で、環境を整えての実習の方法も模索された。おかげで一、二年生は実験的な形ではあるが、初めての校外店舗実習を経験できた。

そして十月、水商祭は体育館でのステージをそのまま生配信する方法で開催され、これも成功と呼べる評価を得た。

水商祭女王として昨年までの三年間君臨した野崎彩に続き、今年キングと呼ばれたのは中村峰明だった。峰明は芸者幇間ゼミの出し物では指導者として演出に関わり、出演者としても中心になって活躍した。そのうえ夏目美帆の作ったドキュメンタリー映画「ある師弟の物語パート2～幸せを恐れずに」が大評判で、故桜亭ぴん介先生とぽん吉こと峰明の関係が観客に感銘を与えた。

淳史にとっても涙なしにはいられなかった場面は、死の床にあったぴん介師匠とぽん吉の最後の会話だ。コロナのせいで病院での面会が叶わず、看護師に頼んでタブレットのモニターで相手の顔を見ながら師弟は語り合った。

ぴん介先生はかなり弱っていて、モニター画面に映る姿は淳史の知っているものよりずいぶんと小さく細く見え、言葉は途切れて呼吸するのも辛そうだった。

その切れ切れの言葉を繋ぎ合わせると、

「あっしが死んでも泣いてはいけやせん。人はみんな死ぬんでげす。あっしが死んだ翌朝に新宿駅を見てごらんな。大勢が電車に乗って、会社や学校に行ってやすよ。ね、あっしが死んだことなんか誰も気にしねえで。人間一人死んでもそんなもんだ。だからぽん吉も泣いちゃいけやせん」

そんな意味になった。黙って聞いているぽん吉はポロポロ涙をこぼしている。それは当たり前と思えるのだが、ぴん介師匠は許さなかった。

「だ……から……泣いちゃ……いけないざんす……わかってやすか?……え? ぽん吉、師匠の言うことは?」

「ウウッ……鵜呑《うの》みにしなきゃいけやせん」

「そうそう……わかってるじゃありやせんか」

師匠の亡くなった際にはこの弟子は言いつけを守り、涙を見せなかった。主をなくした師匠宅の整理作業も黙々とこなす。その峰明に画面の外から美帆が質問する。

——涙を見せないのはぴん介師匠の教えだからですか?

「まあ、そうです」

――では、ぴん介師匠のおっしゃってた意味がわかったんですか？

「わかんないです。言われるままにいるだけで。でも、何年か、何十年かしたらわかる日がくるかもしれません。師匠の言葉の本当の意味が。もしかすると、そのときに泣くのかも」

――どうしてですか？

「師匠がありがたくて」

このドキュメンタリーはプロの映像作家からも絶賛され、その評価の言葉は都立水商の名を高めた。

「すごいね、ミネ」

クラスメイトに声をかけられた峰明は、

「僕がすごいわけじゃないよ。美帆ちゃんとぴん介先生が立派なんだと思うな」

照れるでもなく、そう静かに答えていた。

生の舞台から離れた昨年のことがあり、例年のレベルを保てているか、その仕上がりが心配されたものの、概《おおむ》ねどの部も合格点のステージを披露し、三年生とOBたちは胸を撫《な》で下ろした。

一年生のときに体験した水商祭のインパクトは、おそらく淳史たちの心に一生残るだろう。自分たちにとって最後の水商祭で、そのインパクトの何分の一かではあっても後輩たちに味わわせることができた。来年以降、彼らが水商祭を完全な形で復活させることが期待できる。淳史は生徒会長としての務めの、かなり大きな部分を果たせたと思った。

今年の水商祭に大きく貢献したのは長谷川敏郎さんだ。ほんの細《ささ》やかな縁から強引にでも指導をお願いしたことは大正解だった。

文化部を束ねる加賀とわえによれば、

「もう本番直前には、どの部も長谷川さんの言葉が頼りだったみたい。演劇部なんて『もうみんなセリフは完全に入っているから大丈夫だよ。相手のセリフに答える感じで自然に出てくるから、本番前にセリフを思い返さない方がいい』ってアドバイスされて全員が落ち着いたらしいよ」

ということだった。プロの俳優の言葉は千鈞《せんきん》の重みがあったのだろう。

淳史は水商祭の翌週の月曜日に「スナック愛子」に向かった。長谷川さんに会うためだ。

この日も美帆と由美の二年生コンビは店の手伝いをするということで、淳史と一緒に学校を出た。ここ最近は水商祭の準備で忙しく、また一部校外店舗実習も再開されていたので、「愛子」に手伝いと称して学友を派遣することは控えていた。ただ、由美の方は時間さえ許せば「愛子」に顔を出したがっている。それは亡き父を知る人に出会う可能性があるためだ。長谷川さんの演劇仲間の中には、長谷川さんよりも年長の人がいて、由美の父親の古いエピソードを聞かせてくれることがある。それはおそらく、由美の母親も知らないものだ。そんなとき、由美は瞳にうっすら涙の膜を作りながら一言も聞き漏らすまいと前のめりになるのだった。

「おはようございます」

三人で声を揃えてドアを開けると、カウンター奥の定位置にグラス片手の長谷川さんがいた。二人の二年生はすぐにカウンターの中に入り、エプロンをつけてママさんの手伝いを始める。そう告げると、淳史は長谷川さんの横に立ち、深く頭を下げた。

「水商祭の稽古期間中は大変お世話になりました。本当にありがとうございました。水商生全員、長谷川さんに感謝してます」

そう告げると、長谷川さんは「よしてよ」とグラスを持たない方の左手を大きく振った。

「僕なんか何の役にも立ってないよ。むしろみんなの熱気に触れて、長いこと忘れてたものを思い出させてもらった。感謝するのはこちらの方だよ」

心底そう思ってくれている証に、それからはしばらく水商祭の感想をプログラム通りの順番で克明に語ってくれた。詳細に覚えてくれているのが嬉しい。

「まだ他のお客さんは来ないだろうし、トミーも座りなよ。ママ、みんなに何か飲み物を」

長谷川さんが水商生三人にジュースをご馳走《ちそう》してくれた。

「それで、どうなの？　世間の反応は水商に届いてる？」

「それはもう」

淳史は、様々な形で届いた水商祭の反響を披露した。その量と内容は下級生たちを勇気づけるには十分だ。励みになっていることと思う。

「いや、あれだけのステージだ。そりゃあ、説得力があったと思うよ」

長谷川さんの立ち位置は大きく水商生寄りだから、自分のことのように誇らしげに語る。

「そういう成果を得られたのも、一流の俳優さんにご指導いただいたからだ、という声を校内で沢山耳にしました」

淳史のこの言葉に、

「え？　それはどうだろうな」

それまでご機嫌だった長谷川さんの眉の辺りが曇る。そんな長谷川さんの気持ちを淳史はすぐに察したが、続く言葉を待った。

「それは水商としてどうよ？」

「問題は『一流』というあたりですね」

「そう。トミーはわかっているよね？」

「はい」

淳史は頷いた。そのやりとりを聞いていた由美が異議を唱える。

「え？　でも長谷川さんは一流の俳優さんということでいいんじゃないですか？」

由美は長谷川さんを尊敬しているから当然の反応ではある。

「僕が言うのはね、由美ちゃん、水商生は誰かを一流、二流とランク付けしてはいけないということだよ。いや、水商生に限らないな、一流なんとか、と誰かに箔《はく》をつけるつもりの発言は大抵胡散臭《うさんくさ》いものだ」

長谷川さんは優しく反論した。由美は講義を聴く姿勢になっている。いつものことながら、彼女は相手の言葉を全身で吸収しようとする。

「僕は自分が一流とは思わないし、売れている役者が一流という考え方にも同意しない。それは演劇に携わる者の矜持と矛盾するものだ。僕は水商生のすべての人にへりくだる精神、その矜持に共感するよ。そこには人に尊敬されたいという姑息《こそく》な企《たくら》みの入る隙はない。人から尊敬されたい、という思いは実に不純な精神だ。たとえば、医者は尊敬されるべき職業だと思っている医者に命を預けたいと思うかい？　そんな欲求は人命を救おう、人々の健康に貢献しようという医師の矜持と相容れないものさ。

金が儲かり、尊敬される者が一流だとするなら願い下げだ。僕にとって、今でも一番尊敬する役者は、土屋賢治さん、由美ちゃんのお父さんだよ」

由美の頬がサッとピンクに染まった。

「そうよ、由美ちゃんのパパは素晴らしい俳優さんだったのよ」

ママさんも真剣な目をして言い、それを聞いた由美は大きく息を吸って背筋を伸ばした。

そんな由美に向かって長谷川さんも姿勢を正す。

「土屋さんが弱って舞台に立てなくなったときには、本当に寂しかった。これは僕の勝手な言い分だけど、土屋賢治という役者の舞台が観られなくなったことがとても悔しかった。土屋さんの命の灯が小さくなっていく頃で、由美ちゃんにとってはたった一人のお父さんがこの世を去ろうという局面だ。そんな『あの人の芝居が観たい』だなんて、とんでもなく身勝手な欲求だと思われそうだけど、それぐらい僕が土屋さんの芝居を愛していた、ということでもある。でも、由美ちゃん、お父さんは一流の役者と呼ばれていると思うかい？」

「いえ、そんなことはないと思います」

「だろう？　でも僕に言わせれば、それは世間の方が間違っている。僕らがやっている仕事でいうと、テレビのドラマなんてね、視聴率1パーセントでも百万人が観ていることになる。でも舞台は一か月公演しても、それに比べたら微々たる数の観客しか動員できない。役者土屋賢治の演技を見た人は本当に少数でしかないんだ。でも、その少数は知っている。土屋賢治は最高の役者だった。僕はそれを知る一人であることに誇りを持っている。矜持を感じている。水商精神もそうであるはずだよ。一流だの三流だのと他人をランク付けしないで、すべてのお客さんに同じサービスを提供すべきなんだ」

「それ、桜亭ぴん介先生の言葉に通じますね」

この美帆の発言は、全員の「ああ」という同意の声に迎えられた。「ある師弟の物語パート2〜幸せを恐れずに」の中で、ぽん吉の質問に答えるぴん介先生の印象的な言葉があったのだ。偉い人との接し方に悩むぽん吉に、

「そもそも完璧に偉い人間なんていやしねえよ。人間みんなどっこいどっこいだ。偉そうにしてるやつはいるけどね。ま、そんなもんだ。でも勘違いしちゃダメだよ。偉いやつがいないってこたあ、自分もそうってことで、逆にこいつは馬鹿だねえ、って思うときゃあ、自分もその程度の馬鹿ってことざんす」

ぴん介先生はそう語って、相手も自分もランク付けしないことを勧めていた。

ぴん介先生のヨイショは、周囲三六〇度に向けられていた。へりくだって、相手を立てて気持ちよく過ごしてもらう。決して相手をランク分けしなかった。それが幇間

としての誠意だったのだ。

水商精神はその誠意を受け継ぐ。

淳史は確信していた。水商に肩入れしてくれる長谷川さんは、そもそも水商精神と共通する心構えを持っていた人なのだ。だから、水商で見聞きすることをすんなり受け入れてくれたに違いない。人と人がそうであるように、人と学校にも相性のよしあしがあるのかもしれない。

(そうか、ジマは水商と相性が悪かったんだな)

急にそこに思い当たった。

淳史は自分と水商との相性の良さに感謝した。

府立水商

続くイベントは「創立三十年記念式」となった。これはある意味、水商祭以上に注目されるイベントである。この節目を祝う式典を自分たちの代で主導できるのは光栄だ。淳史たちは準備に万全を期そうと、毎日遅くまで生徒会室で話し合いを重ねた。

特に慎重に検討したのは当日の来賓だ。スピーチをお願いするにしても、堅苦しい公的立場からのものでなく、水商への特別な思い入れが感じられるものが望ましい。

野崎彩先輩には随分早くから出席をお願いしてある。卒業生としては「新人」でも現時点でのネームバリューは群を抜いている。それに通り一遍の祝辞ではなく、尖《とが》った発言も期待できる。

徳永猛先輩も外せない。何しろ校史に燦然《さんぜん》と輝く甲子園制覇の立役者であり、現野球部監督、そして元メジャーリーガーとして卒業生の代表的有名人だ。ネットでも「都立水商卒業生」と検索をかければ最初に名前が出てくる。

その他、都立水商の発案者であり、その後文部大臣も務めた滝川哲也《たきがわてつや》氏や、初代校長矢倉茂夫《やぐらしげお》先生にも出席してもらいたい。淳史は小田真理先生にその相談をもちかけた。

小田先生は都立水商の人脈のほぼ中心にいる。同窓会側と教職員側の両方に顔が利くのだ。退職した先生方にも出席を打診してもらえる。

記念式に向けて着々と準備を進めているところに、徳永英雄転校に続く衝撃的ニュースがもたらされた。

「大阪府立水商業高校閉校決定」

府立水商は札幌の道立ススキノ水商、福岡県立中洲《なかす》水商と同じく都立水商の姉妹校だ。それが三年後に閉校することが決定したという。

テレビでは大阪府知事が閉校の理由をこう述べていた。

「コンプライアンスや、コンプライアンス。お酌の仕方やら鞭打ちやら、そないなもんなあ、高校生に勉強さすことやないやろう」

今さらそれを言う？　という内容だが、元は正論なので反論する側は有効なカウンターパンチを繰り出せない。

水商売系高校四校で全国の水商売志望者の需要は満たされていた。水商が各県一校では流石に多過ぎるが、関東、関西、北海道、九州にそれぞれ一校とはなかなか良いバランスと思われていたのだ。その一角、それも関東に続く人口密集地域である関西での閉校となると影響は大きい。

「このタイミングも怪しいと思う」

とは松岡尚美先輩の感想だ。確かに日本初の水商売専門高校である都立水商の創立三十年、このめでたい節目に水を差すにもほどがある。

府立水商閉校を進める建前としては、コロナ禍で大きく影響を受けた夜の店では、水商売系高校の卒業生を受け入れる体力がなく、その復活の時期も不透明であることが挙げられる。

中には、

「だから、そもそもなくても世間的には何の支障もない業種だったということですよ」

などという極論を口にする向きもある。この発言に対しては、いくらでも反論はできるものの、現状を思うとここで論破したところで何の意味もない。実に虚しい論争だろう。

「府立水商が閉校になるからには、都立水商も閉校か縮小を論じるべきだ」

という声も上がってきた。閉校するか、歌舞伎町の校舎を引き払い、どこか他の都立商業高校に吸収して水商の専門科の一部を残せばいい、というのだ。この意見の出た背景として、

「都立水商も卒業生の就職先が減少していることに関しては、府立水商と事情は同じだろう」

という分析がある。

確かに昨年の二十七期生に続き、淳史たち二十八期生も就職では苦労するものと思われる。しかし、例年と比べて実力が落ちているわけではない。

「こんなときだからこそ、水商での教育が必要だと思うんだけどね」

松岡先輩は同窓生の実力を高く買っている。

松岡先輩以上にカリカリきているのは野崎彩先輩で、あるトーク番組でこの件に触れ、

「表に出ている大阪府知事はいいのよ。許す。裏で怪しい動きしている人間についてはお仕置きね」

と爆弾発言を残した。炎上というより熱烈な支持を受けている。

淳史は都立水商生徒会として過剰な反応をすべきでないと考えた。今重要なのは三十年記念式を盛大に挙行することだ。そこに集中したい。

創立三十年記念式

「都立水商創立三十年記念式」は体育館をメイン会場としたが、密を避けるため生徒のうち一、二年生は教室でのリモート参加となった。体育館にいるのは来賓と同窓会有志と三年生、それに式の演出に関わる一部の一、二年生だ。

「ただいまより都立水商創立三十年記念式を挙行します」

司会の米村友行《よねむらともゆき》が開式を告げると、会場は真っ暗になった。校歌が流れる中、舞台のスクリーンに創立時からの画像が次々に映し出される。古い記録に動画は少なく、静止画で学園生活が綴《つづ》られる。入学式、水商祭、修学旅行、卒業式といった行事以外に日常の生活の様子も紹介され、次第に動画が増えてくる。つい最近の水商祭の模様が流れたあと、

「都立水商三十年記念式」

の文字が浮かび上がって校歌は終わった。スクリーンが巻き上げられ、音楽が変わる中、舞台に照明が当たった。水商名物ラインダンサーの登場だ。華やかな踊りに会場から手拍子が起こる。振付の最後にダンサー全員が片膝をついたところで再び曲が変わった。

「おっ！」

という反応が会場のここかしこから湧き起こる。曲は「愛のウィッピング」だ。今年上半期のナンバーワンヒットの前奏に気づかぬ人はいない。舞台上に野崎彩先輩の姿がないままその歌声が聞こえてきた。

「え？」

と舞台上に目を凝らすのだが、まだその姿はない。

「おおー」

気づいた順に声が上がる。コロナ対策で十分な間隔を取った客席の後ろから、ステージ衣装に身を包んだ野崎先輩が現れたのだ。四方から照らすピンスポットに鞭を振るその姿が浮かび上がる。舞台のすぐ前まで進んだ彼女が振り返ると、その姿を撮ろうと多くの人がスマホを構えて立ち上がる。しかし立ち上がる必要があったのは一瞬だった。次の瞬間には左右から現れた数人の男子生徒の手によって、両手を広げたポーズのまま野崎先輩は舞台上に乗せられたのだ。それと同時に片膝をついていたダンサーたちが立ち上がり、よく練られたフォーメーションで踊り始める。そのダンサーの間を縦横無尽にすり抜けて歌い踊るアイドル野崎彩。

滅多に見られない素晴らしいショーに、会場は笑顔に満ちた。

歌い終わった野崎先輩とダンサーたちはストップモーションだ。拍手は鳴りやまない。三十秒ほどその状態が続き、決めポーズを解いたパフォーマー全員がお辞儀をした。野崎先輩を残してダンサーたちが舞台袖にはけると、ようやく拍手が止《や》む。ステージ中央にスピーチ用のマイクがせり上がってきた。持っていた鞭を舞台袖に向かって放り投げ、野崎先輩がマイクの前に進む。

「二十七期生野崎彩です。水商創立三十年おめでとうございます」

一切息が乱れず、笑顔も無理して作ったものではない。先ほどまでのハードなパフォーマンスが嘘のような余裕だ。しかし、野崎先輩のアイドルの顔はそこまでで、スピーチに入ると、革命家のような激しいアジテーションとなった。水商閉校論を批判し、この母校が収めた成果を強調し、いつの時代にも必要な学校であることを熱弁した。

「わたしは母校を守るために全力を尽くします。皆さんもご協力を！」

こう締めくくって野崎先輩は舞台から去った。

続く祝辞はこの学校の発案者、滝川哲也氏だ。滝川氏は、水商創立に至るまでの経緯について語り、

「『水商売だけ差別するのか！』と『実験的に始めよう！』の二言で乗り切った」

そんな冗談ともとれるエピソードを披露した。会場内に笑いが起こる。とても八十代とは思えない活舌《かつぜつ》の良さで、話の持って行き方も巧みだ。

「この『実験的に始めよう！』ですが、この三十年の間にその実験は成功だった、という一定の評価を得ました。だからまあ、ここにきて水商閉校論が台頭してくるのも妙な話でね。わたしも先ほどの野崎彩さんと同じく戦う姿勢を取るつもりではおります。ただし、わたし自身は水商での実験が成功だとは思っておりません」

ここで、滝川氏は間を置き、咳払《せきばら》いをした。聞いている側の当惑を確かめているような間だ。

「なぜ成功と思っていないかと申しますと、そりゃあんた、結論出すのが早過ぎるだろう、ということに尽きます。水商設立が教育における実験とするならば、どこで結果を判断するか、です。わたしはここの最初の入学式にも出席しております。第一期生というと、小田真理先生たちですな。これは在校生諸君も、同窓会の皆さんもご存じでしょう？　まあ、立派になられたもんだけども、小田先生たち第一期生もまだ四十六歳だ。人生百年と言っている時代ですから、まだ人生の半ばにさしかかった年齢です。そりゃね、これからまだまだあるでしょう、幸福も不幸も、成功も失敗も。あって当たり前で、それが人生だ。せめて、わたしの年にならないことには、結論は出せない。わたしなぞ、現役を去ってもう何年にもなる。小田先生たちが、わたしの今の年齢になって、そこで初めてこの壮大な実験の結果が出るわけだ。ということはね、言い出しっぺのわたしは結果を見ることはない。実験結果を見て、レポートを上げることができるのは、皆さんしかいない。それはもう、最初からわかっていたことです。実験的に始めよう、そう言い出したときから、わたしにはわかっていた。ということは、まあ、ズルい手口だったけどね。まあ、いいや、こうして水商が出来て、大勢の卒業生を送り出して、三十年が過ぎたんだ。なぜそんなズルしてまでこの学校創立を推し進めたかというと、今は実験が成功かどうかわからないけれども、これからまた三十年後に出る結果が成功だと信じてるからなんだ。第一期生のみんなが、ここでの教育によって魅力的で心豊かな老人になっている。それこそ教育の成功でしょう？　そうなると信じていたから邁進《まいしん》したわけで、その信念無き者に教育に携わる資格はない。水商閉校なんてことを言い出した連中は、その信念無き者に違いない。だから、わたしは野崎彩さんとともに戦います。死ぬまでね、死ぬまで戦う。それがこの学校の発案者たるわたしに課された使命だから……都立水商三十年おめでとうございます」

万雷の拍手だ。淳史も掌が痛くなるほど拍手した。

「わが校の大恩人、滝川哲也さんでした。続きまして、同じく本校の大恩人、大功労者、初代校長、矢倉茂夫さんです」

米村の紹介で、矢倉氏が現れた。今日の出席者の中で明らかに最年長とわかる年配だが、足取りはしっかりしている。淳史たちは、たびたび先生方の口からこの初代校長の名は聞かされていた。強く拍手している一群は同窓会の会員と思われた。拍手が止んだところで、矢倉元校長が口を開いた。

「都立水商創立三十年おめでとうございます」

いい声だ。

「……わたしは山形県の豚小屋で生まれました」

一瞬、意味がわからなかった。冗談でもないようだが、笑ってしまった生徒もいたかもしれない。幸い笑い声は聞こえてこなかった。

「これは、わたしがこの学校に着任した際のご挨拶で、先生方にお聞かせしたことでしてね。当然わたしに記憶はありませんが、実際わたしは山形県の豚小屋で生まれたそうです。両親が旅芸人でして、どうやらその巡業先で生まれたということのようです。その後、十四歳で東京の伯父《おじ》に引き取られるまで、母が芸者をしていた石川県で育ちました。父は母のいた芸者置屋の番頭をしていたんですな。というわけで、わたしは水商売や今でいう風俗業に従事する人々の温《ぬく》もりの中で育ちました。みんないい人ばかりでした。弱い立場の人たちは、身を寄せ合うようにして生きるものです。幼い頃の思い出を辿るとその人たちの面影が次々に浮かんでまいります」

意外な話の展開だった。矢倉元校長は上品な威厳を備えていて、裕福かつ厳格な家庭で生まれ育った人物の印象しかない。

「その着任の挨拶の中で、わたしが触れなかったことがあります。いや、その後もこのことは先生方にお話しした覚えはありません。それは、わたしが都立水商初代校長になったいきさつです。実は、わたしは自分から手を挙げました。自ら望んでこの学校にやってきたのです。どうしてもここで仕事をしたかったのです。わたしは自分の古い記憶の中にある人たちのような人材を育てたかった。もっと言うとあの人たちに恩返しがしたかった。わたしはね、ああいう温かい心根を持った人々を見下す輩が許せないのです。世の中に常にある職業ならば、そこに従事する人々の矜持と誇りを生徒に持たせたい。見下す人間の前で胸を張る人材を輩出したい、そう願ったのです。ですから、この前の大阪府知事の発言は許せないわけです」

同意の拍手が会場に満ちる。それに対し元校長は慈愛に満ちた笑みを返した。

「人生の重みは万人に等しい。ご清聴を感謝いたします」

拍手の中で一部が立ち上がった。矢倉元校長の下で学んだ同窓生だろう。

「ありがとうございました。初代校長に続きまして、初代生徒会長をご紹介します。小田真理先生！」

拍手と歓声が上がった。同窓生と在校生両方が親しみを覚える名前だ。現れた小田先生も、まずは笑顔で手を振って拍手に応えた。

「初代生徒会長小田真理です。この記念すべき日にわたしがスピーチするのも僭越かと思います。そこでここはわが水商第一期生の半生を振り返る場にしたいと思います」

会場の照明が落とされ、再びスクリーンが下りてきた。

第一期生の入学時の集合写真が浮かび上がる。ちょっと最近は見かけない不貞腐《ふてくさ》れた態度、荒《すさ》んだ表情の高校生。小田先生の解説は一言、

「悪そう」

で、これに笑いと賛同の拍手が起こり、誰が持ち込んだのか口笛の代わりのホーンが鳴った。

しかし、その一期生の姿は段々と生き生きとして爽やかなものになっていく。なぜか入学時より二学年進級時の方が若々しく見える。第一回水商祭の様子があり、続いて画面がモザイクだらけになる実習風景。画像が変わるたびに小田先生は短いコメントを添えた。それはユーモラスでありつつ、当時を知らない在校生にとっては貴重な情報だった。

「そしてわたしたちの旅立ち」

第一回卒業式の集合写真となった。それぞれ華やかなファッションで着飾った中、確かに小田先生だけが制服姿だ。淳史たちは入学以来聞かされてきた伝説が事実であ

ったことを確認した。続けて伝説を証明する画像が。

「先生方に大迷惑をかけた男の結婚式」

結婚披露宴の集合写真が写り、中央の新郎新婦がクローズアップされると、

「おおー」

と在校生が声を上げた。

（幕内さんだ）

いつも事務室でお茶を啜っている姿しか見かけないこの先輩は、水商伝説の大恋愛の主役だ。幕内夫人真由美《まゆみ》さんは、第一期生のホステス科ナンバーワンだった。幕内さん自身もマネージャー科のエースと目されていたのが、三年生になり就職が決まるころになって、真由美さんとの恋で調子が狂った。水商マネージャー科での教えでは、こういうのはマネージャーとして一番やってはダメなやつなのだが、真由美さんはそのダメダメな幕内さんとの人生を選んだ。何千万円とも予想されたホステスの年収より結婚を選んだとして、長く後輩に語り継がれた伝説のカップルなのだ。

画像の新郎新婦は二十歳前後と思われる。しばらくそれが映され続けた後、現在の幕内家の家族写真となり、やんやの喝采だ。同窓生の中には立ち上がって会場の本人の姿を探している人もいる。

「このカップルはわたしたち第一期生の幸せのシンボルです。なので、幕内君には飲

む、打つ、買うのすべてはご法度です」

先輩たちの席から笑いが起こる。

その後は第一期生の卒業後が紹介された。華やかな衣装のホステス科、ゲイバー科の先輩たち。黒服が板につき、黙っていても貫禄《かんろく》でお店を仕切るマネージャー科の先輩。それぞれの職場での頑張りが伝わってくる。

どこかのビルの落成式の写真になった。中央に着物姿の女性が立っている。かつてのソープランド科の一期生で、三十歳でビルのオーナーになった人だと紹介される。

別の卒業生の家庭人としての顔も紹介され、子どもの誕生から入学式の写真、その子が徐々に成長し、大学の卒業式で親子が並んだ写真。生まれたばかりの孫を囲んで三代揃っての写真となり、会場は拍手で満ちた。

この段階で滝川さんの「実験」は成功なのではないかと思えてくる。

画像は校内のものに戻った。小田先生の教師としての日常が次々に紹介される。授業の風景、陸上部を指導する姿。最後は昨年の卒業式での3年G組の集合写真だ。中央に座る小田先生を教え子四十人が囲む。そこには制服姿の松岡先輩や派手なドラァグクイーンのエビちゃんことラクビー部海老原主将の姿もある。

「現在のわたしの日常は、三十年前に入学したこの母校にあります。口の悪い同級生はわたしのことを『サケ教師』と呼びます。生まれた川に戻ってきた、と。確かにそうですね、わたしはここから旅立ち、一度は公務員となり、結婚を機に退職、その後恩師の跡を継ぐ思いで教員の道を選びました。引き寄せられるようにこの学校に戻ってきたのです。そのことは大変幸運だと思っています。四十年記念式、五十年記念式にもわたしのような『サケ教師』のスピーチがあることを期待しています」

そう締め括って、小田先生は舞台袖に去った。

舞台は暗くなった。そこに再びスポットライトが当てられると、その中心に徳永猛先輩が立っていた。

自然と全員のスタンディングオベーションとなった。しばらく拍手が止まない。こは司会の米村が気を利かせた。

「お待たせしました。続きまして水商野球部徳永猛監督です。徳永先輩には、水商三十年の運動部の歴史を語っていただきます」

この紹介で拍手は止み、スクリーンに浮かび上がったのは、柔道部須賀鉄平先輩の都大会個人戦制覇の模様だ。古いビデオ映像で画質は粗いが、当時の緊迫感は申し分なく伝わる。決勝戦で相手選手を寝技に引き込み、抑え込んでいる須賀先輩。現在のこの先輩の姿を知る人は隔世の感を新たにするに違いない。

「都立水商運動部の栄光の歴史はまずこの人、須賀鉄平先輩から始まりました」

徳永先輩の解説で、その後の水商運動部の活躍が次々に紹介される。

柔道部赤木良子《あかぎりようこ》先輩のインターハイ優勝からオリンピックでの活躍。金メダルを受け取る場面では、観客席に陣取る水商OBOGの一団が映り、ゲイバー科の先輩たちの派手な姿が目を引く。

続いて、初出場で甲子園を制覇した野球部の活躍。優勝の瞬間の動画が熱い。そしてプロに進んだ野球部OBの活躍の模様は、テレビ中継やスポーツニュースの映像を使ったものだから鮮明だ。水商関係者はこの勇姿にずっと声援を送ってきたのだろう。流れる動画はすべて夏目美帆の編集によるものだ。美帆は古い素材をうまく使った上に、場面転換の仕方やBGMや効果音の使い方も巧みだ。

時代は流れて昨年のウインターカップ、この夏の甲子園の場面になり、自身の長男英雄の活躍を徳永先輩が紹介するところでは大拍手となった。

徳永先輩が舞台から去り、会場内が明るくなると、現校長黒沢先生が登壇した。

「二人の卒業生にこの三十年を振り返っていただきましたが、私はそのすべてを目撃してきました。在校生の諸君にとっては初めて目にして驚いたり、感激したりする映像もあったでしょう。しかし、私にはすべてが懐かしい場面だったのです」

そこから黒沢先生は、学生時代にクラブのウェイターのバイトを皮切りに夜の世界に飛び込み、やがて「都立水商設立準備委員会」に招かれたいきさつを語った。

「準備委員会から第一期生の卒業式までがわたしの人生で一番目まぐるしく、しかし一番充実した時期だったかもしれません。ここでその熱い季節を共に過ごした仲間をご紹介しましょう。まず、福岡県立中洲水商業高校、田辺圭介《たなべけいすけ》校長先生」

初めて見る顔に在校生の拍手は儀礼的なものだったのは否めない。しかし、同窓会席からの拍手は特別熱のこもったものだ。もしコロナ対策の注意がなければ、名前を呼ぶ声も聞かれたに違いない。

田辺先生はワイヤレスマイクを持ち、黒沢先生と掛け合いのようにして開校当時のエピソードを語った。

「最初の頃は手探りで大変でしたけど、講師の先生方のお話を参考にして進みました」

田辺先生が教師としての立場での思い出を語ると、

「わたしには学校という職場の空気は新鮮でした。ただ、少し身構えるような意識もあったような気がします」

黒沢先生は水商売から転身した立場からの当時の心境を語った。

二人の校長先生それぞれの回想は興味深かった。

田辺先生にとっては、優等生だった小田真理先生が落第しそうになった事件が一番印象的だそうだ。一方、黒沢先生にとっては幕内さんの結婚が一番思い出深いエピソードだという。

「どちらも今から思えば笑い話ですが」

「そうですね。当時は頭を抱えましたけども」

この本音には会場から笑い声と拍手が同時に起こる。

「次に、その当時からの我々の戦友で、今もわが校で指導に尽力してくださっている先生方をご紹介しましょう」

三人の先生が現れた。伊東先生、大野先生、それに音楽の矢沢《やざわ》先生だ。水商で学んだすべての人が知る顔ぶれだ。

まず大野先生の丸く大きな体がスポットライトに照らされた。

「大野先生は柔道部の指導者として、まず第一期生の須賀鉄平君の都大会制覇に貢献されました。このときはまだ一年生しかいない水商が一気に結束した印象でしたね。そしてシドニーオリンピックで金メダルを獲得した赤木良子、現在はクィーン赤木として知られていますが、彼女の指導者としても成果を上げられた。初期のわが校運動部の栄光を一人で築かれたと言っても褒め過ぎではありません」

黒沢先生の紹介に大野先生は顔を赤らめて照れながら応じた。

「いや、それはやはり褒め過ぎです。鉄平も赤木もそもそもモノが違う存在でした」

謙遜している感じではない。大野先生は自分の功績とは心底思っていない様子だ。

田辺先生が補足する。

「それに、これは今となっては知る人が少ないと思いますが、初年度のゲイバー科クラスの担任として、大野先生はゲイバー科の指導の礎《いしずえ》を築かれました」

これは意外な事実だ。大野先生はさらに頬を赤らめて鼻の穴を膨らませている。この件についてはちょっと自慢らしい。

スポットライトの中心が隣に移る。

「続いて矢沢先生をご紹介します。わが校音楽教育のフロンティアでいらっしゃいます」

矢沢先生に「フロンティア」は似合わない気がする。先頭に立って他をグイグイ引っ張っていく印象のない先生だ。

矢沢先生が声を荒らげた場面を目にした生徒はいないだろう。というより、そもそも生徒を叱ることが一切ない。淳史は小学校からの学校生活の中でこれほど優しい先生を他に知らない。そんな柔らかいイメージの先生だが、弱くはない。でなければ、この学校で長年指導を続けられるわけがない。吹奏楽部の活動も盛んな水商だが、入学して初めて楽器に触れたという部員は珍しくない。だいたい、幼い頃からピアノをはじめとする楽器を習っていた生徒など非常に珍しい学校なのだ。つまりは矢沢先生の指導がすべてなのである。そこで成果を上げてきたのは、この先生の信念があればこそだろう。

「矢沢先生には創立当初に大変無理な注文をしましたねえ」

「そんなことはないです」

矢沢先生はいつもの控え目な笑顔で応じる。

「無理な注文というのは、幼少期よりクラシック音楽の中で育ってこられたような矢沢先生に、授業でカラオケのご指導をお願いしたことなんです。卒業生在校生の皆さんは当たり前のように思われるかもしれません。しかし、矢沢先生には当時一大決心をしていただく必要があったのです」

黒沢先生の説明で初めて思い当たった。水商での音楽の授業は楽しい。水商売においてカラオケは重要なツールだ。小さなスナックでお客さんに機嫌よく歌ってもらい、場繋ぎで何曲か十八番《おはこ》を披露する場面もあれば、キャバクラやゲイバーなどプロ的立場で歌う場面もある。その必要性から音楽の授業は歌中心だ。野崎彩先輩がすぐにCDデビューできたのも矢沢先生の指導の賜物《たまもの》だ。

淳史も中学までは苦痛だった音楽の時間が楽しみになった。それは矢沢先生自身も同じらしい。

「そうですね、確かに一大決心でした。でも、あのときに吹っ切れたおかげで、わたしは音楽教師としての新しいステージに進めたと思っています。音楽に真剣に取り組んでいたつもりでしたが、それまでのわたしの授業は音を学ぶと書く『音学』でした。音を楽しむ境地には至ってなかったのです。水商での授業で、ジャズやポップスから演歌までを指導するうちに生徒と共に楽しむことを知りました。わたしは水商以外では通用しない音楽教師かもしれません。しかし、それでよかったと今は思います」

温かい感謝の拍手が矢沢先生に送られた。

3年A組の音楽の授業でも先生の講義をみな真面目に聴く。それは内山渡の影響だ。渡にとって矢沢先生は母方の祖母のような存在だという。渡の両親が結ばれるにあたって、矢沢先生の存在は大きいそうだ。だから、渡は先生の授業を真剣に聴かないクラスメイトを許さない。この姿勢は野球部では全部員に浸透している。各学年すべての男子クラスに野球部員はいるから、どのクラスも音楽の授業では「いい子」でいる。これは矢沢先生にとってもプラスだったろう。静かな指導に生徒が従ったのだ。

続いての、

「伊東先生については紹介の言葉も無用でしょう」

黒沢先生の言葉に賛同の旨の拍手が起こる。確かに伊東先生の功績はここで説明する必要はないだろう。この場だけでなく、日本中で知らぬ人のいない都立水商の名物教師だ。淳史の周囲から起こる拍手は熱い。クラスメイトはこの先生に担任されていることを何より誇りに思っている。

伊東先生は拍手の潮が引くのを待って口を開いた。

「ありがとうございます。皆さんのスピーチを伺っていて年月の重みをあらためて思いました。振り返ると、この三十年で直接指導したことのない卒業生の姿までも浮かんでまいります。野球部に関しても、甲子園優勝のメンバーだけでなく、成績的には低迷していた時期のメンバーの当時の姿も鮮明に浮かびます」

それからしばらく伊東先生は水商野球部の歴史を語った。それは世間に広く知られている栄光の輝きではなく、地道な部活の物語だ。そこで野球というスポーツを愛する心を育てたことが一番の成果だと先生は誇った。

そして体育の授業で、生徒の中に原石の煌《きら》めきを発見し、野球部以外の競技でも成果を挙げた例をいくつか語り、

「そんな体育教師としての醍醐味を味わえたのも、この学校であったからこそと確信しています」

と水商での三十年に亘る教員生活を総括した。

「わたしは今年度を持ちまして定年を迎えます。開校以来勤務して、いわばこの学校にわたしの人生そのものがありますから、皆さんのこの学校を思う気持ちは実にありがたいと思いました。ですが、わたしは水商をどうしても残したいとは思ってはいません」

意外な言葉にみな視線を上げた。批判的視線ではなく、伊東先生は何を言いたいのだろう、と探っている感じだ。

「大切なのはこの学校でしょうか？　何十年か経っても歌舞伎町のこの場所に水商のあることが重要なんでしょうか？　みんながいつ来てもここに母校があることを望むのはわかります。だけども、本当に大事なのがそんなこととは、わたしにはどうしても思えないのです。この学校があり続けることより、卒業生の皆さん自身がそれぞれの場所で幸福であることの方が重要なのではないでしょうか？　わたしの言いたいのはそこです。みんなに心配をかけることをこの母校が望むと思いますか？　この学校から巣立ったみんなが幸せでいてくれるならこの学校は役目を果たしたのです。正しく果たしたのです。世間がこれ以上この学校を必要としないと言うなら、役目を終えたということでいいのではないでしょうか」

伊東先生の語り口は静かなものだった。しかし、この記念式に相応しい内容とは思えず、この場にいる全員が先生に好意を抱いているため、会場全体を戸惑いの空気が支配した。

「最近、徳永英雄君が渡米しました。この中で、彼が自分の夢を捨てて、来年母校に深紅の優勝旗をもたらすべきだと考える人はいますか？　確かに彼の実力ならば、それは叶う可能性の高い夢ではあります。しかし、母校のために彼に人生を捧《ささ》げさせる考え方には納得できません。他の皆さんについても同じです。貴重な人生の時間を巣立った母校を存続させることに使ってほしくありません。思い出は美しいでしょう。

しかし、後ろを振り返ることに時間を取られてはいけないと思います」

淳史には伊東先生の発言の主旨は理解できる。港を離れた船は行く先の海域の天候を気にするべきだ。出航した港の天候を気にしている場合ではない。卒業した学校を心配し続けるのは、それと同じことなのかもしれない。

会場をさざ波のような動揺が覆った。私語を慎むたしなみはあっても、親しい者同士が互いの目を見て当惑を確認する。盛り上がっていた記念式のテンションに水を差されたような印象だ。

学校創立以来勤務するこの四人の先生には、同窓会より記念品が贈られた。

最後に再び校歌が流され、記念式典は終了した。

この日の淳史の出番は、最後の校歌の前に在校生を代表して出席者に短く謝意を伝えただけだ。学校創立三十年を祝う会である以上、主役はこの学校とその三十年の歴史だ。生徒会長といえども、淳史の水商での生活はたかだか二年半。長く語るのは僭越であり、歴史を作ってきた先輩たちに感謝するのみだ。この考えを演出担当の美帆に告げて短い謝辞を述べるにとどめた。

来賓とOBが去り、体育館では後片付けが始まった。水商の生徒はこういう際には効率良く動く。それは、校外店舗実習を通じて「仕事」への意識が培われているからだ。

作業としては、パイプ椅子を舞台の下に収納し、フロアに敷かれた養生シートを畳む。淳史も率先して作業にかかった。自分は動かずに指示だけ下す人間はこの学校には不要だ。

大方作業が終了しようかという頃、淳史の周りに3年A組のクラスメイトが集まってきた。

「？」

何かの用があるらしい。内山渡が皆を代表するように進み出た。

「トミー、伊東先生と話した方がよくないか？」

集まってきたクラスメイトの言いたいことはすぐにわかった。

「でも、みんなもわかってるだろう？　伊東先生の気持ち」

全員に聞こえるよう声を張って言うと、渡は他のみんなと同じタイミングで頷いてから言った。

「わかってるさ。3年A組はみんなわかってるよ。だって、一年生からずっと伊東先生の教えを受けてきたわけだし。今日の先生の言葉もありがたいと感じてる。伊東先生だって、自分の人生の半分を捧げたこの学校の閉校を望むわけはない。もし水商が無くなったら、先生自身が人生の意味を問われることになる。でも、そんな感傷より俺たちの人生の方が大事だと言ってくれているんだ。そう思うだろう？　トミー」

淳史は無言で頷いた。ここにいる全員が伊東先生の気持ちを正確に受け取っている。淳史は伊東先生の気持ちと、それをクラスの全員が正しく受け取っていることの両方に感動した。

「僕思うんだ」

渡の隣で峰明が口を開いた。

「僕たちの気持ちを先生に伝えるべきだよ。この学校を守りたいという気持ちをね」

峰明の愛校精神を疑う者はこの学校にはいない。水商が閉校になる事態となれば、怒りを知らない峰明はただただ悲しみに暮れるだろう。

「わかった」

淳史は峰明の心情を本人の言葉で伊東先生に聞いてもらおうと思った。気持ちを文字で伝えられないこの親友に発言の機会を持たせるべきだ。

「で、いつ先生と話す？」

「これからすぐ」

渡の返事は早かった。

「伊東先生は今どこかな？」

「『鉄子の部屋』で他の来賓やOBと一緒だ。手伝いに行っている真太郎と連絡ついた。まだしばらくいそうだ、ということだよ」

他の来賓や先生方とも一緒か、そう思った淳史の表情に躊躇の色が出たらしく、渡はその淳史の気持ちに応えるように続けた。

「他の人にも聞いてもらった方がいいよ。俺たちが伊東先生に批判的でないことも含めてね。水商は一枚岩だ。今日の伊東先生の発言で亀裂が入ったわけじゃない。それも知ってもらいたいだろう？」

淳史は渡を全面的に信頼している。この野球エリートは学力的にも水商以外の高校で十分通用したし、野球で他から勧誘されてもいた。それを蹴っての水商入学ということは、最初からこの両親の母校への思い入れが強かったのだ。水商に対するネガティブな発言の一切ない、峰明に引けを取らない愛校精神の持ち主だ。

「作業完了しました」

夏目美帆が報告に来た。先ほどから3Aの仲間たちの横に立って、淳史に話しかけるタイミングを計っていたのは気づいていた。淳史たちのやり取りをずっと聞いていたはずだから、何か言うかと思ったら、やはり、

「わたしもご一緒してもいいですか？　お供させてください」

美帆らしく古風な言い回しで申し出てきた。

「いいじゃないか。二年生代表として立ち会ってもらおうよ」

淳史が美帆に答える前に渡が言う。

確かに後輩に見ておいてもらう意義はある。淳史たちはあと四か月で卒業だ。伊東先生も退職する。来年度にはいない生徒と教師の対話を聞いて、その内容を続く後輩たちに伝えてもらえる。

「そうだな。一緒に行こう」

淳史が決断したところで、

「わたしもお願いします」

美帆の陰から由美が顔を出した。

「ああ、美帆ちゃんには漏れなく由美ちゃんがついてくるんだもんな。いいよ」

淳史の冗談に由美は首をすくめる。

「あとは……謙信君」

舞台の上にいた山田謙信を呼んだ。

「一年生代表にもいてもらおう」

鉄子の部屋

式典が終わり、打ち上げで須賀鉄平の店に行った。かつての田辺の同僚、それに顔見知りのOBOGも一緒だ。歌舞伎町の水商から徒歩で新宿二丁目に向かう。ビルの一階「鉄子の部屋」と書かれたドアを開ける。

「ケースケ先生！」

迎えてくれた鉄平を一瞬見違えた。かつては服装によっては美少年にも見えたのに、今は完全に「美女」だ。それも年齢不詳、本当に生身の人間なのだろうか？　と疑問に思う不思議な存在感を醸し出している。

「いやあ、初めてお邪魔するけど立派なお店だねえ」

自分でも不思議なのだが、校長室で畏まった会話を続けて以来、田辺の口から方言が出ない。懐かしい顔ぶれに囲まれていると、この二十年の月日が夢幻であったが如く、かつての東京での生活に舞い戻った気分だ。

「今日は貸し切りです。皆さんお気兼ねなく」

鉄平がそう言ってくれた。他の客に気を遣う必要がないのはいい。

田辺たち記念式の来賓と教師は奥の部屋に案内された。「鉄子の部屋」は長いカウンターとテーブル席にステージがあり、フロアの奥に一段高く「ママの部屋」がある。ここはオーナーである鉄子ママが特別な客と過ごすVIP席だ。ソファ、テーブル、すべての調度品に隙のないセンスの良さを感じさせる。夜のお店にしては明るい照明の中、奥中央に鉄子ママの席がある。

一歩この部屋に足を踏み入れただけで、ここに招かれた客が高揚感と安心感の両方を得ることが察せられる。

田辺たちが席につき、注文した飲み物が目の前に置かれた頃、続々と入って来た水商関係者で店内は混みあってきた。よくしたもので、ほとんどが接客業のプロだから、ただ自分の席に収まるだけでなく、飲み物や料理を運ぶし、

「そちらお飲み物は？　何になさいますか？」

などと遅れてきた人にもすぐに対応してくれている。

料理を運んできたセーラー服の生徒に、

「お、真太郎、悪いな」

大野が礼を言っている。ゲイバー科の生徒のようだ。

「そうだ、田辺先生、紹介します。こちらは花野真太郎、今の水商で最強と言われている生徒ですよ」

大野の言葉が終わると、

「花野です。よろしくお願いします」

真太郎は運動部らしく一度背筋を伸ばして頭を下げた。

「ゲイバー科生徒で水商最強って、鉄平みたいだね」

田辺のそんなに大きくない声に、

「いえ、真ちゃんはわたしの高校時代より強いです」

少し離れたところから鉄子こと鉄平が応じた。他の客へ気を配っていた様子なのに、この素早い反応だ。水商で教鞭《きようべん》を取る者は、こういうゲイバー科の生徒の敏感なアンテナにも驚かなくなる。この背中に目がついているかのような気配りが、かつての鉄平の柔道にも生かされていたに違いない。

「三年生？」

花野真太郎の洗練された動きを見て尋ねれば、

「はい、卒業後はこのお店にお世話になります」

ということだった。聞いたところでは、「鉄子の部屋」は美形揃いでショーも上品なことで知られているらしい。オーナーの鉄平が真太郎を選んだのは頷ける。

「鉄平、いい後輩をゲットしたね」

「ええ、真ちゃんはゲイバー科と柔道部の両方で頼もしい後輩なんです」

「一緒に柔道部の指導もするの？」

「真ちゃんは水商の運動部全体を指導してたんですよ。その競技に適した古武術の技を応用できるように」

「へえ、野球部やバスケット部も？」

「もちろん」

「それはすごいね」

　このところ全国レベルで成果を上げている水商運動部だ。表で注目されたのは徳永英雄だったが、陰の立役者はこの真太郎ということになるらしい。

「だから、卒業後は昼間各運動部の指導をして、夜はうちのお店で頑張ってくれることになっています」

　鉄平はこの優秀な後輩の母校への貢献を支援するつもりのようだ。

　頃合いを見て全員で乾杯し、ステージでは歌い出す者も現れた。ふだんは他店に勤めているゲイバー科のOBがコミカルな芸を披露すると、

「エビちゃん、ここはそういうお店じゃないから！」

「やめてぇ！　それはお下品よぉ！」

　拍手とともにそんな野次も飛んでいる。

　田辺たちのいる「ママの部屋」にもそんな喧騒《けんそう》は伝わってくるが、会話の邪魔にな

ることはない。程よい距離感で、なんというか「別格」の印象がありながら差別的ではない。そこにオーナーである須賀鉄平の心遣いを感じる。

鉄平はその強さと美しさで開校当初の水商の「顔」だった。しかし、船出したばかりの水商自体が差別と偏見に晒されていたから、そこを代表する生徒としてずいぶんと辛い思いもしたはずだ。それが彼を強くした。今この部屋で感じる心地よさは、その強さがもたらしているのだろう。

「?」

この部屋の入口に多数の水商在校生が姿を現した。田辺にもわかる顔は挨拶だけ交わした生徒会長の冨原淳史、野球部主将内山渡、創立記念式の演出を担当していた二年生の夏目美帆だ。それに背の高い内山渡の影に見え隠れしている男子生徒に見覚えがある。田辺はなぜその少年の顔を自分が記憶しているのか、少し考えてすぐに答えを得た。水商祭のたびに強い印象を残した中村峰明だ。彼に会うのは初めてだが、二年前の英語劇「ジュリアス・シーザー」、去年と今年のドキュメンタリー映画「ある師弟の物語～絶対怒っちゃダメざんす」「ある師弟の物語2～幸せを恐れずに」で観る者に深い感銘を与えた顔だ。

生徒たちは記念式での伊東のスピーチに反発しているのかもしれない。

田辺には伊東の言いたかったことは理解できた。ある意味、田辺自身が思っていることでもあった。だが、三十年記念式という場、あるいは世間で水商不要論が台頭している時期に相応しい発言であったかどうかは疑問だ。生徒たちの青い正義感を刺激してしまったかもしれない。

伊東が生徒たちに糾弾されるようであれば、友人として助け舟を出さねばならない。都立水商立ち上げに加わった田辺だ。その発言には生徒も耳を傾けてくれるだろう。

冨原淳史を先頭にして3年A組の生徒たちがやってきた。彼らの用件は予想がつく。

「伊東先生、少しお時間よろしいですか？」

冨原は礼を失することなく問いかけてきた。

「ああ、何だ？」

「記念式での先生のお話についてなんですが、僕たちの意見も聞いていただけませんか？」

「うん。みんなが母校の存続を願っているのはわかってるよ」

「僕たちも、伊東先生のお気持ちはわかっていますし、ありがたいと思っています。ただ、僕たちの考えの方も先生に知っていただきたいんです」

「わかった」

「先生が今おっしゃったように、僕たちは水商の存続を願っています。伊東先生は、水商出身者が母校のために労力と時間を費やすよりも、自分自身の幸福を追い求めることに集中して欲しい、と考えておられるのですよね？」

「まあ、そういうことだな」

ここまでは誤解がないと思われた。

「先生のお立場ではそれが正しいスタンスだと思いますし、そのお気持ちはありがたいです。でも先生、僕たちは単なる感傷で水商の存続を願っているわけではないんです。学ぶ側として水商の必要性を痛感しているからなんです」

いつのまにか、ステージとその周辺の喧騒が消えていた。ＯＢたちもこの師弟の対話に注目してくれているようだ。

「まず水商不要論を確認しておきます。生徒会の方でも常に水商の閉校を求める人たちの声をまとめています。ここにいる夏目美帆君が中心になって、新聞、雑誌、テレビでの彼らの発言をチェックしているのです。水商を不要とする主張の追い風になっているのはこのコロナ禍です。社会の自粛ムードが高まる中、クラブなどでのクラスター騒ぎがあり、一部には水商売はそもそも社会に必要のない業種ではなかったのか、という極論を言い出す人が現れてきました。そしてその主張は、ならばそれを学ぶ水商売系高校は必要がないだろう、と発展してきました。確かにわれわれは水商売の世界で即戦力となるべく技術と心構えを学んでいます。今その本丸が炎上している状況にあって、そこに進む道に意味があるのか？　これに反論せねばなりませんが、なかなか説得力のある意見は出てきません。先生方からもそうですよね？」

　これは痛いところを突かれた。

　伊東たちとしても、水商存続に向けて戦うと言いながら、実際には積極的な発言をしていない。

「そうだな、我々水商の教員としては下手な反論は藪蛇になるとも思っているしね」

「僕もそう思います。失礼ながら先生方の発言は有効ではありません。それは教える側の意見だからです。水商の真価を知っているのは我々学ぶ側だ、というのが僕たちの結論です」

　なるほど。

　一瞬、生徒による教員批判かと思ったが、そうではない。

　冨原の言う通りだ。学校の素晴らしさを教師が語ったところで自画自賛でしかない。学校で受ける教育に対して、ときには不満を覚える生徒の立場でこそ真価を問えるのではなかろうか。

「しかし、生徒側は自分の通う学校の実情しか知らないが、教師の方は他の学校でも教える経験を持つから、客観性ということではそちらの意見の方も有効とは言えないかな？」

ここで伊東はあえての反論を試みた。

「たぶん、水商否定派はそう言って僕らの発言を意味のないものとします。僕たちは経験値の差を突かれると反論できません」

若者と討論するのに相手の経験値を問題にするのは反則だろうが、実習で大人の世界に接し、その狡《ずる》さを知る水商生はそこも織り込み済みでいる。

「こうして考えると、水商を擁護する意見は、先生方のものは我田引水と思われ、生徒の方は世間知らずと決めつけられます。これでは公に反論しても説得力を持てません。だからこそ、僕らが水商で学んだことをどう捉え、この母校の価値をどのようなものと考えているかをまず先生方に知っておいていただきたいのです」

ここまで冨原が発言したところで、生徒同士で顔を見合わせている。どうやらここまでは段取りとして相談してあったものの、ここから先は出たとこ勝負だったのだろう。

誰が次の発言者となるか譲り合う中、押し出されるように中村峰明が冨原の前に出た。

伊東にとっても一番可愛い教え子だ。入学してすぐ、

「僕、この学校に来て本当によかったです」

と言ってくれた。それは教師として生徒から一番聞きたい言葉だった。だが、そんなことは本人に告げていない。

「そのセリフは卒業のときに聞かせてくれ」

とその場は冗談めかして終わった。

ディスレクシアという障害を抱えた中村が、高校生活で周囲についていけるだろうか、と密《ひそ》かに案じていたが、それは杞憂《きゆう》に終わった。ついていくどころか、中村は実習ではトップの優等生だ。水商の教師生徒の誰もが一目置く存在になった。

ふだんの彼らしくない緊張の面持ちで、中村は「ママの部屋」にいる一人ひとりと目を合わせては頭を下げた。それから鼻から大きく息を吸い、

「僕は水商が大好きです。歌舞伎町に水商がずっとあってほしいです」

勢い込んでいった。しかし、空回りしている。周囲のクラスメイトもそれを感じて、何か小声でアドバイスしているようだが、要領を得ない。

そのとき田辺が、

「いやあ、君が中村君だね。福岡でも水商祭のネット配信をチェックしていたから顔は知ってたよ。田辺です、よろしく」

と声をかけた。中村の緊張を解そうと気を利かしてくれたのだろう。これは効果抜群で、

「あ、そうなんですか？　ありがとうございます」

応じた中村の表情から硬さが取れ、いつもの愛嬌のある笑みが浮かんでいる。続けて田辺は、

「中村君は、水商に来ていなかったらどうしていたと思うんだい？」

と尋ねた。担任である伊東やクラスメイトからはあらためて切り出す質問ではない。

「僕ですか？　僕は水商に来ていなかったら……」

しばらく何かを回想している間があり、

「……たぶん今生きていないと思います」

中村はハッとさせる答えを口にした。

「そうか、辛かったんだね？」

田辺がさらりと言い、中村も頷いた。しかしこれは、入学式以来ずっと身近にいた身には今さらできないやり取りだ。

想像はしていたものの、そんなに辛かったとまでは思い至らなかった。かつて、中学校までの生活を、

「いじめられたろう？」

と尋ねれば、

「いじめられました」

と屈託なく答えた中村だ。具体的にはその実態を語ることはなかった。

「僕、この学校に来て本当によかったです」

このセリフを中村が口にするたび、周囲は和やかな笑いに包まれたものだ。しかし、

あれはこの子の魂の叫びだったのだ。

「これでまだ生きていける」

という喜び。六十路《むそじ》を迎える伊東もかつてそんな気持ちになった記憶はない。十代でそれを味わうとは。

「わたしもです」

中村の隣で二年生の夏目美帆が声を上げた。

「わたしも、水商に来てなかったら、今生きていないと思います」

ドキュメンタリーの撮影のために中村に張り付いていた夏目だ。長い時間一緒にいることで二人は心が通じ合ったのかもしれない。二人とも深刻な学習障害を抱えて生きてきて、水商に来たことでやっと解放されたのだ。

この二人が死を考えるほど悩んでいたことを周囲の生徒たちも聞かされていなかったらしい。皆ショックを受けたのか硬く沈んだ表情だ。

一般席から移動してきた卒業生の松岡尚美が、中村の肩を包み込むようにして両手を添え、夏目の方は同級生の田中由美が手を握っている。

その様子を見て、3年A組の生徒は泣くまいと唇に力を込めている。しかし、感情の防波堤が決壊した何人かは大きく俯《うつむ》いて、「ママの部屋」の絨毯《じゅうたん》に涙が落ちる。

「先生」

内山が涙を拳で拭い、改まった口調で語り始めた。

「ミネは入学以来、『水商に来てほんとによかった』と言い続けてきました。それがこんなに深い思いからだったとは僕も今知ったんですけど、僕自身も水商に来てよかったと思っています。他の高校では学べないことを学べました。一つは、先生から野球を通じて教わったことです。僕はこの先も野球を続けるつもりですが、それはプロに進むのとはまた別の話です。伊東先生に野球との向き合い方を教えていただいたと思っています。それは他の高校で学べたかどうかはわかりません。父や徳永監督も伊東先生だからこそ教えていただけたことだと言ってます」

「それはありがたい言葉だけども、渡もだけど、OBたちもどこで野球をやっていても才能を開花させたと思う。みんなそれだけの逸材だった。こっちがお礼を言う立場だ」

「そんなことないです。伊東先生だからこそです。それともう一つ、どうしても水商でなければ学べなかったことがあります。それはミネの『絶対怒っちゃいけない』です」

「ああ、桜亭ぴん介先生から継承する精神だな」

「はい。これは僕が言うのは僭越だと承知していますが、先生方も真の意味を理解していないと思います」

「そうかな?」

「はい、僕自身が最近まで誤解していました」

「どういうことかな？」

「先生、ミネは師匠の教えを守って怒っていないんです。絶対怒っちゃいけないから、怒らないんです」

「？……うん。それはわかっているつもりだけどな」

「いえ、先生はまだわかっておられないと思います」

「？？？」

「先生、怒らない、というのは、『怒りを抑える』のとも『怒りを表さない』というのとも違うんです。根本的に違います。ミネは怒っていないフリなんかしてません。そもそも怒っていないんです」

「そういうことか！　うん、確かにそこは誤解してた」

「ええ、みんな誤解してたんです。同級生もみんなミネを理解してませんでした。最近になって夏目美帆君に言われて気づいたことなんです」

内山に名前を挙げられた夏目が大きく頷いた。

「先生、僕は水商で先生の下で野球ができたことに感謝しています。しかし、それだけでなく、水商で学んだすべてのことに感謝しているんです。ミネの『絶対怒っちゃいけない』の精神を理解するのに約三年かかったわけですけど、その精神はこれから野球を続けていく上でも、その他の道で生きていく上でも絶対にプラスになると思います。それは他の高校では学べないものでした」

内山渡はおそらく将来プロ野球の世界で活躍するだろう。その厳しい世界で生き抜く上でも水商で学んだことはすべてプラスに働くと信じているようだ。

冨原も中村の言葉に衝撃を受けていたようだが、気を取り直したように再び伊東と正対した。

「先生、中村峰明と夏目美帆は都立水商があったおかげで人生を放棄せずにすみました。この三十年、他に何人そんな生徒がいたのかはわかりません。もしかするとこの二人だけの話なのかもしれません。でも二人いれば十分です。僕らの母校の存在が誰かを人生に引き留める力になるなら、それだけで価値があると思います。これから先の誰かのために存続の意味があるのではないでしょうか？」

「そうだな」

応じる言葉はこれしかなかった。確かにそうだ。いや、絶対にそうだ。自暴自棄になった子を人生に呼び戻す力のある学校が、世の中にいくつあるだろう。都立水商がその一つであるならば、絶対になければならない存在だ。

「すみません。せっかくご歓談中のところを不躾な真似をいたしました。僕らのお伝えしたかったことは以上です。それでは失礼します」

全員が頭を下げ、店から出て行った。伊東はその場に立って彼らを見送った。

「伊東先生」

気づくとすぐそばに滝川と矢倉が立っていた。

「先ほどの記念式でのわたしのスピーチは訂正しなければならんようですな」

伊東に握手を求めながら滝川が言った。その意味がわからずその目をまじまじと見てしまった伊東に笑顔を向けて滝川は続けた。

「官僚時代にわたしがぶち上げた教育の実験は成功でした。今それが実証された。いや、教師と生徒の実に含蓄ある対話でした。立派なもんだ。これでわたしも安心して死ねる」

「いや、長生きなさってください」

伊東も笑顔で応えて握手を終えると、今度は矢倉がその手を握ってきた。

「伊東先生、教師冥利《みようり》に尽きますな。素晴らしい生徒たちを育て上げた。後顧の憂いなく退職できますね。わたしも滝川さんと同じく、これで安心して死ねます」

ここで伊東の笑顔が消えた。ただ涙が出てくる。尊敬する矢倉校長に返す言葉は出てこなかった。

それぞれの道

十年に一度のイベントである創立記念式を終え、淳史は生徒会長の責務を果たした達成感を味わった。

生徒会長の任期は二学期いっぱいだが、あとは取り立てて大きなイベントはない。しかし、淳史は毎日生徒会室に顔を出した。そして、その前に放課後の校内を巡る習慣は止めなかった。

水商祭前に比べると明るい活気は失われている。しかし、淳史はこの落ち着いた雰囲気も好ましく思っている。真面目に接客を学ぶことこそ、この学校本来の目的であるからだ。

三年生にとって学園生活は残り四か月を切っている。もうすぐここで学んだことを武器に夜の世界という戦場に立つのだ。淳史の同級生たちは一年生のときには校外店舗実習で鍛えられたが、その後はコロナ禍で校外実習の自粛が続いた。なまじ実際の職場の厳しさを知っているだけに、この二年間校外実習がなかったことで不安になっている者が多い。そのため六階と七階の実習室では自主練の三年生で放課後の方が賑やかなぐらいだ。そんな先輩の技術を盗もうと、下級生たちも客役を買って出てくれている。

三年生の進路は決まりつつある。

内山渡は関東体育大学進学を決めた。他の野球部員五人と一緒だ。同じ大学に六人も進むのは開校以来初らしい。進学する卒業生自体が少なかったから当然かもしれない。体育大学に進むといっても、渡と吉野ツインズはたぶん体育教師になることはない。将来はプロか、そうでなければ社会人野球の名門で野球を続けることになるだろう。

池村真治もバスケットボールで進学を決めた。昨年の主将石田先輩が進学した西海大学に誘われたのだ。石田先輩が関東大学リーグで一年生から活躍したこともあり、先輩とともに昨年のウインターカップを制した真治も推薦枠をもらえた。西海大学には体育学部があり、体育教師の道に進むことも可能だ。真治はコーチとして水商に帰ってくることを夢見ている。

スポーツ交流会のMVP山本樹里に「ホステスになってもらいたい」と願う人は流石に水商でもいなかった。彼女はパリ五輪出場を目指して、実業団でラグビーを続ける。楓光学園ラグビー部の関係者が、女子のセブンズラグビーに力を入れている企業を紹介してくれたのだ。七人制だけでなく十五人制でも日本代表に選ばれるよう頑張るということで、彼女の実力ならその希望はすぐに叶うだろう。

二年生の北原春も、一年遅れて樹里と同じ会社に進むことが決定している。二人でオリンピック日本代表に選ばれる夢もかなり高い確率で実現しそうだ。

同じラグビー部の筒井亮太は都内のクラブに就職が決まっているが、将来的には「スナック愛子」を春と二人でやっていく予定だ。どうも以前から怪しいとは思っていた。亮太と春は早くからつき合っていたらしい。春にはしばらくラグビーで頑張ってもらい、いいタイミングで「愛子」を二人で引き継ぐつもりだ。当然結婚したうえでのことで、春の母親の幸ママも賛成してくれている。

花野真太郎は「鉄子の部屋」に勤めながら、水商運動部の古武術指導を一人で続ける。母親のことを解決するまでは、東京から離れる気はないらしい。

城之内さくらは真太郎とは別の道を選んだ。

さくらが渡米するとは誰も予想していなかった。二年前に松岡尚美先輩がアメリカのお店にスカウトされた話から、さくらがその道に進むのかと思ったら違うという。さくらは渡米して、英雄の指導を続ける。場合によっては、英雄の所属するチーム全体の指導もするかもしれない。渡によれば、さくらと英雄の関係も不思議なものだという。男女の関係ではなさそうなものの、英雄のさくらへの信頼は厚い。英雄のSNSで名前の出てくる頻度は女生徒ではさくらがダントツの一位だ。

さくらの方も一番身近な異性は英雄だろう。真太郎といつも行動を共にしていたさくらだが、真太郎はさくらにとっては同性だ。

野崎彩先輩と同じく男尊女卑的傾向の強い家に育ち、そのことに悩み抗ってきたさくらにとって、渡米というのは一番いい選択だったかもしれない。恋愛の似合わない雰囲気が売りのさくらではあるものの、いずれ英雄と結ばれるのではないかと淳史は想像している。

その他の同級生は初志貫徹で水商売の道に進む者が多い。大学や専門学校に進むにしろ、昼間は学び、夜はお店で学費と生活費を稼ぐのだ。彼らのためにも業界全体がコロナ禍の影響から早く脱してほしい。

就職組で異色だったのは、A組のニッサンこと西林だ。彼は大相撲の世界に飛び込む。昨年の本間先輩に続き力士の道かと勘違いして、クラスメイトは驚愕《きょうがく》した。何しろ小柄で細身の西林の体重は四〇キロそこそこだ。

しかし、よく聞いてみると、西林は呼び出しの道に進むのだった。何でも本間先輩の入門をきっかけに大相撲中継を熱心に観るようになり、呼び出しの仕事に水商で教わったことが生きると気づいたという。

「呼び出しは力士のサポートをしながら、お客さんにも気を遣う。それって、ホステスさんとお客さんの両方に気を遣う黒服の仕事に近くない？」

この発言を聞いたみんなは、流石ニッサンと感心した。実習でも悪目立ちせずコツコツ真面目に仕事するニッサンは、仲間内でも評価が高かったのだ。これは間違いない選択だと思われている。

六階、七階でクラスメイトが自主練している姿を確認した後、淳史は八階の生徒会室に入った。

「おはようございます」

「おはよう」

先に来ていた下級生たちの挨拶に応え、自分の席につく。

このところの淳史の仕事は「都立水商生徒会運営心得」を広げ、内容をおさらいすることだ。

一年生の五月、突然A組の教室に現れた松岡尚美会長に誘われ、生徒会を手伝うことになった。その一年はこのノートに書かれている通りにイベントをこなしていった。一つの行事を終えるごとに中学までは味わったことのなかった達成感を得た。

そして「花の二学年」を迎えたところでのコロナ騒ぎ。水野会長の下で送った嵐の一年。すべてに亘ってかつて先輩たちがしなかった経験を積むことになり、このノートを読むだけでなく書き込む側に回った。

そして生徒会長に選ばれてからの一年。後輩たちにこの三十年で作り上げられた伝統を引き継いでもらおうと、三年生は力を合わせてくれた。前年と同じく新たに書き込むページは多かったが、その中には「創立三十年記念式」についてのページもあり、それは十年に一度の取り組みを成功させた立場からのものである。コロナ禍をものともしなかったその成果は、今後このノートを手にする後輩に勇気を与えるだろう。

この「都立水商生徒会運営心得」は門外不出とされ、先輩たちはここに書かれたマニュアル通りに生徒会を運営してきた。本来、このノートを渡すだけで次期生徒会長との引き継ぎは完了するのだが、今年だけはそうはいかない。淳史は新生徒会長にこのノートについて解説する必要があると思っている。何しろ今の二年生にとっては経験したことのないイベントの段取りが書かれているのだ。むしろコロナ騒ぎに翻弄された淳史たちより、見たこともない行事を復活させる次期生徒会の方が、その苦労は計り知れないものがある。

淳史は短い説明でこのマニュアル本の意味を伝える責任があるのだ。

新旧交代

十二月に入り、いよいよ生徒会長としての最後の仕事を迎えることになった。生徒会長選挙である。

選挙の結果、次期生徒会長には松橋浩二が指名された。

順当な結果と言われているが、去年の今頃の彼への評価を思うと不思議な気もする。

生徒会室での新旧幹部の引き継ぎではその話題になった。

「何だっけ、『太陽系一痛いやつ』だったっけ?」

淳史が遠慮なく問うと、

「いえ、銀河系一、です」

浩二の方も悪びれることなく答えた。

「あ、もっとスケールが大きかったか。それが一年後には生徒会長だもんな」

淳史の言葉を受けて浩二は愉快そうに笑い、

「でも、同級生に言わせると、俺を見てみんなやる気が出たそうです」

「へえ、そうなの?」

「はい。みんな俺は全然変わっていない、と言います。中身は大して変わっていないのに、やる気になっただけで先輩たちの評価が上がった、と。それが水商のいいところだと思ってくれたみたいです」

それで多くの票を集めたということらしい。

淳史は浩二との出会いからを思い出してみた。かなりの成長の跡が見えると思うのだが、互いに遠慮のない同級生の目には変わってないと映るのかもしれない。

「で、浩二自身はどう感じてるの？　変わってないって思う？」

「それなんですよ。俺の中身は変わってないというのは本当です。ただ、トミー先輩に『ストレートで行け』って言われたじゃないですか、あの言葉に従ったのがよかったと思ってます」

「あ、楽になったわけだな？」

「そうですね、そんな感じです」

「俺の場合と同じかも」

「そうなんですか？」

「うん。俺もこの学校に入ってからいい方に調子狂った感じかな」

「いい方に調子狂った⁉」

浩二が愉快そうに復唱して、笑い声を上げると、他のみんなも声を出して笑った。

浩二の横で夏目美帆新副会長も笑っている。

浩二が生徒会長に選ばれたのには、夏目美帆の影響も大きい。彼女自身が立候補すると思われたのに、浩二の応援に回ったのだ。美帆は全校生徒からの信頼が厚いから、彼女が推す人物として浩二も一目置かれたところはある。

美帆によれば、

「計算のできないわたしに生徒会の予算を任されても困ります。それ以外のことでは貢献したいと思うので、松橋君をサポートする側に回ります」

ということで、今後一年松橋会長夏目副会長のコンビで水商生徒会を牽引していく。つまりは浩二ひとりではなく、このコンビが多くの生徒の支持を得たのだ。

それに、ホスト科の「ナンパ実習」で加賀とわえをゲットしたことも浩二の快挙と認められている。ホストクラブは「永久指名制」だから、全校一の美女とわえは浩二以外のホスト科生徒は手を出せない。一回の勝利で永久シード権を得たスポーツ選手のようなものだ。水商売専門高校である以上、ある意味優等生の極みである。

かつて喧嘩で全校を制圧する「番長」になることを夢見た浩二だが、水商における正統な評価基準によってトップに選ばれたわけだ。

引き継ぎでは口頭で「都立水商生徒会運営心得」を新幹部に向けて解説した。みんな神妙な顔で聞いてくれた。

「今は少々不明な部分があるとしても、夏目副会長は文章を読み解く天才だからね。わからないときは全員一度立ち止まって、このノートに従って進めてほしい」

引き継ぎがすべて終わったことを確かめるため、淳史は「都立水商生徒会運営心得」の「新旧生徒会幹部の引き継ぎ」のページを開いた。このノートに目を通すのもこれが最後かと思うと、ちょっと感慨深いものがある。

「……よし」

確認できた。これで淳史たち旧生徒会幹部の仕事は終了だ。

「皆さん、お世話になりました。これからは君たちが中心になって頑張ってください」

淳史はここでの挨拶は軽いものにしようと思っていた。あっさりとバトンタッチする方がいい。

「こちらこそお世話になりました」

下級生たちは声を揃えた。

すると部屋の隅に控えていた一年生の山田謙信が、

「すみませんッ」

勇気を振り絞ったという切迫した表情を浮かべて声を上げた。

「ちょっといいでしょうか？」

淳史は浩二を見た。引き継ぎは終わったのだ。この生徒会室の主は淳史ではない。

この視線の意味は浩二に正確に伝わった。

「いいよ、何？」

浩二が謙信に発言を促した。

「……あの、冨原先輩には生徒会にお誘いいただいて感謝してます。僕みたいな者がお役に立てるか不安だったのですが、お手伝いできて本当に良かったと思っています。

それと、この前の、あの、三十年記念式の日に『鉄子の部屋』に連れて行っていただいてありがとうございました。あの、僕は中村先輩のお話に感動したんです。……あの、僕は別に学習障害とかはないんです。でも中村先輩と同じです。この学校がなかったら生きていけなかったと思います」

謙信の意外な告白に、明るかった部屋の空気が変わった。

「いじめられてたのかな？」

淳史が尋ねると、

「はい」

謙信は答えた後で今まで見せたことのない暗い表情になった。

「あまり思い出したくないですけど、中学までずっといじめられてました」

（どうして？）

尋ねたくなる気持ちを抑え、その言葉を飲み込む。

素直な性格の謙信がいじめられた理由がわからない。だが、いじめられた側に尋ねても明確な答えは期待できない。いじめる方の勝手な事情があっただけの話だ。思い出したくないのは当たり前だろう。謙信の受けていたいじめは死を考えるほど深刻なものだったのだ。その説明など不要だ。

「どんないじめだったか思い出すことはないよ」

淳史はまずそう言って謙信を安心させた。

「ミネの受けてたいじめについてもあまり詳しく聞いてない。俺たちクラスメイトも想像しているだけだ。でも、この浩二がいじめられっ子だったのは知ってるだろう？」

「はい、中学の同級生にいじめられていた話は伺いました」

「俺も同じだったんだ」

「え？」

謙信は淳史と浩二を交互に見た。

「つまり、今回都立水商では、中学時代のいじめられっ子からいじめられっ子に生徒会長がバトンタッチされたということだな」

冗談めかして言うと、

「ま、そういうことになりますね」

浩二も朗らかなトーンで同意した。

謙信を生徒会活動に引き入れたのは淳史だ。最後に彼の背中を押すのも自分の仕事だと思えた。

「謙信君、ここはそういう高校だ。中学でいじめに遭ったり、勉強で遅れを取ったりした者が、人生のセカンドチャンスを貰《もら》える場所だ。ちょっと早めのセカンドチャンスかと思われる話だけど、それを言えば、早過ぎる絶望だったんだ。だから、君もここにいる限り、ストレートで行け。誰にも気を遣わずに自分の思うままでいい。浩二もそれが良かったってさ。な？」

浩二に振ると、

「はい。……ほんとだよ。トミー先輩に言われたその日からストレート一本にしてみたら、なんかパーッと目の前が開けたんだ」

言いながら浩二は謙信に近づき、

「ケンシン、ストレートで頼むよ。一緒に頑張ろうぜ」

自分の顔の前で拳を握って見せた。

「はい、頑張ります。よろしくお願いします」

嬉しさで弾けた謙信の表情が眩しかった。

「まあ、浩二は生徒会長になった途端に自信満々ね。偉くなったものだわ」

会計を務めてきた三年生「クーベルタン・チャミ」こと五輪修がゲイバー科らしく茶々を入れ、全員で笑ってお開きとなった。

三年生幹部はそのまま一緒に下校した。

真太郎とさくらは運動部の指導に行くということで、淳史の他は前副会長の森田木の実、前会計の五輪修、前文化部長の加賀とわえだ。

本当なら学校を出て水商生御用達のコーヒーショップかハンバーガーショップで打ち上げとなるところだが、コロナ禍にあって下校時にどこかで屯《たむろ》することは厳禁だ。真《ま》っ直《す》ぐ新宿駅に向かうしかない。

靖国通りで信号待ちになった。

副会長として淳史をサポートしてくれた木の実は卒業後、例年水商祭で裏方の指導をしてくれている柳川《やながわ》氏の下で、舞台監督としての修業をするという。来年の水商祭では師匠とともに後輩たちの指導をする姿が見られるだろう。

木の実も大きな心の傷を背負って水商進学を決めたわけだが、今は全校生徒からの尊敬と信頼を得ている。峰明や美帆と同じく「水商があってよかった」と感謝しているうちの一人だ。

「誰かを陰で支える立場でいたい」

というのが、舞台の裏方を志望した動機だという。

学年一の美女であり、SMクラブ科を代表する女王様である加賀とわえも舞台の裏方の道に進む。長谷川敏郎さんに誘われて、長谷川さんの所属する劇団「東京あけぼの劇場」に美術スタッフとして参加するのだ。「東京あけぼの劇場」では他の劇団の大道具や、イベント等のセットの製作も請け負っているので、結構忙しい部署らしい。とわえ自身は水商で培った技術を生かし、背景用の絵を描く作業などに燃えているようだ。

しかし、淳史は知っている。長谷川さんはいずれとわえを女優の道に引き込むつもりだ。裏方をさせながら本人がその気になるのを待つ作戦らしい。

彼女らが裏方の道を志す理由も水商の教育の成果ではないか、と淳史は考える。水商で教わる心構えは「お客様第一」だ。他人を立てることに専心し、その満足した表情に達成感を覚える。きっと、この学友たちはすぐにその仕事ぶりを評価されるだろう。

そしてとわえに同じく、その容姿に恵まれた木の実もいずれ表舞台に回るかもしれない。長谷川さんによれば、裏方で舞台に関わりながら芝居を覚えたという役者さんは少なくないそうだ。

裏方の苦労を知る彼女たちならではの、心遣いのできる素敵な女優さんになってくれそうだ。

そんなことを考えていた淳史の方に顔を向け、

「わたしたち、よくやったということでいいよね？」

突然木の実が言った。淳史は他の二人と顔を見合わせる。

「うん、もちろんだ。コロナで大変な一年だったからね。それに負けなかったと思う」

淳史の返答に三人は満足げだ。

「なんか舞台セットの絵みたいだね」

右手にある大ガードの上の空を指さしてとわえが言った。

「本当ね。筆で描いたみたい」

「うわあ、いい色ね」

ビルの隙間の空は茜《あかね》色に染まっていた。この三年何度か目にしていたはずなのに、そのきれいな色合いに初めて出会ったように感じた。

美しい夕景は高校生活の終わりを象徴しているようだ。

(あとは俺の進路だな)

そんなことを思ったとき、信号は青になった。

自分の進路

冬休みに入ると、松岡先輩が冨原家を訪れて受験勉強を見てくれることになっていた。

その初日、淳史は自分の決意を伝えることにした。

松岡先輩が冨原家を訪れるようになった当初は、兄の常生《つねお》の友人たちが先輩を一目見ようと通ってきたものだ。今それはない。毎回集まっていた暇な大学生どもは「百万ドルの女王様」のご威光に恐れをなし、結局口説くどころか自己紹介もまともにできない自分たちの不甲斐なさを確認して撤退していった。

静かになっていい。

最初は松岡先輩の美貌に緊張しまくっていた淳史の家族も次第に慣れ、母の松岡先輩の呼び方は、

「松岡さん」

から、

「尚美ちゃん」

になり、先輩の方も、

「あっちゃんのお母さん」

と親しみを込めて呼んでくれている。事情があって実の母との関係を断っている松岡先輩は「お母さん」と口にすることはずっとなかったとのことで、母と話すのを楽しみにしてくれている。

母の方も先輩の来訪が嬉しいらしい。近所の住人が絶世の美女の登場に目を丸くするところを確認しては、

「尚美ちゃんが帰るときに、お向かいの奥さんがね……」

と帰宅した父に報告して得意満面になっている。

しかし、それも今日限りになるかもしれない。さぞや母は残念がるだろう。

淳史が部屋にいると玄関のチャイムがなり、母のハイテンションの挨拶に続き、それに応える松岡先輩の知的な低いトーンの声が聞こえた。

「あっちゃん、尚美ちゃんよ」

の声でドアが開く。顔だけ出している母の横に松岡先輩が立っている。

「あとでおやつの用意ができたら声かけるわね」

母はそう言い残して階段を降りて行き、松岡先輩がドアを閉めるとその足音は小さくなった。

淳史は松岡先輩が椅子に腰かけるのを確認してから座った。そのまま先輩の方に体を向ける。

「今日は聞いていただきたいことがあるんですけど」

「何？」

怒られるだろうか？　松岡先輩は怒りを示すプロだ。それはもう半端でなく怖い。

しかし、少女のような笑みにこそ、この人本来の性格が表れている。激しい怒りはSの女王様を目指して水商で培ったものだ。元々はぴん介先生の教え「絶対怒っちゃダメざんす」をすぐに実践できる人である。そう理解しているにもかかわらず、

「怒らないで聞いていただきたいんですけど」

淳史は余計な予防線を張ってしまった。

（いかん、小心者の本性が表れてしまった）

「だからなーに？」

ここは覚悟を決めるしかない。

「あの、僕、大学進学をやめようと思います。これまで勉強を見ていただいた身で申し訳ありませんが、受験はしません」

「ふーん、そう」

よかった。ひとまず怒られなかった。

松岡先輩は一度天井を見た。いつもの癖だ。視線が下りてきて、淳史の視線とぶつかった。

「どうして？　どうしてそう決めたの？」

ここで淳史はひとまず間を取った。息を整え一つ頷いてから続ける。

「松岡先輩が卒業されてすぐ、水商売の世界がコロナ禍の直撃を受けました。多くの先輩方がご苦労なさったと聞いています。水商売に偏見の目が向けられた時期もあり、水商不要論が力を持ち始めました。そして水商閉校に向けての陰謀も画策されました。こんな世情を見ていると、僕が大学に進むのは敵を利するだけだと思えるのです。生意気言うようですが、僕は水商の優等生です。学科と実技を総合すると間違いなく学年男子一番です。実技だけですとミネが一番ですし、学科では学年一番は城之内さくらになりますけど。とにかく水商の第一勢力であるマネージャー科の一番です。その僕が水商売の世界で力を発揮しないというのは、都立水商の存在意義を問われる事態です。松岡先輩と野崎先輩から進学を勧めていただいた理由は、都立水商の存続のためということでしたよね？　いい大学を出て行政に影響を及ぼす力を持つ、というのが目標でした。それはもう野崎先輩と出羽さんのコンビに任せていいと思います。僕は昨年の水野先輩に続き、業界で頑張ろうと決意しました」

用意していた主張を言い終えた。松岡先輩の反応を待つ。

「あっちゃんがそう決めたのならわたしは賛成よ」

あっさり言われて拍子抜けする。

「いいんですか？」

「わたしや彩ちゃんに遠慮することはないわよ。自分の信じる道を行くべきだわ」

せっかくこの先のセリフも用意していたのに、無駄になりそうだ。勘のいい松岡先輩のことだ、きっと淳史の言いたいことはお見通しなのだろう。

「ほんとにすみません。ずっとお手間を取らせてきたのに」

「わたしのことはいいけど、ご両親には話したの？」

「まだです。まず松岡先輩にお話しして、と思ってました」

「そう。わたしなんて後でよかったのに」

「そうはいきません」

松岡尚美は淳史にとって一番大事な人だ。自分の決意をまず知ってほしい人なのだ。

「いつから気持ちが変わったの？」

「『ほっとけん』の事件のときです」

「ああ」

「あのとき、売春組織を運営していたのは退学した木島龍平でした。あいつが退学したのは、水商に入っても評価の基準を変えなかったからだ、という結論になりました。伊東先生と事件を分析したときの話です。それをきっかけに自分の進学について矛盾を感じ出したんです」

「矛盾？」

「僕は中学でいじめに遭い、カンニングの罪を着せられ、自暴自棄になりました。テストでいい点を取ればカンニングを疑われると考えたんです。今思えば逆ですね。その後もいい成績を収めれば、不正の必要のない生徒だと立証できたのに。でもまあ、それで成績が落ちて水商以外の選択肢を無くしました。ところが、水商に入学して新たな基準で評価してもらえたことで、一般科目の成績も回復しました。水商と同じ偏差値の普通高校に進んだのでは、今と同じ結果になったかは疑問です。僕には自分を見つめる新しい視点が必要だったんです。そんな水商での評価に救われた僕が、偏差値が少し上がったから進学します、というのでは、結局ペーパーテストの結果で左右される道に引き戻されただけということになります」

「そうね、水商で学んだことの多くが無駄になるわね」

そうなのだ。進学を選んだのでは、淳史にとって水商の三年間は精神的リハビリ期間としての意味しか持たなくなる。ちょっと寄り道しただけの母校にしたくない。都立水商が指し示す道に進んでこそ、学友と共に過ごした日々が意味を持つのだ。

「そういうことなら彩ちゃんも納得してくれると思う」

「そうでしょうか？」

「わたしと彼女もあっちゃんと同じジレンマは感じてるの。わたしたちは水商卒業生の正統派とは言えない身だものね」

「それは違います」

二人の先輩が水商を選んだ事情は淳史とは違う。そのことは水商関係者には知られているから、彼女らの今の姿で母校の評価が歪められる心配はない。

「いいえ、同じよ。これはね、開校以来先輩たちが抱えていたジレンマではあるの。ただ、小田先生だって、当時のソープランド科の優等生だったのが、進学したわけだし。小田先生の場合は進学第一号ということで、周囲から手放しで喜んでもらえたみたいね。でも、わたしの場合は、クラスメイトの中から『百万ドルの契約金を受けて渡米してもらいたかった』という声もあったのよ」

「そうだったんですか？」

「その声は嫉妬から出た悪意ある言葉ではなかったから、わたしはすまないと思っただけで、傷つくことはなかったわ。それに正論でしょう？　だって、卒業生が高額の契約金で評価してもらえることの方が、SMクラブ科にとっては進学するより嬉しくなければおかしいし」

確かに正論だ。松岡先輩のクラスメイトからすれば、自分たちのナンバーワンが高額で評価されることは嬉しいことであり、アメリカで成功する姿を見れば誇らしく、自分も頑張る気になるのは間違いない。名門お茶の水女子大学に合格した、ということも誇らしいことには違いないが、三年間共に学んだ技術を生かさない道に進む姿は、ともすれば自分たちを否定されているような気分にもなりかねない。

「だから、そうね、あっちゃんの決断は正しいと思う。でも、あの『ほっとけん』の事件からもうずいぶん経つよね。どうしてすぐに相談してくれなかったの？」

一番痛いところを突かれた。しかし、これは絶好の機会でもある。どうしても通らなければならない関門だ。

「あの、これはとても恥ずかしい話なんですけど、あの、怒らないで聞いてください」

また小心者の素顔が出てしまった。

　ここからは本音を語らねばならない。

「僕はあのときすぐに水商売の道に進むべきだと決意しました。何というか大袈裟《おおげさ》ですけど使命感に燃えました。一年生のときに先輩から教わった『働きアリの法則』『二八の法則』でいえば、業界を引っ張る二割の方にいて先輩後輩と力を合わせよう、そうして業界と母校の両方を守ろうと決意したんです。でもこのことは伊東先生にも両親にも話す前に先輩に話そうと思っていました。で、これまで機会がありながら、先輩に話さなかった事情ですが……」

　ここで母が「おやつよ」の声をくれないものかと淳史は願った。一息入れたい。だが、そんなムシのいい話はなく、淳史は尚美先輩の美しい瞳を見つめて（吸い込まれそうだなあ）とぼんやり思い、喉がカラカラになっていることを自覚した。

「何？　どういう事情？」

「僕は……先輩と一緒にいる時間を失うことを恐れたんです。先輩とこうして二人きりになる時間がなくなることが嫌だったんです」

「……」

　何か言ってください。この際怒られてもいいです。いや、怒られた方がいい。黙ってそうしていられると、この告白を続けなければならない。

「……あの、お気づきかどうかわかりませんが、僕は、その、水商に入学して初めて先輩とお会いした瞬間、恋をしていました。自分でもそのことにしばらく気づきませんでしたが、確かにそうなんです。それから他の女性に心を惹かれたことは一切ありません。今の僕の一番の望みは、先輩とずっと一緒にいることです」

「……ずっと?」

やっと言葉を発してくれた。

「そうです、ずっとです」

「ずっとってことは、ずっと?」

「ずっとです。一生ずっとです」

「……一生ってことは、結婚したいってこと?」

「……いや、どうなんだろ? こんな風に勉強をみてもらうことでもいいのかな?」

「一生受験勉強はしないよね?」

先輩はクスッと笑った。

「ああ、そうですよね……そう、結婚です。僕は先輩と結婚したいです。それならずっと一緒にいられます」

ああ、言ってしまった。

しばらく間があった。吸い込まれそうな瞳を見つめたまま、淳史は母の「おやつよ」の声に再び期待した。やがて先輩の花のような口元が動いた。

「ありがとう。あっちゃんの気持ちは嬉しいよ」

あ、これはフラれるときのパターン？　相手を傷つけない手法だ。

そう思いながらも、淳史は先ほどより落ち着いていた。ずっと胸の中に収めていたものを吐き出した後で、続く先輩の言葉を待つ余裕と受け止める覚悟ができていた。

「わたしもあっちゃんのことは好きだよ」

（ウソ⁉）

「でもね、あっちゃん、わたしが水商を選んだ事情は話したよね？　わたしは男とのセックスを嫌悪している。ひどいトラウマを抱えているからってことは自覚しているし、カウンセリングを受けろとも言われてるけど、絶対に嫌。カウンセラーの力でこの問題を解消しようとは思っていない。でも、一度あっちゃんのほっぺにキスしたことあったよね？」

これを口にした瞬間、先輩の頬が薄くピンクに染まった。

淳史の胸の奥に大事にしまってある思い出だ。あのときの感触と匂いは一生忘れない。

「あんなことあれが最初で最後。あれからまた男の人とは手も触れていないわ。コロナ騒ぎで本当に助かった。男性と握手をしないですむからね」

この先輩は水商ＳＭクラブ科で触れ合わずに男を支配する方法を学んだ。それを学ぶために水商を選んだ人だ。

「だからね、あっちゃんだけはわたしの中で特別。わたしにとって一番身近な男性は間違いなくあっちゃんだよ。そうね、あっちゃんとだったらずっと一緒にいても平気かも。でもそれは、あっちゃんと死んだ弟を重ね合わせているからかな、とも思う」

ここまでの会話で淳史は十分に幸せだった。

「でもね、あっちゃんと一緒に暮らすとしても肉体的に結ばれることは永久にないかもしれない。とりあえず今のわたしには想像もできないわ。するとね、誰かを傷つけるかもしれない。あっちゃんのお母さんもお孫さんがほしいでしょうしね。わたし、あっちゃんのお母さん大好きなんだ。あのお母さんに淋しい思いをさせたくないでしょう？」

「何言ってるんですか、子どものいない夫婦は世の中いくらでもいるじゃないですか。それに、それに、うちの母は先輩のことが大好きです。今日もそれは感じたでしょう？」

「……そうね、それはありがたいと思ってる」

何か思ったよりいい方向に向かっている。いつもならずっと上に感じる松岡先輩との年齢差が、今はなくなっている。

「わかった、こうしましょう。これからもこうしてここで過ごしましょう。時々ね。あっちゃんが働き始めてもそれぐらいの時間はあるだろうし。でもいずれあっちゃんに他に好きな人ができるかもしれない」

「そんなことあり得ません」

「今はそう思ってるだけよ。素敵な女性が現れて、一緒に子どもを育てたいと思うかもしれない」

「だから……」

「いいから、黙って聞きなさい！」

突然女王様が現れた。淳史は座ったまま背筋を伸ばす。

「……はい」

「そのときはちゃんと言ってね」

先輩は少女の目をしていた。あの女王様はどこに消えたのだろう。

これは何かの始まりということなのだろうか？　淳史は限りなく幸せだった。

三学期

三学期になって早々、三年生を当惑させる出来事があった。

卒業後、芸者幇間ゼミ講師として水商に週二回通うことを希望し、学校側からも認められていた峰明がその待遇を撤回されたのだ。

峰明の愛校精神は水商関係者には知れ渡っている。また、幇間として故桜亭ぴん介先生から受け継いだ芸も確かなものだと評価されてもいる。本人と学校、双方にとって願ってもない形だと思われていたのに事態は急変した。

「どういうことなんだよ⁉」

クラスメイトの中から憤慨する声が多数上がり、ミネが可哀《かわい》そうだ、と皆同情した。

しばらくして事実が伝わってきた。

学校側も峰明が来年度から講師として通うことを歓迎して、その準備も整っていたのだが、別の方面から待ったがかかったのだ。その声の主は故桜亭ぴん介先生である。

ぴん介師匠は自分の死後、弟子のぽん吉こと峰明が水商に残りたがるのではないかと危惧して、密かに夏目美帆に遺言動画を撮らせていたらしい。

「もしぽん吉があっしの跡を継いで水商講師になろうなんてことを言い出したら、これを見せたってておくんなさい」

ということだった。

一旦は峰明の講師就任が決まり、喜ぶ当人を見ていた美帆としては随分悩んだようだ。峰明の希望にそぐわない方向に進むのがわかっているから言い出せなかったらしい。しかし、そのままでは尊敬するぴん介先生の遺志に背くことになる。美帆は意を決して遺言動画の存在を学校側に報告した。

プライベートな内容でもあり、峰明と担任の伊東先生の二人だけがこの動画を確認したようだ。伊東先生は学校側を代表する立場でぴん介師匠の遺志を確認し、峰明と合意の上で講師就任の話を白紙に戻すことにした。

そういうことならば、学友としても口を出せない。みんなは残念がりつつも、本人納得の上での結論ということでこの話は決着した。


一月も半ばを過ぎた。高校生活も残すところは数週間でしかない。

このところクラスメイトと放課後の教室で話し込む毎日だ。お互い別れが惜しい。

この日も、窓際の席で淳史、峰明、渡、真治の四人で集まった。

淳史は生徒会、峰明は芸者幇間ゼミ、渡と真治は部活の練習でずっと忙しく、これまで放課後にじっくり話す機会はなかった。

「もうすぐ二人とも大学生だな」

淳史に言われて、渡と真治は顔を見合わせる。

「うん、入学したときには大学なんてまったく頭になかったのに、不思議だよな」

渡が相槌を求めるように言うと、

「ワタルは最初からプロを目指していたんだろう？　俺なんてバスケットは高校で終

わりのつもりで水商売目指してたのに、ヒデが入学してきてから大きな渦に放り込まれたようなもんだよ。あれあれ、って思っているうちに進学が決まっちゃった」

　真治は自身の当惑を語った。

　確かに渡は入学時から注目されていたが、真治の場合は二年生になって急にチームが強豪となり、自分自身に対する評価も変わって面食らうことばかりだっただろう。

「二人ともすごかったよ。スポーツニュースで二人が映るたびにね、妹が『この人はお兄ちゃんと同じ学校なの？』って聞くんだ。『同じクラスだからよく知っているよ』って教えたらびっくりしてたよ」

　峰明は二人の活躍を自分のことのように誇らしく思っている。淳史もそうだ。クラスメイトを応援した場面は、高校時代の思い出として将来一番の輝きを放つだろう。

「それはこっちも同じさ、ヒデがインタビューで尊敬する先輩としてミネの名前を挙げたろう？　あのときはミネと同じクラスだって、家族に自慢したよ」

「あ、俺も俺も」

　渡と真治は自分たちも峰明を誇らしく思っていることをうまく伝えた。聞いている峰明の頬が赤く染まる。

　照れ隠しなのか、峰明は他の三人から視線を逸《そ》らし教室を見回した。

「もうここに通えないなんて、僕淋しいな」

峰明にとっては自宅よりも安心して過ごせる場所がここなのかもしれない。

「ゼミの講師で残れたらよかったのにね」

真治が惜しむと、

「それはもう諦めたよ」

峰明は少し複雑な表情を見せた。渡がそれを気にする。

「納得してるんだろう？」

「うん」

これはいい機会だと思った淳史は、

「みんなもミネが納得しているんだから仕方ないとは思ってるんだけどね。ぴん介先生にどんなことを言われたのか教えてくれる？」

と尋ねてみた。遺言動画の内容を知っているのは、撮影した夏目美帆と峰明と伊東先生の三人だけだ。それだけ個人的な内容だから、親友とはいえこうした尋ね方が礼儀だろう。

「いいよ。……ぴん介師匠は、ぽん吉はあっしより才能があるんだから、水商に留まってはいけやせん。それじゃあ、落第と同じだよ。教えるのなんざ、六十過ぎてからでも遅くないんだからね。そんな若いうちから同じ場所に留まってちゃいけないよ。……まあ、そんなことを言ってたよ」

「なるほどね」

峰明は一言一句違うことなく師匠の言葉を暗記しているはずだ。

「字が読めないなんてことは、世間に出りゃあなんてことはない話だよ。あっしなんざ老眼で新聞なんて読めやしないんだ。同じこったろ？　それよりもお前さんしかできないことが他にたんとあるんだから、それを生かすことを考えるんだよ。お前さんは、あっしを丸ごと真似するなんてことを言ってたけどね、あっしよりお前さんの方が器の大きな人間なんだ。大きいもんがわざわざ小さくなってどうするってんだよ。ね、今の、高校生のお前さんはサナギだ。もうすぐ羽が生えて空に羽ばたけるってもんだ。サナギを小さな瓶に入れておいたんじゃ、羽を広げられずにおっ死んじゃうよ。広いところに出してやんなきゃ……あっしはね、もうすぐ死ぬなんてこたあ、怖くもなけりゃ、惜しくもないんだけどね、ぽん吉、お前さんの大きく羽ばたくところを見られないことだけ残念だよ。ね、欲張って幸せになっておくんなさい……」

聞いている三人の方が涙を浮かべてしまったが、峰明は師匠の「あっしが死んでも泣いてはいけやせん」を守っているのか、言い終わると口をへの字に結んで目を大きく見開いている。

「やっぱりぴん介先生はいい先生だったね」

「ゼミを受けてない俺たちも影響受けたし」

「そうだよ、すごい影響だよ」

峰明は師匠を称えられることを何より喜ぶ。への字だった口元が笑みでゆっくり緩んでいった。

芸者幇間ゼミ講師の話が消えて、時間的制約の無くなった峰明にはホテルニークラの正社員の道が開けた。達人と呼ばれているドアマンの後継者となるのだ。この字の読めない峰明は、筆記試験なしでいきなり面接を受けた。このあたりは父である中村真《まこと》氏がホテル側に話をつけてくれたようだ。ホテル内を一周しただけで内部構造を記憶した峰明に支配人は舌を巻いたという。近く退職する名物ドアマンも峰明の可能性を認めてくれた。

利用者の名前を一度で覚え、ホテルの案内を完璧にこなす峰明は重宝されるに違いない。考えてみると、ぴん介先生の遺言に従ったのは正解だった。つまりどの道に進もうと峰明の師匠は桜亭ぴん介以外にはない。

「この前、ホテルニークラに行ったよ。親父のお供でね……」

渡が峰明にホテルニークラの印象を語り出したとき、

「失礼します」

教室のドアが開き松橋浩二生徒会長が入ってきた。

「ちょうどよかった。これはまた豪華メンバーがお揃いですね。トミー先輩に報告に来たんですけど、皆さんにも聞いていただこう」

「何だい？」

「卒業証書授与式とその後の『卒業生を送る会』をどんな形で実施するか、だいたい決まったので報告に来ました」

これは三年生としては聞いておきたい。淳史は空いている席を浩二にすすめて四人で聞く態勢を作った。

「結局コロナ対策も考慮しまして、体育館で卒業生と教職員保護者が参列し、在校生は教室でリモート参加と決まりました。来賓はなしです。創立三十年記念式で来賓にご挨拶いただいていますし、今回はそれで行こうかと。どうしても縮小した感はありますけど。すいません」

「浩二が謝ることじゃないさ。コロナ対策は卒業生もわかってるし」

「その代わり美帆の指導の下、送る会で流すスピーチの動画を一年生が製作中です」

「来賓の出席なしをそこでカバーするわけだね。スピーチは誰に頼んだの？」

「それは秘密らしいです。サプライズってことで」

「なんだ、焦らすなあ」

「いや、実は俺も知らされてないんです」

「そうなの？」

ここまで話していても、新生徒会が順調に船出したのがわかって嬉しいし、頼もしい。

浩二は「自分の中身は変わっていない」と言っていたが、話していてもまず目が違う。この落ち着いた眼差《まなざ》しは、心の変貌を示しているように思える。

「去年の完全リモートに比べたらずっと恵まれてるよ。ありがとう、浩二」

淳史と浩二のやりとりを黙って聞いていた渡が礼を言うと、

「いえ、最初は例年通りの形で、と頑張ったんですけど」

浩二の方が無念そうにしている。その様子を見て、

「上出来だよ」

真治が慰めるように言い、

「来週は修学旅行だよね、羨ましいな」

峰明が話題を変える。

三泊四日の短縮版となったものの、二年生の修学旅行は復活したのだ。

「いやあ、それも先輩方に申し訳なくて」

コロナ禍の影響で淳史たちは修学旅行の思い出を失った。個人的な卒業旅行も難しそうだ。

「そんなこと気にするなよ。楽しんできな」

という淳史の言葉に、

「はい、その代わり送る会は盛り上げますから、期待してください」

そう応じて帰ろうとする浩二を、淳史だけ廊下まで見送りに出た。急いで生徒会室に戻るかと思われた浩二は、教室を出てすぐのところで立ち止まった。

廊下は静かだった。3Aと同じく教室内では話し込んでいるグループもいるかもしれないが、廊下の端まで人影はない。その無人の廊下を二人は並んで数秒眺めた。

「トミー先輩」

「何？」

「去年の今頃でしたかね？　生徒会室で先輩に話していただいたの」

「そうかな？　そうだったね」

あのときまではこの後輩が大嫌いだった。

「あれです、あのときです、俺の気持ちが変わりました。世の中が明るく見え始めたんです。こんなに年齢の近い人に大きな影響を受けるなんて想像もしてませんでした。今は感謝しかありません」

「やめろよ、怒るぞ」

「絶対怒っちゃいけません」

「ぴん介先生じゃねえよ！　照れるだろ、って言ってんだ。でも、ま、こちらこそありがとう。それに俺もこの学校に入って先輩からすごい影響受けたんだから、なんだな、順送りということだよ」

「そうですね」

「ケンシンはしっかりやってる？」

「あいつ送る会に向けて張り切ってますよ」

「そうか、ケンシンをよろしく頼むよ」

「はい、順送りですもんね」

「そういうこと」

最後に水商生らしい丁寧なお辞儀をして、浩二は八階に戻っていった。

誇るもの

二月になりクラスメイトの進路はすべて決定した。

就職活動に出遅れた感はあったものの、淳史は二十七期生の水野先輩の勤める会社に採用された。オオバコのショーパブやクラブを運営している会社だ。まだどの店になるかは決定してないが、いずれにしても都内か横浜市内になるから、自宅からの通勤になるだろう。「使えるウェイター」として重宝されている先輩方の中、特に水野先輩は評判がいいようだ。淳史はその水野先輩と同じく水商生徒会長だったということで、会社側も期待してくれているらしい。

頑張り甲斐があるが、多少緊張もする。これまでも店に出た経験はあるものの、それはあくまで実習としてだ。四月からはいつも周囲にいて助け合ったクラスメイトはいない。新人として先輩たちの厳しい要求に応えなければならないのだ。

それは同級生全員同じ事情だから、卒業間近といえども教室の雰囲気に浮ついたものはなかった。

「昨夜の野崎彩が出ていた『おしゃべりテン』を観た者は？」

月曜朝のホームルームで開口一番伊東先生が問いかけた。

(あのことか⁉)

淳史にはピンときた。淳史を含めほとんどの生徒が手を挙げた。野崎彩先輩が出演する番組を水商生は気にしている。淳史の家のテレビも「野崎彩」の名前の出る番組はすべて録画するようセットされている。

日曜午後十時から放送の「おしゃべりテン」は、結構長く続くトーク番組で十人のゲストが人気司会者の振るテーマで語り合う。そのゲストもアイドルや俳優だけでなく、政治家なども交えていて、ときには硬いテーマにも話題は及ぶ。

昨夜の出演者は女性アイドルが半分を占め、華やかな雰囲気で番組は進行していた。

「アイドルということで、みんなはファンの夢を壊したらまずいでしょう？　僕らの若いころはねえ、もうスターはトイレにも行かないと信じてたぐらいですよ。ねえ、仲小路《なかのこうじ》さん」

司会の亀家若松《かめやわかまつ》は同年代の軍事評論家仲小路泰三《たいぞう》に話を振った。

これも上手い演出だった。アイドルとは無縁な雰囲気の仲小路に、この話題で語らせるのは面白い。

「……そうですね」

仲小路はふだんの低く静かなトーンを変えずに応じた。

「女優の古永《ふるなが》しおりさんがトイレに行くなんて想像もできなかったですね」

「でしょう？」

若い出演者やスタジオ観覧者からは「何それ？」の笑いだ。

「いや、ほんとだって、それぐらい昔のスターは雲の上の人だったの！　今はそんなこともないだろうけど、それでも夢を売る商売でしょう？　何か夢を壊さない努力してる？」

ここでアイドルたちに発言を求める。

最初に答えたのはアイドルグループに所属し、女優でも活躍する砂崎沙理香《すなざきさりか》だった。

「わたしは、岩田順二《いわたじゆんじ》さんに言われたんですけど……」

「お、岩田順二！　カッコいいね」

岩田順二は司会の亀家若松と同年代の俳優だ。

「『僕たちは夢を売る仕事だから、新幹線や特急列車に乗るときには、無理をしてでもグリーン車に乗りなさい』って。それでわたし、プライベートでもグリーン車に乗ることにしてます」

「ほう」

亀家は観覧席と同じタイミングで感心してみせた。

「彩ちゃんもそうしてる？」

ここで話を振られた野崎先輩は、

「いや、どうでしょう？　確かに仕事のときはグリーン車での移動は多いですけど、プライベートだったらこだわらないというか、そこはどうでもいいかな」

「でもそれだと、『あ、野崎彩が普通車に乗ってる。ケチ臭いなあ』って思われない？」

「って言っても、わたしまだ十代ですし、そこはいいんじゃないですか？」

「じゃ、何か他にファンの夢を壊さない努力はしてる？」

「どうでしょう？　あ、お店でも乗り物でもトイレは綺麗にして出てますかね」

「トイレ?」

「はい。お店なんかだと汚れてたら掃除道具をお借りして綺麗にします。『野崎彩の後でトイレに入ったら汚れてた』って言われたくないですから」

この発言に対する反応はどことなく「微妙」に感じられた。並んで座っている他のアイドルたちに共鳴する空気はない。

「へえ、それはアイドルになってからの習慣?」

「そういうわけではないです」

「それは野崎家のしつけかな?」

「いえ、学校での教育です」

「というと、ええと彩ちゃんは都立水商出身でしたっけ?」

「はい」

「都立水商でそういう教育を受けた、と」

これは水商生なら誰でも思い当たることだ。

水商では、入学直後から、

「トイレ掃除に手を抜く店は流行らない」

と徹底的に指導される。校外店舗実習では、とにかくトイレ掃除を完璧にし、営業中も常に気にするように言われる。

そんなことから淳史は家でもトイレの掃除をするようになった。

昨夜の番組内では、

「都立水商の誇りは学校のトイレがいつも綺麗なことです」

野崎先輩がそう言ったところで、スタジオで笑いが起こった。一部は野崎彩が冗談を言ったと思ったようだ。砂崎沙理香はじめ居並ぶアイドルたちは失笑という印象だった。

「素晴らしいですね、都立水商」

そのとき仲小路泰三が自分から発言した。

「仲小路さんはそう思う？」

「はい。昔、昔と言うのはわたしがまだ中学生の頃ですが、『沈黙の提督』と呼ばれていた元海軍大将が新聞社の取材に一度だけ応じましてね。そのとき、

『大日本帝国海軍の誇りは何か？』

という質問を受けたんですよ。まあ、ふつうに想像すると、戦艦大和《やまと》だの海軍航空隊だのと答えそうなものじゃないですか？　しかし、その『沈黙の提督』は即座にこう答えたんです。

『軍艦の便所がいつも綺麗なことだ』」

「ほう」

「アメリカの海軍でも便所掃除当番を『キャプテンオブヘッド』と呼ぶらしいのです。帆船時代のトイレは舳先《へさき》に、船首にあったわけ。それで『キャプテンオブヘッド』。ヘッドは船首の意味ですね。その当番が実によく働く。人の見ていないところでも自分の務めを果たす。それが海軍の誇りだと。あのね、戦後は軍人というだけで批判的に見る向きがあるけど、やっぱり戦前の彼らはエリートだったわけで、そこは教育者としてもちゃんとしてたんですよ。その海軍と同じくトイレの綺麗さを誇りとする都立水商はすごい」

言い終わると仲小路は野崎彩に拍手を送った。当の野崎先輩は、

「いやあ、そんなたいそうなことでも……まあ、水商ですから、海軍とは水繋がりで」

ととぼけていた。

伊東先生は、番組を視聴していない生徒のためにおおまかな説明をして、

「やっぱり野崎彩は誇るべき卒業生だぞ。わたしも常々同じことを思っていた。うちの校舎内のトイレはいつも綺麗だろう？　水商生の行くところ、どこであってもトイレは綺麗だ。汚す方は一人いれば十分だ。常に清潔であるのは、すべての生徒の心がけということになる。このことは思っていても、これまで口に出したことはなかった。卒業を控えた君たちに、これを言葉にして伝える機会があって本当に良かったと思っ

てる。卒業後もその心がけを忘れないでいてくれ」

伊東先生はさも今朝は気分がいい、といった表情を見せてから教室を出て行った。

代わって、石綿先生が教壇に立つ。これから日本史の授業だ。

「いや、まったく昨夜の野崎彩はカッコよかったね」

石綿先生は日本史とまったく関係ない話を始めた。

「先生、惚れても無駄だよ」

生徒の方もこの兄貴分的先生には心安く、ため口で茶々を入れる。

「いや、それはわかってる。惚れない、惚れない。第一、あんな本格的女王様なんて怖くて仕方ないし、あの天下の秀才出羽君と張り合う実力は持ち合わせないし」

笑いの中に、

「出羽さんよりナオさんの方がモテそうですよ」

の声が上がる。

「いやいや、それだって俺が『ふつう』ってだけだろう？」

確かに出羽さんは何を考えているかわからない雰囲気ではある。

「ちょっと日本史と関係ない話をしていいかな？」

「どうぞ！」

一斉に声を揃えた。

授業の脱線は大歓迎だ。高校最後の学年末試験が控えているとはいえ、ここで落第はあり得ない。そこは教師と生徒の暗黙の了解だ。

「水商に来て色々学ぶことが多かったんだけど、今朝は今の野崎彩の話で職員室は盛り上がった。確かにこの学校はトイレに限らず、どこも掃除が行き届いてる。明らかにそこは他の学校に優るよ。だけども、教師側からそこを褒めることはしてこなかった。そこにも理由があるんだ。どういう理由だと思う？」

問われて生徒同士で顔を見合う。

「生徒にそれを当たり前と思ってほしいからなんだそうだ。褒めれば特別なことになってしまうだろう？」

これは納得だ。入学以来校内が清潔なことに慣れてしまっている。

「褒めずに当たり前のことにする、というのはわかったんだけど、綺麗だから汚さない、汚さないように気を遣うから綺麗、という好循環を作るのにどうしたのか聞いてまたびっくりした。学校創立の頃のマネージャー科の先生方が徹底的に掃除したそうなんだ。創立時の講師というと黒沢先生たちだな。その先生たちが、汚れているところを生徒の気づかないうちに掃除する。そうして、まず綺麗で当たり前の環境を作り上げた。これにまた感心したよ。生徒に口で指導する前に自分たちで徹底したなんてね」

これは淳史たちも驚きだ。目の合ったクラスメイトの表情はみなどことなく嬉しそうに見えた。

「で、今日はいい機会だったから、これまで疑問に思っていたことを先生方に尋ねてみた。ぴん介先生の『師匠の言うことは鵜呑みにすることが肝要』ってやつだ。これには常々確信が持てなかった。だってそうだろう？　師匠だって人間だ、間違ったことを言うかもしれない。それを鵜呑みにするのは危険だと思っていたんだ。これは伊東先生に答えてもらった。『金言』という言葉がある。金のように貴重な言葉ということだな。砂金を取ろうと思ったら泥をよりわけてほんのわずかな金を探す。つまり泥も掬《すく》わないと金は得られない。『金言』も同じことで、師匠の言うことすべてが金ではないんだ。師匠といえども人間だ。間違ったことや非常識なことを発することもあろう。だけども弟子である身で、『それは泥だ』と小賢《こざか》しく評価していては真の『金言』は得られない。それに一見泥に思える言葉が何年かして金とわかる日の来ることもない話ではない。だから鵜呑みにする。でも、これはこの学校だからこそ奨励している考えで、生徒が金か泥か実践的にすぐ検証できる立場にいるからだ、ということだった」

確かに実習の多いこの学校では、学んだことの価値はすぐにわかる。それに実習では頭で覚えていては間に合わない場面も多い。体で覚えることの方が多いのだ。師匠の言葉に言葉を返すことを繰り返していては埒《らち》が明かないだろう。

「この学校の価値はそういう言葉にできない部分にあるのかもしれない。だから、自分はまだまだこの学校の教えを理解しきれてないと自覚したよ。何しろ、目に見えないところ、言葉で語られていないところに真髄のある学校だからね」

しきりに感心している石綿先生に、

「先生、また何か気づいたら言葉にして発信してくださいよ。俺たちは卒業するし、伊東先生も退職されます。残るのは先生だけです」

と淳史はリクエストした。他のクラスメイトも、

「そうだよ、そこんところアピールしてくんないと」

「ナオさん、頼むよお」

「少しは役に立ってよ」

などとひどい言い方ながら、この若い恩師に母校の未来を託す。

「そうだな、自分が感心しているだけじゃダメだな。うん、都立水商広報担当のつもりで頑張るよ。任してくれ」

石綿先生は自分の胸をポンと一つ叩いて請け合うと、教科書を広げた。

屋上

卒業式まで四週間を切った頃から、昼休みや放課後の屋上がキナ臭くなってきた。

例年この時期の「裏イベント」と呼ばれる「告白」に利用されるのだ。

これはどこの学校でも同じだろうが、卒業という別れが迫り、これまで好きな相手に気持ちを伝えることを躊躇していた連中が焦り始める。そこで、屋上に呼び出しては「告白タイム」とするのである。

これも三十年に亘る伝統の一つで、メールなどで済ます告白は「邪道」と蔑まれる。

3年A組では、内山渡と池村真治のキャプテン二人はほぼ毎日屋上に通っては、手紙やプレゼントを持って教室に戻ってくる。

ホスト科では吉野ツインズが呼び出される筆頭らしいが、

「呼び出す方が双子を見分けているか疑問だ」

とされている。

そんな同級生の様子を他人事《ひとごと》と思って面白がっていた淳史に呼び出しがかかった。

「昼休みに屋上に来てほしい」

と連絡してきたのはさくらだ。これは誰かにさくらが頼まれての呼び出しと思われた。同級生には淳史が松岡尚美先輩に恋していることは知られているから、

（もしかして下級生か？）

淳史は身構え、結構ドキドキしていた。

屋上への呼び出しは、単身で応じるのが不文律となっている。誰かに付き添ってもらうのは反則だ。そして、呼び出されたことはクラスメイトに知らせる。これも暗黙のルールである。

「じゃ、行ってくる」

そう言って教室を出ようとすると、

「断わり方によっては逆恨みされるかも。刺されるなよ」

亮太が嫌な声をかけてきた。

屋上に出てみると、そこかしこでこそこそ何やら話し込んでいる男女が何組もいる。

笑顔で明るく話しているのは相思相愛を確かめたカップルだろうか？

この屋上は転落防止のために金網で鳥かごのように覆われていて、季節のいい頃にはここで弁当を広げる生徒もいる。かつて初代番長を決める戦いで小田真理先生が勝利を収めた場所でもある。

しかし、何といってもこの屋上が一番賑わうのはこの「告白タイム」の時期なのだ。

淳史はここに呼び出された経験はなかった。一度は経験しておくのもいいかとも思ったが、面倒な話になるのも嫌だ。

意外なことに待っていたのはさくら本人だった。

「さくら、誰に頼まれたの？」

ここはサッサと用件を済ませて教室に戻りたい。

「頼まれたわけじゃないよ」

さくらはいつもの冷静さを失わずに応じる。

(どういうこと？)

誰にも頼まれてないとすればさくら自身が淳史に告白する話になる。

(いやいや、それはないだろう)

元々恋愛から一番遠い印象のある女子がさくらだ。それは初対面のときから変わらない。

「あのさ、わたし卒業式の翌日に出発するんだ」

「聞いてる。成田までみんなで見送りに行くよ」

さくらはその日の便でロスに渡り、英雄と合流することになっている。

「でね、トミーに頼みたいことがあるんだ」

「何？」

さくらが頼み事など初めてだ。これまでは常に「誰の世話にもならない」オーラを発してきた。

「頼みというのは真太郎のこと」

「ああ」

これまでずっと行動を共にしてきた二人だ。それがもう少しで太平洋を隔てて生活することになる。

「真太郎を見ていてほしいんだよ」

「心配しなくても真太郎は大丈夫だよ。『鉄子の部屋』でもすぐに売れっ子になるさ」

「そういうことじゃなくて……ほんと、トミーは鈍いよね」

「そうかな？　どうして？」

さくらはフッと小さく溜息を吐いた。

「真太郎に頼まれたわけじゃないけど、トミーにはどうしても言っておきたかったんだ。真太郎はさ、入学直後にトミーに出会って恋したんだよ」

「ウソ！」

「ほんとだよ」

「え？　え？　だって初めて会ったときからずっと『あたしホモじゃないから』って」

「トミー、それ信じてるの？　そんなわけないでしょう？」

淳史の頭の中は一気に混乱した。入学以来今日までの真太郎との場面がグルグル渦巻いている。

強くて美しい真太郎はずっと自慢の親友だった。

淳史の横にいる美少女が実は少年だと知り、

「ええ！　ウソ⁉」

と驚く人を見るのは楽しみの一つで、自分のことのように鼻高々だった。

そして、淳史が真太郎のボディガードではなく、実は強弱の関係は逆であることでさらに人を驚かすのだ。

たまにトンチンカンな受け答えをする真太郎だが、それで不愉快だと感じたことはない。真太郎の悩みには常に一番の相談相手でありたいと思ってきた。実際にそうであると信じてもいた。

しかし、恋愛の対象として見たことはないし、真太郎も自分を同じように見ていると思っていた。

「初めて会ったときから？」

そう確かめると、さくらは無言で頷いた。

覚えている。

真太郎との初めての出会い。階段を上っていくと、廊下を歩いてくる真太郎と遭遇した。

（可愛い！）

一目見てドキリとして、そのまま並んで歩いて、男子便所にまで一緒に入って来るので驚いた。

あれからずっと？

言ってくれたらよかったのに、と思って、それはダメだな、とすぐ思い返した。男同士の友だちでいてくれたから、淳史も自然につき合うことができたのだ。真実を知っていた場合の自分の言動は今からでは想像できない。

「で？　真太郎はどうしたいんだろう？　俺にどうしてほしいの？」

「これまで通りでいいんだよ」

さくらはあっさり言った。

「まあ、トミーは知らないふりしていてよ。これはさあ、わたしのお節介だからね。自分でもこんなことするのが不思議なんだけど、やっぱり真太郎は親友だからね。トミーに知っておいてほしかったんだ」

珍しくさくらは雄弁だった。真太郎と同じく周囲に無関心なように見えるさくらだが、実は人の心の機微を敏感に察する子なのだ。

「それに真太郎もわかってるよ。届かない思いだってことをね。G組で入学したばかりの頃にそんな授業があったの。ゲイの子は『男』が好きで、『男』は『女』が好きなわけだから、振り返ってもらえないってさ。プラトニックラブって本来男同士の愛を指す言葉だとも言ってたっけ。プラトンが少年愛について語ったのが元なんだってさ」

G組はゲイバー科とSMクラブ科が同居しているから、互いに相手の科についても詳しくなる。

「真太郎の気持ちを知っておいてほしかったのは、いつ別れが来るかわからないから。人間は突然死ぬことだってあるんだからね。あの子の気持ちをトミーが知らないままなのは不憫《ふびん》だと思ったんだよ」

「そうか……これは俺が言うのも何だけど、ありがとう。本人にいきなり告白されてたらうまく対処できなかったかもしれない」

場合によってはひどく傷つけたり、互いに遠ざかったりする結果になったかもしれない。今回のさくらの判断は正しかったように思う。

真太郎の気持ちを知って動揺したが、落ち着いてくると淳史には他の疑問も浮かんできた。

「こういうのもうちの高校ならではのことかな？」

他でもゲイバー科に告白されて困惑しているクラスメイトはいる。ラグビー部のパープルこと風間創平など、片っ端から呼び出しては告白を繰り返し、男子クラスでは恐怖の的になっている。

「そんなことないんじゃない？　他の学校でもあることだよ。水商だけは入学と同時にカミングアウトしていることになるけど、他の学校じゃあそうもいかないから隠れゲイがいて、それはそれで辛い思いをしてるんじゃないかな。むしろうちの学校のゲイの子は恵まれてる方だと思うよ。でね、トミーは何もしなくてもいいから、真太郎を見ていて。わたしは日本を離れるにあたって真太郎のことだけ心配なんだ」

さくらの心配はわかっている。真太郎は母親の問題を解決していない。他人が口を挟むことではないかもしれないが、真太郎の母への思いを知っている者はみな心を痛めている。一目母親に会わせてやりたいと思いつつ、とわえや浩二が主張するように、会うことによって真太郎が傷つくことも心配だ。

「子を捨てる親が一番悪いと思うのは違う。本当に悪い親は子どものそばにずっといる」

とはとわえの父親の言葉だ。どんな親でも子は慕う。不出来な親に縋《すが》る子どもは悲惨な目に遭う。真太郎は離れているからこそ、母親を慕い続けていられるのかもしれない。

「でも、実際会ってみたらすごくいいお母さんかもしれないじゃん」

という意見もあり、結局、この問題は今の自分たちでは判断がつかない、というところに落ち着いている。いずれ親の立場になる頃にいい知恵が浮かぶのではなかろうか。

「俺は相談相手としては頼りないとは思うけどね」

淳史は今の胸の内を口にした。さくらは、わかっている、という風に大きく頷いた。

「だから、特別なことをしなくていいんだよ。これまで通りにつき合ってほしいんだけど、真太郎が傷つくようなことだけは止めてよ。就職したら、周りはホステスだらけでしょう？　派手な女遊びで失望させないでよ」

「それは大丈夫、と思うな」

「松岡先輩とはどうなってるの？」

淳史は正直に先輩との関係を語った。

「それはいいね。それもプラトニックラブじゃない」

さくらの言う通りだ。淳史にとって恋しても恋されても、セックスとは無縁だ。

さくらは転落防止の金網に指をかけ、体育館と校庭を見下ろして言った。

「なんだか、神先先輩の言ってた通りだね」

淳史も同じようにして、もうすぐ去る母校の風景を目に入れた。

「神先先輩って、神先美紀先輩のこと？」

「そう。木の実と一緒に神先先輩の話を聞いたことがあるんだ。先輩はＳＭの女王様としても有名だからね」

神先先輩は水商フーゾク科出身の輝く星だ。ソープランドとＡＶの両方で活躍して

いる先輩で、淳史たちは、

「なんか神先先輩は額に『SEX』って書いてあるみたいだな」

とその凄みある色気を噂していた。

淳史は神先先輩と松岡先輩のスリーサイズがまったく同じであることに驚いたことがある。正直、松岡先輩の方が美人だと思うのだが、男の性欲を「そそる」力では、神先先輩が圧倒している。

「神先先輩は何て言ったの？」

「純愛を確かめるには、完全なフリーセックスかノーセックスのどちらかだって」

むむ、深い。というか、何か深いことを言われているような気がする。

「わたしは神先先輩に会いに行く木の実につきあっただけなんだけどね。話を聞いているうちに尊敬したよ。先輩ぐらいエロを極めると、男というより人間を完全に見透かしているように思った。先輩に言わせると、若い男は愛と性欲の区別がつかないんだって。本人は『愛してる』つもりが『セックスしたい』だけのときもあるんだって。だからね、風俗に通う男はそこがわかってるからまだマシだと思うってさ。先輩自身は仕事で不特定多数の男と接して、そこで本当に愛せる相手がみつかったら本物だと思うし、男の方でセックスの見返りなしで女性を愛するならそれも本物だろうね、って。だから純愛はフリーセックスかノーセックスで確かめられる。トミーの場合はまさにそれじゃない？」

「つまりノーセックスってこと？」

「そう。神先先輩は『わたしの場合はフリーセックスなわけでしょう？　あ、フリーたってお金もらうけどね』だってさ」

「何それ？」

「フリーを無料《フリー》にかけてるんだよ」

「あ、シャレね」

「そう」

「なんかその神先先輩の話を聞きたかったな」

「ダメだってさ。先輩、男子には聞かせられない、って言ってたよ」

都立水商は、単純に「エロい高校」と思われている。そこの生徒会長だった自分が愛してても愛されてもセックスと無縁であるのが不思議な気もする。

「わたしの用件はこれで終わり。これで心残りなくアメリカに行けるわ」

「アメリカでも頑張れよ。ヒデを超一流の選手にしてくれ」

「もちろん。ヒデはその才能があるもの。ヒデは古武術も天才なんだよ」

「そうなんだ？　いつかみんなでアメリカまで応援に行きたいなあ」

「うん、そうしてよ。待ってるから」

「じゃ、教室に戻ろうか」

階段室のドアに向かって並んで歩いていると、野球部の一年生梅田がダッシュで二人を追い抜いて行った。顔色が真っ青だ。

「どうして逃げるのよー！」

追いかけてきたのは風間創平だ。

（梅田も災難だったな）

そう思っている淳史の方を振り返り、

「あ、トミー、明日はあんただからね」

そう声をかけて創平は階段室に飛び込んでいった。

「創平、見境なく声かけるんじゃないよー」

結構大きな声で言ったつもりだが、たぶん聞こえていないだろう。

「ゲイバー科も色々だね」

さくらの言葉に淳史は苦笑いで頷いた。

最後のホームルーム

三月。いよいよ卒業の日を迎えた。

伊東にとっては教員生活最後の卒業式、副担任の石綿にとっては初めて担任した生徒たちを送り出す日だ。

職員室の石綿はすでに青ざめた硬い表情をしていた。感情をコントロールするのに力を使っているのだろう。

「じゃあ、石綿先生、行こうか」

3年A組の教室に並んで向かう。二人とも略礼服だ。

教室に入ると、生徒はスーツか第二制服の黒服でキメていた。冨原淳史だけがいつもの制服姿だ。教壇に二人が並ぶとその冨原が号令をかけた。

「起立、礼」

「いらっしゃいませ。よろしくお願いします」

この挨拶もこれが最後だ。

「よし、ではこのクラスの最後のホームルームだ。連絡事項としては、今日の卒業式の後、もう卒業したのだから好きにしろ、と言いたいところだが、そうもいかなくてな。例年ならそのまま卒業生は先輩の店に繰り出していたが、それは控えてくれ。まあなんだ、そのまま帰宅というのも味気ないと思う。最後の最後までコロナのやつはやってくれたな。だが、クラスターが発生したら、その店にも就職先の店にも迷惑がかかる。そこは配慮してくれ。これ以外には連絡はなし。では、まず石綿先生から一言もらおうかな」

生徒が拍手する中、石綿が教壇の中央に移動した。

「みんな卒業おめでとう。この二年間、伊東先生に水商の教員としてのイロハを習い、みんなからも水商生活の先輩として色々教えてもらいました。ありがとう。四月からは一年生を担任することになりますが、まだ多少不安ではあります。特に校外店舗実習は実験的な形でしか行えていないので、本格的な実習が復活した場合、生徒だけでなくわたしも初体験ということになるわけです。みんなのいるお店での実習の場合はよろしくご指導ください」

生徒から「大丈夫ですよ」「任せてよ」などと声がかかる。

「ありがとう。いや、心強いな。これは常々思っていることだけど、水商生はわたしの大学の同級生より遥かにしっかりしてる。仕事のやり方だけでなく、社会人としての心構え自体が素晴らしいから、どこでもすぐに役立つ人材として活躍してくれると思う。君たちは伊東先生の最後の教え子だけども、わたしが最初に見送る担任の生徒で、将来リタイアするのもお互いそんなに違わない時期になると思います。伊東先生は盛んにみんなの人生の成功を見届けられないと言われるけど、わたしは見届けることができそうだ。仕事を離れてゆったりとした気持ちで再会しよう。そのときには今日別れてからのお互いの人生について報告し合えることを楽しみにしてます。ではそのときに」

最初は涙ぐみそうだった石綿が湿っぽくならずにいいテンションで挨拶を終えた。

続いて伊東が教壇中央に立つ。

「そうだな、わたしの葬式のときには石綿先生と一緒にみんなで盛り上がってくれ」

まずそう言い放つと愉快そうな笑い声が返ってきた。

「さっきこのクラス最後のホームルームと言ったが、わたしにとっても水商での、というか教員生活最後のホームルームだ。みんなが想像している通り、それは感慨深いものがある。三年前の四月、入学式の朝、五階の1年A組の教室でみんなのネームプレートを一つずつ机に置いていった。出席番号順に天野からフルネームを心の中で読み上げながらだ。なんだかあれが昨日のことのようだなあ。この三年間がみんなの人生の中で特別価値のある三年間であったことを信じたい。三十年記念式では、この母校の心配より自分の幸福を追求して欲しいと言った。そのあとで、みんなから母校へ

の思いを聞かせてもらった。そうだな、みんなの人生の出発点である水商を守ること
も人生の価値を高める意味でも重要なのかもしれない」
　拍手が起こった。
「そう、お察しの通り、わたしは考えを変えた。みんなで力を合わせて、この学校を
守ろう」
　さらに拍手は大きくなった。
「ただ、今日はみんなが主役だ。明るく爽やかに都立水商に別れを告げてくれ。さ、
会場に行こう。この教室には戻らないぞ」
　全員が椅子を引く音がガタガタと響いた。

卒業証書授与式

　体育館には互いに距離を取って椅子が置かれていた。一番上手側がA組の席で順番
にG組まで並ぶ。先生方は左右に分かれて壁際に間隔を取って座っている。
　卒業生の後ろには保護者席だ。
　やはり在校生たちの姿がないのは淋しいが、教室で見守ってくれているだろう。

「卒業証書授与式」の司会はマネージャー科講師渡辺三千彦先生だ。淳史たちに水商売の基本から教えてくれた先生が、厳粛な面持ちでマイクの前に立っている。

「卒業証書授与」

静かな音楽の流れる中、A組から順に登壇し、黒沢校長先生から卒業証書を授与される。

C組からは水商らしい派手な衣装の卒業生が登壇していく。

最後のG組ゲイバー科の卒業生は、ふざけているとしか思えない派手な衣装とメイクをキメている。しかし、その表情は真剣で、見つめる側も笑う者はいない。この「ふざけているようで真面目な姿」こそ水商教育の真髄を表している。淳史たち他の科の卒業生も彼らへリスペクトをこめた視線を送る。

「学校長祝辞」

黒沢先生の服装、ヘアスタイルには一分の隙もない。常にそうだった。それはマネージャー科の生徒が手本とすべき姿だ。

「卒業おめでとう。皆さんとの出会いがつい先日のことのように思えますが、今目の前にある成長した姿を拝見して、確かに三年間の月日が経ったのだと感慨深く思います……」

黒沢先生は退職する自分の感慨を語らず、二十八期生が一年生のときの校外店舗実習で頑張った姿を語り、その後のコロナ禍の混乱に立ち向かった勇気を讃えてくれた。

しかし、祝辞の最後になって今年度をもって水商を去る立場からのメッセージとなった。

「……第一期生の卒業式において、当時の矢倉校長先生は祝辞でこう語られました。『楽しみましょう。仕事を、人生を』と。わたしはここ最近この言葉を思い出しては自問しておりました。わたし自身はどうだったろう？　あの日から今日まで楽しめたろうか？　仕事と人生を。今ここで皆さんと自分に向けてその答えを述べようと思います。今この瞬間、わたしが目にしているのは、希望に満ちた未来に向けて歩み始めようとしている皆さんの瞳です。その瞳の中にこのわたしの姿が映っています。これ以上の喜びを他の道で味わえたでしょうか？　この三十年、わたしは楽しみました。仕事と人生を。さあ、皆さんの番です。楽しんでください、仕事を、人生を。それを心から願っています。そして、いつの日かまたお目にかかりましょう」

送られた拍手は、ソーシャルディスタンスを取らずにぎっしり人が入っているかのように大きく聞こえた。卒業生ばかりでなく教職員も大きな動作で拍手している。

送辞は夏目美帆副会長だ。これは本人が強く希望して決定したと聞いている。

美帆の送辞は詩を朗読しているようだった。

（名文だな）

と誰もが感心する美しい言葉が、音楽のように流れてくる。そのうえ心がこもっていて、彼女自身が入学以来の上級生とのふれあいに感動し、この別れを切なく思っていることが伝わってくる。自分の障害については触れなかったが、それは周知のことであるから、聞いている卒業生は、

（よかった、この学校があって）

と今の潑剌《はつらつ》とした美帆の姿を自分のことのように嬉しく思うのだ。

淳史も美帆との出会いを思い起こしていた。暗い目をした美少女が生徒会室に現れ、その話に同情した。やがて彼女の才能は徐々に開花し、ドキュメンタリー映画制作の形で結実した。

今の彼女に他人の同情は必要ない。

美帆の口から流れた「詩」が終わると、一瞬静寂があった。さざ波のように拍手が起こり、それは最後には大きなうねりとなって会場を覆った。

いよいよ淳史の出番だ。

「卒業生答辞。卒業生代表冨原淳史」

「はい」

登壇する淳史は階段の上に一歩一歩自分の足が乗るのを見ていた。何かもう一人の自分を見つめているようだ。三年前には自分が卒業生を代表して答辞を読むなど想像もしていなかった。この三年間の自分自身の変遷が頭の中でスライドショーのように

巡っている。

「答辞。都立水商第一期生の卒業式では、一人だけ制服姿で出席した卒業生がいました。小田真理先生です。そしてそのときの『卒業生を送る会』での小田先輩のスピーチは水商の歴史に残る名スピーチとして長年語り継がれてきました。一昨年は松岡尚美先輩がやはり制服姿で『卒業生を送る会』での名スピーチを残されました。お二人の共通点は生徒会長であり、わが水商を心より愛したということです。本日のわたしもそれに倣い制服姿で出席させていただきました。

しかし三年前、わたしはこの制服を恥じておりました。中学時代に『水商しか入れてもらえるところはない』という後ろ向きの進路指導を受け、非常にネガティブな気持ちで迎えた入学式だったのです。学友の皆さんには、特に3年A組のクラスメイトには謝らねばなりません。わたしは当時、皆さんの仲間になることを恥じていたのです。

しかし、今のわたしはこの制服を身に着ける誇りでいっぱいです。皆さんの仲間である幸せで満ちています。皆さんとの最後の一日をこの制服で過ごさせてください。

三年前、嫌々この制服を身に着け、登校したわたしでしたが、初日からウマの合うクラスメイトに囲まれ、順調に高校生活をスタートしました。そして、たびたび分不相応な評価をいただいて、当惑しておりました。わたし自身は変わっていないのに、周囲のわたしを見る目が変わったと感じたのです。しかし、最近になってそれはわたしの驕りだと気づきました。水商精神とは『謙虚な姿勢に誇りを持つ』ことです。わたしは『周囲の過大評価だ』と思うことで謙虚なつもりでおりましたが、それはまったくの見当はずれでした。今わたしが思うのは、この学校に来て、周囲のわたしへの見方が変わったのではなく、周囲がわたしを変えてくれたということです。この学校がわたしを変えてくれたのです。この学校にはそんな力があるのです。それなのに『自分は変わっていない』と思い込むとは、なんと傲慢だったことでしょう。

しかし、わたしがそんな勘違いをしたところにも、実はこの学校の素晴らしさがあります。水商は生徒を無理やり変えません。ここで過ごす日常の中で自然に変えてくれるのです。

卒業生の皆さん、わたしたちはこの三年間で変わりました。共に胸を張って外の世界に踏み出しましょう。

在校生の皆さん、この学校での一日一日を大切に、そして思いきり楽しんでください。この制服はサナギの殻です。この制服での日々が皆さんを成長させてくれます。やがてその殻の下では翼が生えているのです。

わたしたち二十八期生はその翼で羽ばたく日を迎えました。

わたしたちにその翼を与えてくださった先生方には感謝しかありません。先生方にご指導いただいたのは三年間ですが、一生心に残るご指導でした。さらに今は気づかなくとも、いつの日か先生方からいただいた一言が、苦難のときのわたしを支えてくれると信じています。そのときにわたしの口から発せられる言葉はこれ以外には考えられません。

ありがとう、都立水商！」

最後に声を張った瞬間、両目から涙が溢れたのがわかった。

（あれ？　俺、泣いてるな）

そんな風にぼんやり思った。

見ると卒業生も先生方も拍手してくれている。中にはハンカチで涙を拭く姿も。

（終わった）

この学校で自分のすべきことはここまでだ。そう思うと、淳史は魂が抜けた状態になり、涙を拭いながら自分の席に戻った。

卒業生を送る会

続いて生徒会主催の「卒業生を送る会」となった。

渡辺先生が司会するのは「卒業証書授与式」だけで、ここからは生徒が司会だ。

米村友行から司会役を引き継いだのは田中由美だった。この人選は誰もが意外に思ったものだが、本人の強い希望だという。淳史は由美の気持ちがよくわかる。二人暮らしの母を経済的に早く助けたい、と水商に進学してホステスになることを希望していた由美だったが、長谷川敏郎さんとの出会いで心境に変化があったのだ。かつて両親が劇団で演劇に没頭し、特に父親は名優としてリスペクトされていたことを知り、自分も両親と同じ道に進む気になったらしい。遅ればせながら演劇部に入り、生徒会では司会を務めることを希望したわけだ。

ちょっとアニメ声っぽくもあり、由美には声優の道もあるのかもしれない。今は長谷川さんの指導の下、美しい発音で日本語を操ることを心掛けているという。

「ではまず、第二十八期生の三年間を振り返りましょう」

由美の声と同時に暗くなり、スクリーンに映像が流れる。

「懐かしい」

自然と声が出る。入学式の映像だ。まだ幼さの残る学友たちの姿。ことにホステス科は変身前という表現がぴったりだ。

「何よ、あれ！」

悲鳴に近い素っ頓狂な声が上がった後、ドッと笑いが起こる。

スクリーンには入学式でのゲイバー科の面々が映し出されていた。初日から女子の制服だったのは花野真太郎だけだ。その隣にまだ垢抜《あかぬ》けない「パープル」風間創平が並び、そのギャップがウケている。教室の下級生も大笑いしているのは間違いない。

「真ちゃんの隣のおっさん誰よ」

「おっさんじゃないわよ、ゴリラよ、あんた」

「お黙り！」

創平が怒鳴っても、

「何、小田真理？　ちゃんと先生ってつけないと」

これも冗談でかわされ、ゲイバー科の面目躍如だ。

一年生当時の映像は在校生に見せておくべき価値があった。すべての行事が順調に進行できた一年だったからだ。

楓光学園とのスポーツ交流会、校外店舗実習、夏休み他校交流、水商祭、クリスマスパーティと、下級生の教室では羨ましさで溜息が出ているところだろう。

二年生になってからは、コロナ禍で苦しむ姿が映し出された。リモート学習、リモート実習、どれも過ぎたことだが、まだ思い出として割り切れるものではなく、心の内に沈殿している悔しさがある。

「あ、やめてくれ！」

舞台袖から大きな声が聞こえてきた。松橋浩二生徒会長の声だと察しはつく。

スクリーンの映像は中庭で行われた「決闘」の場面になっている。

「これは一応喧嘩のつもりです、本人は」

という由美の解説がつき、またドッとウケている。画面では、真太郎とさくらが圧倒的強さを見せて、何もできない浩二が投げ飛ばされたり抑え込まれたりと一方的にやられている。

笑いながらも、最強と呼ばれた同級生の技に拍手も送られた。

「城之内先輩、アメリカでもこういう悪者をやっつけてくださいね」

由美の言葉にも笑いが起こった。

一旦映像が止まり、明るくなった。

「ここで、卒業生に向けてのスピーチをお願いします。松橋浩二生徒会長」

笑いと拍手が浩二を迎える。スピーチのために舞台袖に控えていた浩二が頭を掻きながらマイクの前に進み出た。

「えっと……先ほど映像でご紹介にあずかりました、悪者です」

これはバカ受けだ。笑いがやがて拍手に変わる。大したものだ。浩二は堂々としている。かつての彼なら異常に恥ずかしがって姿を現さないか、怒り出したところだろう。このユーモアで切り返した姿は見事だった。

「拍手をありがとうございます。実は一応スピーチを用意していたのですが、袖であの映像観たショックでぶっ飛びました」

　ここでまた笑いと拍手。

「第二十八期生の皆さん、ご卒業おめでとうございます。そして大変お世話になりました。在校生を代表して感謝いたします。えっと、今のはまあ、事前に用意していたスピーチです。でも、今の映像について語らないとまずいですよね、はい。参ったな、これは裏話になりますが、今回流れている動画は一年生有志が中心になって編集しまして、僕も今初めて観たわけです。で、このタイミングでスピーチ、と。ひどいですよねえ」

　賛同の拍手と笑いを受けて浩二は少し間を置いた。こんなところにも落ち着きが窺える。

「先ほど卒業式の答辞で、冨原先輩、あ、いつものようにトミー先輩と呼ばせていただきますね。トミー先輩が制服を恥じていたと語られました。僕もそうです。水商に入れていただいた身でありながら、劣等感でムシャクシャしてたんです。で、あのようなアホな行動に出たのですが、今はあれでよかったと思っています。この馬鹿な行動のおかげでトミー先輩を知り、真太郎先輩とさくら先輩にもお近づきになれました。個人的な事情はここでは触れませんが、トミー先輩は恩人です。僕の人生を変えてくれた恩人です。それと真太郎先輩とさくら先輩のお二人を心から尊敬する僕ですが、その理由はお二人の強さを知ったからではありません。僕が知ったのはお二人の優しさです。その他、実習をご指導くださった諸先輩方にも感謝していますし、あ、そうだ、この方の名前を出さないと。加賀とわえ先輩のおかげで、僕はホスト科で大きな顔をさせていただいています。『ナンパ実習』でとわえ先輩に受け入れていただけたのは、この決闘のみっともなさをカバーして余りある勲章です。とわえ先輩ありがとうございます。トミー先輩は答辞で、この学校に我々生徒を変える力がある、と述べられましたが、僕はそれを実感しています。変えてくださったのは、二十八期生の先輩方です。北風の厳しさでなく太陽の優しさで僕を変えてくださいました。そう、本日の卒業生全員、太陽です。このまま輝いていてください。我々後輩も後に続きます」

スピーチの終わりに笑いはなかった。盛大な拍手を受けて浩二は舞台袖に消えた。

再び照明が落ち、スクリーンが下りてくる。

「おおー」

歓声と「待ってました」の拍手が起こった。流れたのは一昨年の水商バスケット部の快進撃だ。

徳永英雄が練習に参加し始めた頃、まだぎこちない動きの部員が、英雄の母親から指導されている場面。試合形式の練習になって、英雄に圧倒されている場面。

都大会の映像になると、一気に強くなった水商が次々に相手を蹴散らしていく。

そしてウインターカップ。

決勝はすごい試合だった。何度観ても鳥肌が立ち、勝利の瞬間には涙が浮かぶ。

決勝終了後の歓喜の場面でストップモーションになった。

照明が入る。

「続くスピーチは池村真治さんにお願いします」

真治はバスケット部員らしく軽やかに階段を上がり、

「すみません、何度観ても泣けてしまいます」

少し鼻声になって当時の思い出を語った。短いスピーチが終わると、

「池村さんにはこのまま舞台に残っていただきまして、この方々のスピーチをご覧いただきたいと思います」

そこからは録画してあるスピーチの動画が流れた。最初は栄光のチームのキャプテン石田先輩だ。

『都立水商第二十八期生の皆さん、卒業おめでとうございます……』

スピーチの動画が終わると、司会の由美が真治にコメントを求めた。真治は石田先輩のキャプテンシーの素晴らしさを語った。

「今年は西海大学の試合で石田先輩と池村先輩の活躍が拝見できるわけですね」

由美の言葉に拍手が湧く。

「続いてのスピーチはこの方です」

スクリーンに長髪で着物姿の本間大輔先輩が現れた。ウインターカップ優勝の瞬間、体育館の床に顔を埋めるようにして泣いていたこの先輩の姿は、つい先ほどの映像で流れていた。力士らしく少しふっくらした顔の先輩は祝意を伝えた後、水商バスケット部での思い出を語り、

『高校バスケットの頂点に立てた経験から、人生に前向きに取り組もうという意欲が湧いてきました』

と相撲部屋に入門した動機を明かした。それからは自身の現状を語る。本間先輩は三月場所で大阪にいる。体が大きいだけでなく古武術の習得で人との当たりに強い本間先輩は、この一年勝ち越しを続け幕下五十二枚目まで番付を上げている。今場所でさらに頑張れば、関取までもう少しで手が届く位置まで上がれるだろう。

『入門一年を過ぎて、これまで本名の「本間」で土俵に上がっておりましたが、今場所からこのしこ名を使うことにしました』

そう言って、画面の中でしこ名の書かれた半紙をかざす本間先輩。

【都乃水】

『みやこのみず、です』

拍手と歓声、指笛も鳴る。

『なぜこのしこ名にしたかというと、野崎彩が怖かったからです』

爆笑だ。

そういえば野崎先輩はしこ名を都立水商にちなんだものにするよう、本間先輩入門時から言っていた。その代わりに、関取になった暁には同窓生で化粧まわしを贈るとも。それが実現するのも間近に思える。

「続いてのスピーチはどなたでしょう？　はい、皆さんお待ちかねのこの方です。徳永英雄君！」

映像が流れる前にスタンディングオベーションとなった。淳史もバネ仕掛けの勢いで立ち上がっていた。

『都立水商二十八期生の皆様、ご卒業おめでとうございます』

映し出された英雄はグッと逞しく見えた。

続いてアメリカでのバスケットの試合のシーンとなった。向こうでも英雄がチームの中心選手として活躍しているのが嬉しい。

『バスケットと野球の二刀流を続けることを考えたとき、アメリカの生活に戻ることに迷いはありませんでした。他に選択肢はなかったのです。ただ、水商の皆さんと別れることだけが辛かったです……』

そしてハイスクールの友人に水商での生活を羨ましがられること、水商で指導された古武術の技を生かしたプレイがアメリカでも通用すること、水商のチームメイトもアメリカで通用すると感じること、などが語られた。

「ただいまの徳永英雄君のメッセージは第一部です。この後、徳永君にはまた登場願います」

たぶん、野球部の活躍のところでも英雄はスピーチするのだろう。

バスケット部のもたらした栄光の次は野崎彩先輩の衝撃のデビューの場面になった。

「この方にスピーチをいただいています。二十七期生、野崎彩先輩！」

現在ナンバーワンアイドル、野崎彩がスクリーンに現れた。

『二十八期生の皆さん、お元気ですか？　卒業おめでとうございます！　野崎彩です。わたしたち二十七期生は皆さんと二年間水商で共に過ごしたわけですが、二年目、わたしたちの三年生のときにはコロナ騒ぎで大変な思いを一緒にしましたね。あの一年は一学年下に皆さんがいてくださって本当に助かりました。あの試練は皆さんと一緒でなければ乗り越えられなかったと思います。本当にありがたかったです。これからも一緒に力を合わせて母校都立水商の存続……ではありません。発展を目指して頑張りましょう！』

三十年記念式のスピーチよりは毒がなかった。そのあたり、主役は後輩の二十八期生ということで、尖った発言はセーブしてくれたようだ。

続く映像は三十期生の入学のシーンになった。二年目に突入したコロナ禍の中、なんとか伝統を継承し、本来の日常を取り戻そうと奮闘する最終学年を迎えた二十八期生。

（ほんと、みんな頑張ったよなあ）

あらためてその思いがこみ上げてくる。

スクリーンには復活したスポーツ交流会の模様が流れた。

ラグビー部の熱い戦いに拍手が湧く。

「ではこの方にスピーチいただきたいと思います。スポーツ交流会ＭＶＰ山本樹里さん！」

登壇した樹里は、一般企業への就職が決まっているにもかかわらず、ホステスらしいドレス姿だった。鍛え上げられた肉体にゴールドのドレスがよくフィットしている。

「よ！　カッコいいぞ！」

「樹里姐さん、素敵！」

たぶん声の主はラグビー部のチームメイトだろう。その掛け声に向かって樹里は
「やめな」とばかりに片手を上げた。

「ラグビー部ＯＧの山本樹里です。わたしは一年生の夏休みからラグビー部に入り、このたび実業団チームに所属することになりました……」

そう語り出した樹里は、ラグビーを始めるまでスポーツに関わらなかった理由の説明を始めた。それは肌の色で足が速いと決めつけられることが嫌だったこと、それに勉強があまり得意な方ではなく、何かの競技を勧められても『お前は頭が悪いんだから走っとけ』と言われているようで不快だったことを挙げた。

「ま、被害妄想ですよね。今思うとそうなんですけど、そんなことでスポーツには興味ありませんでした。そんなわたしを変えてくれたのは、二十六期生ラグビー部主将の海老原先輩の言葉です。それは長年わが校で語り継がれてきた『らしくは水商の天敵』というものでした。ゲイバー科の海老原先輩はまず『男らしさ女らしさ』から否定していたのですが、『らしくあるより、ありのままであれ』とわたしの背中を押してくれました。思えば水商でなければ、このラグビーとわたしの出会いはなかったでしょう。これからもありのままの自分で頑張りたいと思います。ですから、学友の皆さん、今日はお別れの日ですが、何年たってもわたしは皆さんの知る山本樹里です」

かっこよかった。樹里の持つポテンシャルからすれば、ほんのわずかな時間で、メダリストかレコードホルダーとして誰もが知る存在になるだろう。同級生全員そう期待している。しかし、そうなったとしても自分は今のままだと彼女は宣言したのだ。

スポーツ交流会の他の競技の映像も流れた。各部の主将が登壇し、三年間の部活の思い出を語った。対外的に誇れる実績を残していない競技でも、「自分たちにとって最高到達点」を目指すのが都立水商運動部の誇りだ。

すべての運動部から感謝された二人が登壇する。

「花野真太郎さんと城之内さくらさんです」

真太郎は振袖に袴という宝塚スタイル、さくらは十八世紀か十九世紀のヨーロッパ女性を連想させるドレスだ。さくらのドレスは三年前の「入学を祝う会」で当時の松岡尚美生徒会長が着ていたものに似ている。SMクラブ科では好まれるスタイルなのだろう。

二人は水商運動部をどう強くしたかを語った。

元々、水商の体育の授業では、生徒に中距離を走らせる。四百メートル走の記録をたびたび計り、生徒に自分にとっての自然体のランニングフォームを気づかせる。

これは開校以来の伊東先生の方針だという。

「自分が一番楽に走れるフォームを知ったところで、短距離走に向いた者と長距離走に向いた者に自然と分かれる。それは他の競技にも生きる」

という考え方らしい。だから、水商生の大半は入学後足が速くなる。これはどの部活にとっても好ましい現象だ。そこにさくらの実家が継承する「城之内合気柔術」の技や考え方が加わり、水商運動部は平凡な素材の集まりであっても大きく成績を向上させた。

「それでもわたしたちにできた指導は、調味料を振りかける程度でしかありません。結局はみんなの努力の賜物だったと思います」

さくらはそう言って、卒業後も趣味として各自競技を続けるよう訴えた。

真太郎は、

「自分は平凡な選手だ、と自認している部員がさくらの指導で才能を開花させるのを見ているのは楽しかったです。それはもしかすると自分自身が柔道で結果を出すよりも興味深かったかもしれません」

と柔道部を辞めて各部の指導に尽くしたことに悔いないと語った。そしてスピーチの最後を、

「ただ、野球部だけは別格でした。野球部は天才と呼べる選手の集まりでした」

と締めた。

その野球部の活躍の映像が流れ始めた。東東京大会から甲子園一回戦まで続いた快進撃にヤンヤの喝采だ。昨年在学していた者にとっては一生の思い出だろう。

由美が三年生野球部員の名前を読み上げ、全員が登壇して並んだ。うち六人は卒業後も伊東監督の下、関東体育大学で野球を続けるのだ。

「それでは代表で内山キャプテンにスピーチをお願いします」

渡がマイクの前に立つ。

「学友の皆さん、教室でご覧になっている在校生の皆さん、昨年は熱い応援をありがとうございます。コロナのせいで不本意な終わり方になってしまいましたが、皆さんの声援を背に受けて戦ったことは一生の思い出です。おかげで、全国制覇は叶わなかったものの『史上最強のチーム』の称号をいただきました。しかし、僕がこのチームのキャプテンとして誇るのはその強さではありません。ここに並ぶ野球部員は一年生のときと数が変わりません。つまり我々は三年間一人の脱落者も出さずに部活を続けることができたのです。この退部者を出さなかったことこそ僕の誇りです。それが都立水商野球部の伝統なのです。僕はこの仲間を誇ります。そして皆さんの学友であったことを誇るものです。三年間ありがとうございました」

最後の感謝の言葉は舞台上の全部員が声を揃えてのものだった。そして一斉にお辞儀をした彼らは満場の拍手を受けた。

「ここでまたこの方の登場です」

由美の紹介がなくとも、英雄が現れることはわかっていた。驚いたことに画面の中の英雄は渡と同じことを語り始めた。

「僕は野球部の先輩を尊敬しています。それは強いからではありません。先輩たちが一年生で入部したままの数を保ったからです。つまり退部者を出さなかったことを尊敬しています……」

この動画は録画されたものだ。だから、先ほどの渡のスピーチを英雄は聞いていない。

「……皆さんご存じのように今の水商野球部の監督は僕の父です。父は、才能ある先輩たちが試合中に気を緩めることを警戒していました。しかし、そんなことを心配する必要はなかったのです。三年生の先輩方の中には、レギュラー陣と同じ苦しい練習に耐えてきたのに、試合中出番を与えられなかった部員もいます。レギュラー陣の先輩方はそんな仲間の視線を感じながら相手チームに向かっていったのです。一緒に苦しい練習を頑張った仲間たちのためにも、気を緩めるわけにはいきません。それが都立水商野球部の強さの秘密だと思います。今の二年生の部員も抜けたのは僕だけです。今の僕は退部者となったことを恥じています。その思いがあるので、この先もっと頑張らねばと心しています。野球部二年生のみんな、伝統を継いで最後まで頑張ろう。世間は今年の卒業生に目を奪われていますが、今の二年生メンバーも粒揃いです。きっと今年の夏も母校に栄光をもたらしてくれると信じています」

（やっぱり英雄はいいやつだ）

淳史はその思いを新たにした。あれだけの才能に恵まれながら、それを鼻にかけず、他者へのリスペクトを忘れない。徳永英雄はその名に相応しく都立水商永遠のヒーローだ。

野球部員が席に戻るとスクリーンでは水商祭の模様が流された。

「第二十八期生の水商祭キング、中村峰明さん、桜亭ぽん吉さんにスピーチをお願いします」

峰明が席を立ち、登壇してマイクの前に立つまで拍手は止まなかった。それは峰明が誰からも愛されている証だ。

「拍手をありがとうございます。えへ、どうも照れちまうね。水商祭キングってのも言い過ぎってもんでやすよ」

峰明は照れ隠しなのかぴん介師匠の口調で語った。これはまたぴん介先生が蘇《よみがえ》ったようで懐かしい。しかし、続く峰明の口調はふだんの彼のものになった。

「一度、ぴん介師匠に『僕はずっと水商にいたい』と言ったことがあります。つい最近までそれは僕の希望でした。水商は僕にとって一番安心できる場所だからです。この学校にいるときだけ僕は幸せなんです。ここは僕の幸せの場所です。でも、そんな僕にぴん介師匠はこうおっしゃいました。

『馬鹿だね、ぽん吉は。人生なんてものはだね、前に進むもんだ。後戻りなんてありゃしねえよ。お前は水商に入って初めて幸せになったのかもしれない。けど、そこから離れたら元の木阿弥《もくあみ》なんてことにはならないよ。ぽん吉にゃあ、友だちがいるじゃねえか。学校なんて場所がなくなったって構わねえの。友だちのいるところが、お前の幸せの場所なんだよ。そりゃ今は学校がその場所だ。でもね、みんなそこから巣立って行くんだよ。な、友だちの数だけお前さんの幸せの場所が増えるってことだと思いねえ』

そうでした、僕がこの学校を好きなのは、この学校に来て初めて友だちというものができたからです。みんなが卒業するってことは、この学校以外の多くの場所に友だちがいるってことなんです。だから皆さん、ずっと友だちでいてください」

すぐに拍手は起こらなかった。代わりに、

「当たり前だよ」

「ミネ、ずっと友だちだ」

「ミネちゃん、友だちでいようよ」

と男女を問わず声がかかり、賛同の拍手がそれに続いた。

ホッとしたような笑顔でそれに応え、峰明は自分の席に戻った。

「わたしたちが準備した映像は終わりました。ここからは正門を出るまでの皆さんの姿を教室の在校生に生中継することになっています。最後にお別れのご挨拶をお二人からいただこうと思います。まず都立水商三十年の歴史を歩まれた伊東雅史《まさし》先生」

どこかで出番があるものと思われていた伊東先生が舞台袖から現れた。

「第二十八期生、卒業おめでとう。諸君らは、記念すべき本校三十年目の卒業生だ。わたしは都立水商開校一年目の入学を見て、今三十年目の卒業を見ている。その間、ここで学んだすべての人を見てきた。それがわたしの人生だ。わたしの人生がここにある」

　それから伊東先生はこの三十年を語った。それは三十年記念式で語ったものとは少し違った。あえてなのだろうが、「救えなかった生徒」にも触れたのだ。伊東先生は人生に「悔い」がつきものであることを伝えたかったのかもしれない。

「つまりわたしは不出来な教師だったということだ」

「そんなことありません」「違いますよ、先生」「先生は最高です」主に3年A組の席からそんな声が上がった。淳史も声を上げた一人だ。

「ありがとう。そう思ってくれているのは、たまたまわたしとの相性のよかった人たちなのだろう。わたしは不完全な人間であり、それによって生徒を救えなかった。不本意な教え子との別れを経験した。その苦い思い出もここにあり、それもまたわたしの人生の一部だ。そして今日、わたしは君たちと共に都立水商を去る。しかし共に去るとは言うものの、わたしの残り少ない人生と比べ、君たちの可能性は無限だ。何も恐れることはない。人生は君たちの思い通りになる。人生は金がすべてだ、と思えばそんな人生が待っているだろう。見えるものは金がすべての世の中で、目の前に現れるのはそれに相応しい人たちだろう。友情がすべてと信じれば、常に友に囲まれる人生となる。どちらを選ぶかは自分次第だ。……友情を選ぼう。友情を選んでくれ。三十八年の教員生活の最後に一番言いたいことはそれだけだ。「さようなら」

それに応じるようにして「ありがとうございます」という声が3Aの生徒からだけでなく、方々から上がり、全員の拍手となった。

「最後のスピーチは森田木の実さんです」

いわゆるリクルートスーツに身を包んだ木の実が登壇した。いつも豊かな包容力を感じさせる柔らかな表情の木の実。

「……三年前、この体育館で先輩方の大歓迎を受けた日から、わたしに平穏の日々が訪れました。それまでのわたしは多くの暴力に晒されていました。ここで詳細は述べませんが、肉体に物理的な暴力を受けた後、言葉の暴力も受けました。中学を卒業する際、わたしに選択できたのは都立水商フーゾク科への進学だけでした。暴力の嵐の中でボロボロに傷ついていたわたしは、汚れ切った自分をゴミ箱に捨てる気持ちでここに来たのです。学友の皆さん、申し訳ありません。当時のわたしにとって都立水商はゴミ箱でした。最近になってこの学校がなければ死んでいた、という声をいくつか耳にしましたが、わたしの場合は入学前にすでに心は死んでいました」

淳史は一年生のときに聞かされた彼女の事情を思い出していた。それはいじめとは別次元の犯罪被害だ。

「そんなわたしを待ち受けていたのは、1年F組クラスメイトの温かい心でした。みんな水商フーゾク科を志望した事情を面白おかしく聞かせてくれました。わたしは自分の事情を話すのが怖くて、ただただ聞き役に徹しました。それがよかったように思います。みんなはわたしを頼りにしてくれて、それがきっかけで生徒会を手伝うようになりました。生徒会活動で先輩方と接することで、わたしは生き返りました。生徒会のために尽くすことで自分自身が価値を取り戻したように思えたのです。それは大変忙しい毎日でしたが、F組に帰ってクラスメイトと過ごすとわたしはまた元気になれました。ゴミ箱だと思っていた場所がわたしのゆりかごになったのです。わたしは今F組で過ごす平穏な日々が失われることを恐れています。F組のみんな、大好きだよ。ほんとはもっとみんなと一緒にいたいよ。でもさっきミネ君の言葉で納得しました。そうだね、みんなのいる場所がわたしのゆりかごだ。平穏に過ごせる場所が増えたんだと思わなきゃね。伊東先生のおっしゃりたいこと、わたしにはわかります。わたしは友情を選びます。ね、みんな元気でいてよ。皆さんご起立願います」

言われるままに全員が立った。それを確認すると、木の実は天井を見上げて叫んだ。

「都立水商第二十八期生、万歳！」

全員で大声を出すことは事前に禁止されていた。校歌斉唱もせず、CDを流すだけにする予定だった。しかしここに至って飛沫を気にする者などいない。全員が大声で、

「バンザーイ」

「バンザーイ」

「バンザーイ」

と三唱した。

司会者としてはこのルール違反を見過ごすわけにはいかないはずだ。しかし、由美は卒業生たちのその様子を見て泣きながら笑っている。

「これで卒業生を送る会すべてのプログラムは終了しました。それでは皆さん、お元気で。校歌！」

泣きながらでも由美の日本語は最後まで明確に聞こえた。

「ネオン輝く歌舞伎町……」

三年間親しんできた校歌が流れる。これも禁止されていたのを無視して大声で斉唱する。卒業生は席を立ち、体育館出口に向けて歌いながら行進を始めた。そのまま階段を下り、体育館玄関から表に出る。

前庭に立って校舎を見上げると、どの窓にも在校生たちの姿があった。手を振り、中には窓をあけて先輩の名を呼ぶ者もいる。淳史も手を振ってそれに応えた。

全員が出てきたところで、クラスごとに輪を作る。

3年A組はまず石綿先生の胴上げを始めた。若い石綿先生は感情を制御できず、宙に舞いながら手で顔を覆っている。

続いて伊東先生。

「おい、落とすなよ」

三十年の間、何回か胴上げされた経験のある伊東先生は落ち着いたものだ。渡が、

「大丈夫です。練習しました」

と答え、その言葉に安心したのか伊東先生は大の字になって身を任せてくれた。

胴上げが終わると、体育館玄関前の階段下に3年A組は集合した。階段の上に伊東先生と石綿先生が並んで立つ。伊東先生の笑顔の隣に涙に濡《ぬ》れてクシャクシャ顔の石綿先生。

「みんなマスクを取って顔を見せてくれ」

伊東先生の指示で全員がマスクを外した。

二人の先生は生徒の顔を一人ひとり確かめるようにしてじっくり見ていく。

伊東先生は満足げに頷いた。

「うん、みんないい顔をしてる。自信を持って人生に立ち向かう顔だ。何も心配することはない。よーし、これで本当の最後だ。……さあ中村、言うことがあるだろう?」

伊東先生がこう促すことはクラスメイト全員が予測していた。しかし、当の峰明は、

「ウ……ウウ……ウゥ……」

と繰り返すばかりで、潤んだ大きな目を見開いたまま何も言えずにいる。

淳史はこれも予想していた。峰明は自分の言葉が「高校生活の終わり」を告げることを知っている。本来なら一番口にしたい言葉は、峰明の望まない別れのシンボルだ。だから、一番言いたいその言葉、喉元にあるそれを峰明は発せないのだ。

「わかった、ミネ」

淳史は親友の肩を叩きながら、クラスメイトの顔を見回した。三年間の毎日を共に過ごした顔、顔、顔。

「全員で声を揃えよう。それならミネも言えるだろう？」

「ウ、ウゥ……」

峰明が頷くたびに大粒の涙がこぼれ落ちる。

「みんな、いいかい？」

「おう」

応じたみんなも瞳を潤ませている。

「行くぞ！」

「おう」

全員が二人の恩師と向き合った。

「せーの」

音頭を取りながら、淳史はオーケストラの指揮者のように手を振った。

「僕、この学校に来て、本当によかったです！」

その声はこだまとなって、ビルで四角く切り取られた歌舞伎町の青空に吸い込まれていった。

本書のプロフィール

本書は、書き下ろしです。

小学館文庫

都《と》立《りつ》水商《みずしょう》3年《ねん》A組《ぐみ》　卒業《そつぎょう》

著者　室積《むろづみ》　光《ひかる》

二〇二三年一月十一日　初版第一刷発行

発行人　石川和男
発行所　株式会社 小学館
〒一〇一-八〇〇一
東京都千代田区一ツ橋二-三-一
電話　編集〇三-三二三〇-五九五九
販売〇三-五二八一-三五五五
印刷所――――大日本印刷株式会社

造本には十分注意しておりますが、印刷、製本など製造上の不備がございましたら「制作局コールセンター」(フリーダイヤル〇一二〇-三三六-三四〇)にご連絡ください。(電話受付は、土・日・祝休日を除く九時三〇分～一七時三〇分)
本書の無断での複写(コピー)、上演、放送等の二次利用、翻案等は、著作権法上の例外を除き禁じられています。本書の電子データ化などの無断複製は著作権法上の例外を除き禁じられています。代行業者等の第三者による本書の電子的複製も認められておりません。

この文庫の詳しい内容はインターネットで24時間ご覧になれます。
小学館公式ホームページ　https://www.shogakukan.co.jp

©Hikaru Murozumi 2023　Printed in Japan
ISBN978-4-09-407218-1

第2回 警察小説新人賞 作品募集

大賞賞金 300万円

選考委員

今野 敏氏（作家）

相場英雄氏（作家）　月村了衛氏（作家）　長岡弘樹氏（作家）　東山彰良氏（作家）

募集要項

募集対象

エンターテインメント性に富んだ、広義の警察小説。警察小説であれば、ホラー、SF、ファンタジーなどの要素を持つ作品も対象に含みます。自作未発表（WEBも含む）、日本語で書かれたものに限ります。

原稿規格

▶ 400字詰め原稿用紙換算で200枚以上500枚以内。

▶ A4サイズの用紙に縦組み、40字×40行、横向きに印字、必ず通し番号を入れてください。

▶ ❶表紙【題名、住所、氏名（筆名）、年齢、性別、職業、略歴、文芸賞応募歴、電話番号、メールアドレス（※あれば）を明記】、❷梗概【800字程度】、❸原稿の順に重ね、郵送の場合、右肩をダブルクリップで綴じてください。

▶ WEBでの応募も、書式などは上記に則り、原稿データ形式はMS Word（doc、docx）、テキストでの投稿を推奨します。一太郎データはMS Wordに変換のうえ、投稿してください。

▶ なお手書き原稿の作品は選考対象外となります。

締切

2023年2月末日

（当日消印有効／WEBの場合は当日24時まで）

応募宛先

▼郵送

〒101-8001 東京都千代田区一ツ橋2-3-1

小学館 出版局文芸編集室

「第2回 警察小説新人賞」係

▼WEB投稿

小説丸サイト内の警察小説新人賞ページのWEB投稿「こちらから応募する」をクリックし、原稿をアップロードしてください。

発表

▼最終候補作

「STORY BOX」2023年8月号誌上、

および文芸情報サイト「小説丸」

▼受賞作

「STORY BOX」2023年9月号誌上、

および文芸情報サイト「小説丸」

出版権他

受賞作の出版権は小学館に帰属し、出版に際しては規定の印税が支払われます。また、雑誌掲載権、WEB上の掲載権及び二次的利用権（映像化、コミック化、ゲーム化など）も小学館に帰属します。

警察小説新人賞 検索

くわしくは文芸情報サイト「小説丸」で

www.shosetsu-maru.com/pr/keisatsu-shosetsu/